Nicole de Buron

Ein Koffer voller Leben

SERIE PIPER
Band 843

Zu diesem Buch

Älterwerden – daran denkt Nicole de Buron erstmals mit 59, als die Rentenversicherung von ihr einige Daten braucht. So holt sie den riesigen Koffer, in den sie seit ihrer Jugend den gesamten Papierkram gestopft hat. «Ihr ganzes Leben quillt ihr entgegen, aus einem alten schwarzen Koffer.» Die Kindheit auf dem Schloß der Großeltern, die Jugend ohne Geld, aber mit viel Freiheiten, der erste Job, ihre große Liebe, Reisen, die Pleite der ersten Ehe und schließlich der zweite Versuch: turbulent, glücklich, 30 Jahre lang.

Mit Ironie, Tempo und pointierter Exaktheit zeigt dieses Lebensbuch – monatelang ganz oben auf den französischen Bestsellerlisten von «Livre», «Elle» und «Marie Claire» –, wie man gelassen und mit Humor die reifen Jahre angehen kann.

Nicole de Buron lebt mit ihrer Familie auf einem Gut in Mittelfrankreich. Schrieb Romane, Drehbücher und drei TV-Serien.

Nicole de Buron

Ein Koffer voller Leben

Aus dem Französischen von
Barbara Scriba-Sethe

Piper
München Zürich

Die Originalausgabe erschien 1991 unter dem Titel
«Où sont mes lunettes?»
bei Flammarion, Paris.

ISBN 3-492-10843-1
September 1994

Umschlag: Federico Luci,
unter Verwendung einer Zeichnung von Cornelia von Seidlein

Druck und Bindung: Clausen & Bosse, Leck
Printed in Germany

Der Brief

1

Der Brief machte fast kein Geräusch, als die Concierge ihn unter der Tür durchschob, einfach nur *fffftttt* auf dem Teppichboden. Sie öffnet ihn also ohne Hintergedanken. Die CNAVTS: Was ist denn das? Bestimmt eine von den Organisationen, die Geld von einem wollen. Entweder von Rechts wegen oder aus moralischer Verpflichtung. Sie ist bereit, das Scheckbuch zu zücken. Manchmal fragt sie sich beunruhigt: «Woher haben die bloß meine Adresse?»

Was will also die CNAVTS?

> Madame,
> Sie sind 59 Jahre alt ...

Wie bitte?

> Wer soll neunundfünfzig Jahre alt sein?
> Sie? Nein, das stimmt nicht!
> Doch. Das stimmt.

Aber was fällt denen ein, denen da bei der CNAVTS, sie an diese mißliche Tatsache zu erinnern, die sie nie zugeben würde. Nicht einmal an ihrem Geburtstag ihren Enkeln gegenüber (sie begnügt sich schon lange mit einer einzigen diskreten Kerze auf dem Kuchen): «In ihrem Herzen bleibt eure Omi doch immer zwanzig Jahre alt, meine Lieblinge.» Ohne es ihnen mitzuteilen, hat sie ihre Kinder immer um fünf Jahre jünger gemacht. Sie denkt manchmal sogar daran, in ihren Paß ein falsches Geburtsdatum eintragen zu lassen (vielleicht nicht gerade zehn Jahre jünger, wie ihre Mutter das tut). Wenn man ein Foto von ihr macht, nimmt sie schnell die Brille ab.

Apropos Brille. Die sucht sie gerade, um diesen widerwärtigen Brief von dieser unbekannten CNAVTS weiterlesen zu können. Wieder einmal ist dieses Mistding verschwunden. Mit Tastbewegungen findet sie schließlich die Brille, die sich gemeinerweise unter ihr Kopfkissen verkrümelt hat. Dabei ist sie sich sicher, sie nie und nimmer dorthin gelegt zu haben.

> Madame,
> Sie sind 59 Jahre alt.
> *(Weiß ich, weiß ich doch, unhöfliche Bande!)*
> Bald können Sie Ihren Rentenanspruch bei der Rentenversicherung geltend machen ...

Was, Rente?
Die sind wohl verrückt. Sie ist in bester Verfassung (oder fast). Sie arbeitet zehn Stunden am Tag (na ja, sechs!). Sie verdient gut. Es schwirrt und wuselt in ihrem Leben noch immer wie in einem Bienenstock. Aufhören? Kommt nicht in Frage.

Und dennoch ...

Sie kann nicht verhehlen, daß schon vor einigen Jahren eine kleine Alarmglocke ertönte.

Sie hatte ein Drehbuch geschrieben, das von einem der größten Produzenten von Paris gekauft worden war. Mit vielen Komplimenten und Küßchen (die sind ihr schnurzegal: Komplimente und Küßchen sind beim Film reines Getue). Vor allem aber mit einem großen Packen Geldscheine (der zeigte, was sie wirklich wert war).

Dann wurde der Regisseur ausgesucht. Der Produzent hatte ein kleines Genie an der Hand. Einen unbekannten jungen Regisseur, der jedoch gerade mit einer sehr gefragten Schauspielerin verheiratet war.

Sie lädt also dieses gutverheiratete Herzchen zu sich zum Mittagessen ein. Trotz all ihrer Liebenswürdigkeit betrachtet er sie mit einer Art Entsetzen. Vor allem, als sie sich weigert, ihre (charmante) Komödie in einen politischen Film umzuwandeln. Unzufrieden geht er von dannen.

Zwei Stunden später ruft der Produzent an. Sein kleines Genie ist einverstanden, den Film zu machen. Unter der Bedingung, daß sie sich daraus zurückzieht.

Wie bitte?

Der Produzent am anderen Ende scheint etwas verlegen zu sein, was bei diesem alten Krokodil in höchstem Maße beunruhigend ist. Hm . . . Wissen Sie, das Kinopublikum setzt sich heutzutage vor allem aus jungen Leuten zusammen, und unser Freund (wessen Freund? Jedenfalls nicht der ihrige) meint, daß das Drehbuch umgeschrieben werden müsse, von jemand Jungem.

«Das heißt also, ich bin zu alt, um an meinem eigenen Film mit ihm zu arbeiten?»

Skrupel kennt das Alte Krokodil offenbar nicht. Wobei der Gipfel ist, daß es selbst dreist achtzig Jährchen auf dem Buckel hat. «Er ist dieser Ansicht. Und ich auch . . .», knallt er ihr ungerührt an den Kopf. «Es ist mir völlig bewußt, daß laut Vertrag Sie den Regisseur aussuchen und nicht umgekehrt. Sie können sich also weigern. In dem Fall allerdings hat der Film die besten Aussichten, nicht gedreht zu werden.» Sie hat begriffen. Der alte Tattergreis hat sie dem jungen Aufsteiger geopfert.

«Geben Sie mir zehn Minuten zum Nachdenken, dann rufe ich Sie zurück.»

Sie stürzt vor ihren dreiflügligen Spiegel und betrachtet sich.

Sie sieht nichts. Nur sich. Mit dem Aussehen einer Dreißigjährigen? Nein. Dreißig vielleicht doch nicht. Wie wär's mit vierzig ...? Hmm ... fünfzig? Ach nein, fünfzig nun wirklich nicht. Sagen wir lieber gar nichts. Da steht sie also, und es gelingt ihr nicht, in dem Spiegel etwas anderes zu sehen als ein kleines Mädchen, das sich die Zöpfe abgeschnitten hat. Als sie sich jedoch genauer in Augenschein nimmt, entdeckt sie Details, die sie nicht gerade aufbauen. Zum Beispiel einige Kilo zuviel. Die ihr zu einem ganz nett runden Mondgesicht verhelfen, einem ordentlichen mütterlichen Busen, einem Doppelkinn und einem Bäuchlein, das sich unter dem Rock vorwölbt. Alles andere als schön! Ja, aber dafür hat sie auch nicht die tiefen, furchengleichen Falten der Damen, die mit all ihren Diäten vom Fleische gefallen sind. Allerdings – mein Gott, ja wirklich: In ihrem Haar sind ein paar weiße Strähnen zum Vorschein gekommen. Und ein paar Friedhofsblumen auf den Händen.

Sie ruft das Alte Krokodil zurück:

«Ich bin einverstanden, ich verzichte auf den Film gegen eine sehr hohe Abfindung», verkündet sie liebenswürdig.

«In Ordnung», meint der Produzent ebenso höflich, «sagen Sie Ihrem Agenten, er möchte mich anrufen.» Der verhilft ihr dann zu einer ordentlichen Entschädigung, die sie schluchzend kassiert. Denn sie hat sich gleichzeitig eine Depression eingehandelt.

Ihr Selbstvertrauen ist hin. Eine ausgequetschte Orange, die man wegwirft, ja, das ist aus ihr geworden. Eine, die nicht mehr «in» ist in ihrem Beruf, den sie so liebt. Morgens erwacht sie mit soviel Elan wie ein in sich zusammengefallener Kuchen. Im Bad vergießt sie bittere Tränen. Anstelle eines Magens schleppt sie ständig einen Klumpen mit sich herum. Von Zeit zu Zeit schnürt eine absurde Angst ihr die Kehle zu und läßt sie gleich einem Karpfen auf dem Trockenen nach Luft schnappen. Ihrem Mann erzählt sie nichts davon. Nicht nötig, ihn auf ihren Zerfall aufmerksam zu machen. Außerdem kennt sie seine Reaktion. Er wird auf der Stelle vorschlagen, loszuziehen und «diesem alten Krokodil und seinem Scheißherzchen die Fresse einzuschlagen».

Sie läuft zu ihrem Seelendoktor. Möchte von ihm die kleinen blauen Pillen, die sie wieder in die Bombenstimmung einer Zwanzigjährigen versetzen sollen, und einen Haufen Adressen: Abmagerungsinstitute. Schönheitschirurgen zum Liften des Gesichts, des Bauchs, der Brüste, der Schenkel, überhaupt von allem, allem, allem. Hautärzte, damit sie ihr die Flecken auf den Händen wegbrennen. Masseure, damit sie ihr die Figur von Marlene Dietrich in ihren Anfängen verschaffen. Namhafte Friseure, die ihr die weißen Strähnen wegfärben usw. Kurz, alles was man braucht, um einen teuflischen Plan auszuführen: die totale Verjüngung à la Raquel Welsh.

Ihr Agent ruft sie wieder an. Das sehr junge Regisseursgenie hat aus ihrem Drehbuch einen zwanzigseitigen Text gemacht, der so schlecht ist, so schlecht, daß der Produzent ihn sofort in den Papierkorb befördert hat. Nun hat er die Schamlosigkeit, sie zu fragen, ob sie nicht sofort ihre Arbeit wiederaufnehmen will.

«Ja!» sagt sie, ohne zu zögern, «aber mit einem neuen Vertrag und viel, viel Geld.»

Wie immer ungerührt, erklärt sich das Alte Krokodil einverstanden, das Unrecht, das sie erlitten hat, mit Geld wiedergutzumachen.

Der Film wird mit einem «alten»Regisseur aus ihrem Freundeskreis gedreht. Und hat großen Erfolg. Auf der Stelle vergißt sie ihren Plan der totalen Verjüngung à la Raquel Welsh. Mit dem Geld gönnt sie sich ein Schwimmbad in ihrem Landhaus, wo sie jeden Morgen fröhlich dahinkrault (trotz eines gewissen rheumatischen Gefühls in der linken Schulter).

Und seitdem pfeift sie triumphgeschwellt auf die Jungen.

Bis heute früh – bis zur Vorwarnung der CNAVTS, die im Klartext *Caisse Nationale Vieillesse des Travailleurs Salariés** heißt.

Sie wirft den Brief in den Papierkorb.

Sie schreibt ein Drehbuch fürs Fernsehen. Die Hauptdarstellerin darin vertut ihre Zeit damit, die Dialoge umzuschreiben. Oder vielmehr macht das deren Schwägerin, die offenbar die Geliebte des Intendanten ist. Scheißberuf!

Ihre Laune ist also tief im Keller, als der zweite Brief der CNAVTS eintrifft. Was wollen die denn schon wieder?

* Entspricht der Bundesversicherungsanstalt für Angestellte.

Madame,

Wir haben Ihnen schon einmal geschrieben ...

Sie sind 59 Jahre alt ...

Das gibt's doch nicht! Wollen die einen jeden Monat daran erinnern, daß man neunundfünfzig ist ...? Können die einen nicht in Ruhe lassen? Man hat doch schon genügend Ärger am Hals!

Sie überfliegt den liebenswürdig verfaßten Text: «... Ermitteln wir zusammen die Konditionen Ihrer Pensionierung ...»

Ich will mich nicht pensionieren lassen, Mistbande!

«Die Karriere neu aufbauen ...» Welche Karriere? Sie ist weder Beamtin noch Bankdirektorin.

«... amtliche Unterlagen». Was soll das denn sein? Etwa die alten Lohnabrechnungen? Die Aufstellung all der Beiträge, die sie wie Wasser in ein Loch am Strand in unzählige Kassen hat fließen lassen, die gefräßig wie die Piranhas sind?

«... Scheuen Sie sich nicht, uns aufzusuchen ...» Das fehlte gerade noch! Und dann verwartet man einen ganzen Nachmittag, nur um schließlich von einer zänkischen Dame nach Hause geschickt zu werden, weil in den Unterlagen ein Papier fehlt.

Niemals.

Doch.

Vielleicht doch. Lieber das, als sich unablässig ans Alter erinnern zu lassen. Die CNAVTS wird nicht lockerlassen. Das spürt sie. Das weiß sie. Eine ihrer älteren Freundinnen hat es ihr bestätigt. Die fand regelmäßig Aufforderungen von Versicherungen, Beerdigungsinstituten etc. in ihrer Post: «Sorgen Sie schon jetzt für eine schöne Beerdigung . . .» Schließlich hatte sie klein beigegeben und sich einen prächtigen, mit weißem Satin ausgeschlagenen Sarg bestellt («den meine Kinder mir nicht gönnen würden, weil sie zu knickerig sind», hatte sie höhnisch gescherzt und hinzugefügt, «. . . die werden Augen machen!»).

Damit ihr nicht ähnliche Attentate die Frühstücksminuten vermiesen, beschließt sie, den für sie zuständigen Berater bei der CNAVTS aufzusuchen. Und sogar mit vollständigen Unterlagen. (Der wird sich wundern!) Denn sie mag ja vielleicht zerstreut und unordentlich sein, aber sie schmeißt nichts weg. Dem ehernen Prinzip folgend, das sie mit der Muttermilch aufgesogen hat: «Es kann immer zu etwas nütze sein.»

Sie holt den riesigen schwarzen Lederkoffer aus dem Keller, in den sie seit ihrer Jugendzeit den ganzen Papierkram hineinstopft. Sie wühlt darin herum. Es ist alles da.

Ihr ganzes Leben quillt ihr entgegen. Aus einem alten schwarzen Koffer.

Der Koffer

2

Ihre erste Gehaltsabrechnung. Da liegt sie zuoberst auf einem Packen von hundertsechsundfünfzig anderen, alle säuberlich gebündelt . . .

Sie ist siebzehneinhalb Jahre alt. Sie vergeht vor Hunger. Ist allein in einer engen, zu einem Zimmer umgebauten Wäschekammer am Ende eines langen Ganges in der Wohnung ihrer alten, halb kindischen Großmutter, die sich der Familienrat vom Hals geschafft hat, indem er sie in einem «schicken» Altersheim unterbrachte.

Die Siebzehnjährige hat auch, welch unerhörter Luxus, ein Badezimmer zur Verfügung. Dort kocht sie, auf den Knien liegend vor dem Bidet, auf dem eine Holzplatte liegt. Auf der wiederum steht ein winziger Spirituskocher. Es dauert Stunden, bis die schon keimenden Kartoffeln, ihre einzige Nahrung, gar sind. Sie hat selbst den Sack mit fünfzig Kilo letzten Sommer aus dem Familienschloß herbeigeschafft.

Beim Aufwachen spricht sie nicht als erstes ihr Morgengebet, wie es ihr die Nonnen in der Klosterschule beigebracht haben, sondern denkt: «Wo kriege ich ein Steak her?»

Ihr Cousin und seine Frau, die den vorderen Teil der

Wohnung besetzt haben, sagen ihr kaum guten Tag. Sie ihnen aber auch nicht. Sie weiß, daß die beiden gerne das Wäschekammer-Zimmer für ihr Baby zurückhätten. Aber sie krallt sich dort fest wie eine Muschel an ihren Felsen. Sie wüßte nicht, wo sie sonst hingehen sollte.

Häufig ißt sie bei ihrer lieben Großmutter zu Mittag, aber, Gott sei's geklagt, die gute Frau erkennt sie immer weniger. Und deren Diät in Form einer Fleischbrühe enthält keinerlei Fleisch. Die Unglückliche hat keine Zähne mehr.

Also findet sie sich damit ab, gelegentlich ihrer Tante Hildegard einen Besuch abzustatten. Dort gibt es ein saftiges, dickes Beefsteak. Leider bestehen die Beilagen aus weichen Pommes frites und Vorwürfen. Denn Tante Hildegard nimmt es ihr sehr übel, daß sie mit sechzehneinhalb ihre Mutter und deren dritten Ehemann, einen Griechen namens Monsieur Olivapoulos, verlassen hat. Ein ordentliches Mädchen zieht nicht von seiner Mutter weg, selbst wenn diese mit einem hellenischen Gatten verheiratet ist. Aber sie genießt das Fleisch viel zu sehr, als daß sie ihrer Tante in Erinnerung rufen würde, daß die Mutter die meiste Zeit in einem «Sanatorium» weilt (beschönigende Bezeichnung für eine psychiatrische Anstalt). Und daß sie nicht die geringste Lust hat, mit Monsieur Olivapoulos zusammenzuleben. Nicht daß die Siebzehnjährige Angst vor einem Inzest hätte (sie weiß nicht einmal, daß es so was gibt), sondern der gute Mann langweilt sie einfach tödlich. Und da sie von ihren Großeltern großgezogen wurde, leidet sie auch nicht unter der Abwesenheit der Mutter, die ihr statt einer Erziehung nur zwei Ratschläge mitgegeben hat:

1. «Du hast nicht einen Pfennig, und niemand wird dir

jemals einen schenken. Es liegt bei dir allein, ob und wie du zurechtkommst.

2. Um einen Mann zu verführen, muß man ihm unentwegt zuhören und ihm wieder und wieder sagen, daß er der Schönste und der Stärkste ist.»

Sie muß zugeben, daß diese beiden knallharten Ratschläge ihr im Leben mehr genützt haben als die ganze katholisch-aristokratische Erziehung durch ihre lieben Großeltern.

Was ihren Herrn Vater, den «tapferen Kavallerieoffizier», angeht, so verbringt er seine Zeit damit, fern im französischen Kolonialreich herumzukriegern. Sie hat ihn nie mehr als einmal jährlich – in günstigen Jahren zweimal – während seines Heimaturlaubs gesehen. Aber schon sehr früh, als ganz kleines Mädchen, hat sie in der Tiefe ihres Herzens gespürt, daß der Vater es ihr insgeheim zum Vorwurf machte, daß sie ein Mädchen war und kein Junge, der den Namen weitervererbt hätte. Von heute auf morgen hat dieser Vater – auch er – sich wiederverheiratet, mit einer Fast-noch-Schülerin, die ihm ein weiteres Mädchen geschenkt hat . . .! (Recht so!)

Wenn sich partout nirgends ein Steak zeigen will, sieht sie aus dem Fenster hinüber zur anderen Seite des Hofs, wo in einem Eßzimmer mit Fensterscheiben aus den dreißiger Jahren gerade ein kleiner Junge ein köstliches Mittagessen verschlingt, das ihm eine Haushälterin diensteifrig serviert. Die Siebzehnjährige empfindet keinerlei Klassenhaß (von Klassenkampf weiß sie nichts). Nur ein klein bißchen Neid. Doch vor dem völligen Verhungern bewahrt sie ein magerer väterlicher Wechsel, den ihr die junge Stiefmutter regelmäßig zukommen läßt; manchmal sind sogar ein paar Münzen aus deren eigener Tasche hinzugefügt.

Damit kann sie sich mehrere Liter Formaldehyd kaufen. Und ihre Frostbeulen behandeln.

Sie hat keine Ahnung, ob die von der Kälte kommen oder durch Vitaminmangel, jedenfalls hat sie an Händen und Füßen entsetzlich aufgesprungene Frostbeulen. Zu einem Arzt zu gehen ist nicht drin. Das kann sie sich nicht leisten. Da hat ihr die alte Haushaltshilfe von Tante Hildegard ein altes Hausmittel empfohlen: Formaldehyd. Bis dahin hatte sie geglaubt, das sei eine Flüssigkeit zum Konservieren von Insekten und Mumien. Jetzt entdeckt sie, daß man sich damit auch bei Frostbeulen Linderung verschaffen kann. Sie verbringt Stunden damit, Füsse und Hände in das mit der kostbaren Flüssigkeit gefüllte Bidet zu tauchen.

Alles, was sie am Leibe hat, stammt von ihrer barmherzigen, liebenswürdigen Cousine Isabelle. Leider ist die viel größer und dicker als ihre arme Verwandte, die deshalb an besseren Tagen Ähnlichkeit mit einer Vogelscheuche in wehenden Kleiderfetzen hat. Vor allem mit ihren ausgetretenen, zu großen Latschen – sie stopft die Spitzen mit Zeitungspapier aus –, in denen sie wie ein Clown daherschlappt, flop, flop, flop ...

In dieser wenig erheiternden Situation wartet sie Tag für Tag auf eine Arbeitserlaubnis aus London, und zwar für eine Anstellung als zweisprachige Sekretärin bei der Coutt's Bank (der königlichen, das Feinste vom Feinen): Denn sie spricht Englisch wie eine Schottin.

Die Sprache Shakespeares hat sie nicht dank der Miß gelernt, die ihre Großmutter jeden Sommer für sie importierte und von der sie für alle Zeiten nur einen gefürchteten Satz behalten hat, der immer pünktlich um neun Uhr abends in schroffem Ton erscholl: *Time to bed.* Sie hat das Englisch-Schottische im vergangenen Jahr als Au-pair-Mädchen in einem düsteren Kloster in den Nebeln von Yorkshire erlernt. Dort lernte sie auch die Arroganz der kleinen Engländerinnen kennen und die Kälte der *Sisters.* (An erster Stelle kommt Gott. Dann die Engländer. Dann die Hunde. Schließlich lange danach, sehr lange danach, der Rest der Welt.) Aber auch die menschliche Wärme einer Gruppe schwarzer Studenten von der Goldküste (dem heutigen Ghana).

Ergebnis: Sie kann englisch nur fließend mit dem rauhen Akzent der damals für sie zuständigen *Sister* parlieren, maschinenschreiben und stenografieren; sie ist auch in der Lage, stundenlang hin und her zu hüpfen und Urlaute auszustoßen und zu den Klängen afrikanischer Trommeln in die Hände zu klatschen. Sie ist fürs Leben gewappnet.

Ein Ashanti-Student von schönstem Ebenholz und ganz gekräuselt, hat sie gefragt, ob sie ihn heiraten wolle. Ihr erster Heiratsantrag. Es lockte sie: Er war reizend. Wo wäre sie heute, wenn sie damals ja gesagt hätte? Wäre sie die Frau des Premierministers und kutschierte in einem weißen Rolls-Royce umher? Oder eine mümmelnde Alte, die vor ihrer Hütte Hirse stampft?

Auch wenn sie nun den Job kriegt, den ihr die Mutter Oberin, *Holy Sister* genannt, verschafft hat, so hat sie doch immer noch nicht die Arbeitserlaubnis der englischen Verwaltung, die wie alle Verwaltungen der Welt keine Eile hat, ihr zu antworten, und sich einen Deubel darum schert, ob sie inzwischen vor Hunger krepiert.

Ihr kommt der Gedanke, daß diese Arbeitserlaubnis

womöglich ihrer Leiche erteilt wird, wenn das so weitergeht. Sie erinnert sich nicht mehr, wie sie an den Job gekommen ist, jeden Nachmittag auf zwei kleine Mädchen aufzupassen. Wenigstens etwas, um Butter auf die Kartoffeln zu streichen. Tante Hildegard findet das gut. Sich mit Kindern zu befassen ist für ein anständiges junges Mädchen eine angemessene Beschäftigung.

Was Tante Hildegard nicht weiß – und sie wird sich hüten, es ihr mitzuteilen –, ist, daß sie bei den Levys arbeiten wird, bei den Kürschnern um die Ecke. Zu Konzessionen ist man in ihrer Familie hier nicht bereit: Man ist antisemitisch aus Tradition.

Ihr selbst ist das ziemlich egal, bis sie die Wärme des jüdischen Clans kennenlernt.

Täglich um vier Uhr versammelt sich die Familie: Eltern, Kinder, Großeltern, Onkel und Tanten, um die berühmte Kaffeetasse, in die jeder eine mit Butter bestrichene Scheibe Brot tunkt (jawohl, Butter). Die Levys lassen sie an diesem fröhlichen Schmaus teilhaben, sie, die seit dem Morgen nur Kartoffeln gegessen hat.

Diese wunderbare Zwischenmahlzeit hat zwei Konsequenzen in ihrem Leben: Eine mit Butter bestrichene Scheibe Brot in eine Kaffeetasse zu tunken bleibt für sie ein größerer Genuß, als einen erstklassigen Hasenrücken zu verspeisen. Das zu verstehen, haben einige der Chefs der großen Restaurants, in die sie heute eingeladen wird, die größte Mühe. Und sie gelobt vor sich selbst, einen Juden zu heiraten, ganz gleich, ob ihre Familie aufheult! Aus ihr macht sich sowieso keiner was. Doch, *einer,* der Erbe einer Strumpffabrik. Aber seine jüdische Mama wird Zeter und Mordio schreien. Bei den Cohens heiratet man keine Goyem, nicht einmal, wenn sie von Adel ist.

Ach ja, Himmel und Hölle liegen eben dicht beieinander.

Zurück zu den beiden kleinen Mädchen.

Die Ältere, braunhaarig und häßlich, ist kurz vor dem Krieg geboren. Die Jüngere, ein Blondinchen mit blauen Augen, wurde in einem Kloster in Savoyen gezeugt, wo sich ihre Eltern während der Besetzung verborgen hielten. Sie himmeln dieses engelgleiche Wesen an. Die Ältere, vor Eifersucht halb wahnsinnig, versucht mit beachtlicher Beharrlichkeit, ihre kleine Schwester umzubringen. Man hat das junge Mädchen angestellt, damit die Ältere die Kleine nicht erwürgt, aus dem Fenster schmeißt oder unter die Räder eines Autos stößt. Die Siebzehnjährige lebt in der ständigen Angst, sie könnte eine Sekunde zu lang den Kopf abwenden.

Durch ihre Mutter hat sie ein paar vage Kenntnisse in Psychologie. Eines Tages wagt sie es, mit Madame Levy «ein offenes Wort» zu reden. Könnte Madame der Ältesten nicht ein bißchen mehr Zärtlichkeit zeigen und die Jüngste weniger umschmeicheln? Madame Levy sieht sie verblüfft an. «Was erzählen Sie da für dummes Zeug?» Sie streitet alles vehement ab. Sie liebt ihre Töchter beide gleich.

Mit der Inbrunst der Jugend und dem Gefühl, einer Pflicht nachkommen zu müssen, läßt die Babysitterin nicht locker. Ist es denn normal, daß ein Mädchen seine Schwester umbringen will? (Zu jener Zeit hatte sie noch sehr altmodische Vorstellungen von dem, was normal ist und was nicht. Nachdem sie mit mehreren Psychiatern in Kontakt kam, ist sie sich da weniger sicher.) Madame Levy gibt schließlich zu, daß da vielleicht ein Problem bestehe, und ist einverstanden, mit ihrer ältesten Tochter zu dem Professor zu gehen, der die Mutter der Babysitterin behandelt. Was bei dem Besuch gesprochen wurde, wird sie nie erfahren. Aber ihre Arbeitgeberin kommt aschfahl zurück. Und setzt sie vor die Tür. Auf der Stelle. Ohne Erklärungen. Mit einem haßerfüllten Blick.

Unser junges Mädchen ist verstört. Die kleinen Mädchen Sarah und Judith auch. Tränenüberströmt werfen sie sich ihr in die Arme. Der gute Monsieur Levy zahlt ihr mehr, als ihr zusteht und flüstert ihr zu: «Verzeihen Sie meiner Frau. Sie hat einen Schock bekommen . . .»

In jämmerlichem Zustand geht sie nach Hause und schwört, sich niemals wieder in die Angelegenheiten anderer zu mischen. Sie wird nicht Wort halten.

Drei Tage später bekommt sie endlich die Antwort aus London. Die englische Verwaltung verweigert ihr die Arbeitserlaubnis. (Diesen Affront nimmt sie den Briten, inklusive Königin, heute noch übel.)

Für den Augenblick jedoch muß sie allen Stolz fahren lassen, um eine Arbeit zu finden. Dringendst. Ganz gleich, welche. Sie hat fast keine Kartoffeln mehr.

Jemand hat ihr gesagt, daß jemand ihm gesagt habe . . . Sie eilt zu der Zeitschrift ‹La Mode des Femmes› und stellt sich dort als Tippse vor, um die Briefe der Sekretärin des obersten Chefs zu tippen und vielleicht während deren Mutterschaftsurlaubs für sie einzuspringen.

Ihre ärmliche, wenn auch reinliche Erscheinung findet Gefallen. Bis zu dem Augenblick, wo man sie zur Probe vor eine Schreibmaschine setzt. Sie tippt in rasender Geschwindigkeit nach einer Vorlage, die man ihr hinhält, einen Brief ab. Sie liest ihn durch.

Unlesbar.

Und ihr wird klar, daß die französische Tastatur anders ist als die englische. Sie ist vielleicht eine gute englische Tippse, aber sie braucht eine Stunde, um einen Brief auf Französisch zustande zu bringen.

Absolutes Desaster. Fast wäre sie in Tränen ausgebrochen. Aber an jenem Tag wacht der Himmel über sie. Die Sekretärin, der sie leise ihre dramatische Situation erklärt, möchte um jeden Preis gehen, weil in vier Wochen ihr Baby kommt. Sie greift nach dem Wisch und sagt aus einigen Metern Entfernung zu ihrem Chef, der über seine Akten gebeugt ist: «Es wird schon gehen!»

«Dann nehmen Sie sie», antwortet der gleichgültig und hebt nicht einmal den Kopf.

Damit wird sie mit nunmehr achtzehn Jahren bei der Zeitschrift ‹La Mode des Femmes› als Stenotypistin angestellt.

Tante Hildegard stößt Schreie der Entrüstung aus. Es ist das erste Mal, daß ein junges Mädchen «aus unserer Familie» arbeitet. Das gehört sich nicht. Ihre Vorfahren müssen sich in ihren Rüstungen umdrehen. Die frischgebackene Stenotypistin erwidert nicht («in unserer Familie» widerspricht man älteren Verwandten nie), daß sie nicht so weit gesunken wäre, wenn nicht ihre beiden Bankiersgroßväter – väterlicher- und mütterlicherseits – das Familienvermögen verpraßt hätten, indem sie . . . ja, was haben sie eigentlich damit gemacht? Man wird es nie erfahren. Sie begnügt sich mit dem Verdacht, daß die Unglücklichen sich vielleicht nicht ruiniert haben, weil sie ein fröhliches Leben führten, sondern einfach unfähig waren, mit dieser widerwärtigen Sache umzugehen, über die man nicht spricht: Geld.

Sie lernt nun die unzähligen Glücks- und Unglücksmomente der kleinen Gehaltsempfänger kennen.

Vor allem die Stechuhr.

Jeden Morgen pünktlich die Stechuhr zu erreichen, wird für sie zum Alptraum. Sie schläft unruhig vor lauter Angst, ihr Wecker könnte nicht läuten oder sie könnte ihn nicht hören. Dem Rat von Jojo, dem Laufburschen von «La Mode des Femmes», folgend, dem sie ihr Problem anvertraut, stellt sie ihn (den Wecker, nicht den Laufburschen) auf einen Teller neben ihr Kopfkissen. Das Läuten ist dadurch lauter. Sobald das scharfe, ohrenbetäubende Drrrrrh ertönt, springt sie mit einem Satz hoch, macht Katzenwäsche, zieht sich in Windeseile an und stürzt mit einer kalten Kartoffel in der Hand zur Metro. Sie muß zweimal umsteigen. Panik, wenn sich die Bahnsteigsperre vor ihrer Nase schließt. Entsetzen, wenn der nächste Zug auf sich warten läßt. Sie eilt durch die Gänge der Metrostation. Vier Stufen auf einmal nehmend, hastet sie die Treppen hinauf. Sie sprintet auf die Straße. Außer Atem wirft sie sich auf die Stechuhr.

Zwanzig Minuten zu früh.

Liegt das an ihrer ängstlichen Natur? An der Schrekkensvorstellung, hinausgeworfen zu werden? (Einmal Zuspätkommen hat einen Tadel des Personalchefs zur Folge, dreimal Zuspätkommen: Entlassung. Schlimmer als im Kloster.) Von nun an wird sie ihr ganzes Leben lang zu jeder Verabredung zu früh kommen. Mit fortschreitendem Alter (neunundfünfzig, wie ihr die CNAVTS ins Gedächtnis ruft, verflucht soll sie sein!) verschlimmert sich die Manie. Auf den Flugplätzen kriegt sie manchmal das Flugzeug, das vor dem von ihr gebuchten abfliegt. Sie hat ihren Seelendoktor auf dieses merkwürdige Verhalten angesprochen. Es schien ihn nicht zu interessieren.

Ihr Chef ist entzückt, daß sie es so eilig hat, zur Arbeit zu kommen. Um so mehr, als sie abends lange nach Büroschluß geht (das kümmert den Personalchef und die Stechuhr herzlich wenig). Niemand wartet auf sie. Im Augenblick jedenfalls nicht. Sie erwirbt sich den Ruf einer Angestellten, die sich abschuftet (süßsaure Bemerkungen der anderen Sekretärinnen). Das ist ihr egal. Sie denkt nur an ihr erstes Gehalt. Es ist alles andere als überwältigend, aber an dem Tag, an dem sie es bekommt (in bar, denn für einen Scheck ist es zu niedrig, und außerdem hat sie sowieso kein Bankkonto), möchte sie vor Freude und Stolz wie ein Gummiball in die Luft springen. Sie verbringt einen köstlichen Abend damit, sich auszudenken, was sie mit dieser unfaßbaren Summe machen wird: Sie dazu benutzen, um jeden Tag ein großes Steak zu essen (es werden noch Jahre vergehen, bis sie nicht mehr von diesem Stück Rindfleisch heimgesucht wird); sie sparen, um in einem Jahr eine große Ferienreise zu unternehmen; sie an einem Festabend mit all ihren Freunden auf den Kopf hauen.

Ihr Sinn für Realität siegt. Sie ist vernünftig und kauft sich ein Paar neue Schuhe. Von unerhörter Häßlichkeit (sie hat keinerlei Geschmack; niemand hat ihr ihn beigebracht), doch unglaublich bequem. Von nun an, da ihre Füße in unförmigen braunen Gebilden stecken, sieht sie der Zukunft mit Begeisterung ins Auge.

Um so mehr, als ihr Chef sehr nett ist. Er, der fünfzig ereignislose, stille Jahre hinter sich hat, wendet sich mit sanfter Stimme an sie. Väterlich. Für sie, die niemals mit einem Vater zusammengelebt hat, gleichen die Tage nun Seen, gefüllt mit Schlagsahne. Die Büroroutine erinnert sie an den klösterlichen Frieden. Sie ist glücklich. Sie bemüht sich, den Gedanken an das Ende dieses Glücks nach der Rückkehr der echten Sekretärin des Papa-Patron (sie hat einen Jungen bekommen) zu verdrängen.

Überraschung. Als die junge Mutter zurückkommt, ernennt Papa-Patron sie ohne weitere Erklärungen zur Chefsekretärin der Buchhaltung. Und behält die Aushilfe bei sich.

Die ist außer sich vor Freude. Wenn auch ein bißchen peinlich berührt (das ist ihre anständige Pfadfinderseite), denn Madame Paulette könnte ja glauben, sie hätte hinter ihrem Rücken intrigiert. Sie schwört der Versetzten, daß sie für deren Verdrängung nichts kann. «Das ist mir total egal!» zischt Madame Paulette. «Ich werde denen sofort ein zweites Kind liefern. Und dieses Mal ein Mädchen. Und mir einen zweiten Mutterschaftsurlaub! Die werden ganz schön dumm gucken!»

Beruhigt über Madame Paulettes weiteres Schicksal kehrt sie zu ihrem netten Papa-Patron zurück.

Der gar nicht so nett ist.

Er ist nur verrückt nach ihr.

3

Ein kleines Paßfoto ...

Nachdem sie in einer alten Schokoladendose herumgewühlt hat, in der sie das aufbewahrt, was sie ihre persönlichen Privatfotos nennt, solche, für die sie ihren Kindern keine Erklärungen abgeben möchte (dem Mann ihres Lebens sind sie schnuppe), findet sie es schließlich. Das von Papa-Patron. Ein kleiner rundlicher Herr, schon etwas kahl, scheu und einsam aussehend, mit traurigen Augen.

Sie hat nichts bemerkt. Ihr Sexualleben ist unterhalb von Null angesiedelt. Geduldig haben ihre Großmutter und die Nonnen zwischen dem Sex und ihr eine Schranke aufgebaut. Sie kennt nicht einmal das Wort. Unter dem Nachthemd wäscht sie «ihr kleines Ding», und sie denkt nie an die «kleinen Dinger» der Jungen. Sie hat niemals eines gesehen. Sie weiß nur, daß Männer und Frauen «schlimme Sachen mit ihren kleinen Dingern machen», die sie in die Hölle bringen, es sei denn, «diese Sachen» seien mit dem Sakrament der Ehe gesegnet, deren Geheimnisse man ihr am Abend der Zeremonie enthüllen wird. So ist das.

Erst später erfährt sie durch den Familienklatsch, daß

ihre liebe Großmutter meist ins Gebet vertieft war, während ihr lieber Großvater, den «schlimmen Sachen» sehr zugetan, es durch ein Loch in ihrem Nachthemd mit ihr trieb. Die gute Frau lief dann immer am nächsten Morgen zu ihrem Beichtvater, beichtete alles und betete mit ihrer Enkelin nervös zwei Rosenkränze herunter statt einem. Der war es völlig schleierhaft, was die Seele von Erwachsenen in solchen Aufruhr versetzen konnte.

Ihr eigenes emotionales Leben war von klein auf ganz ausgefüllt. Sie küßte den ersten kleinen Jungen mit fünf Jahren in einem Schrank. Noch heute erinnert sie sich an den Duft der Kleider, hinter denen sie sich versteckt hatten. Im Kindergarten machte ein gewisser Aymard ihr hemmungslos den Hof und legte ihr all seine Spielsachen zu Füßen. Sie nahm sie gleichmütig an. Mit zehn Jahren verliebte sie sich bis zu Ohnmachtsanfällen in einen älteren Cousin. Unentwegt lauerte sie ihm in den endlosen Gängen des Familienschlosses auf und trottete ganze Tage hinter ihm her. Die Familie lachte sich schief. Er gab ihr den Spitznamen «Klette», ohne zu ahnen, daß er ihrem Herzen einen Dolchstoß versetzte.

Seit sie allein in der Wäschekammer ihrer Großmutter lebt, ist sie von einem Schwarm sogenannter «guterzogener» junger Leute umgeben, die ihr den Hof machen, sie während der langsamen Tänze auf den vornehmen Partys an sich drücken und in den Ecken der Toreinfahrten speichelnaß küssen.

Diese feuchten Küsse werden vom Gemeindepfarrer nicht als Todsünde angesehen und haben bei der Beichte nur ein «Gegrüßet seist du, Maria» und ein Vaterunser zur Folge, nachdem der Priester sich versichert hatte, daß nichts «nachgefolgt» war. Nein, nein, keine «schlimmen Sachen», Herr Pfarrer (immer noch weiß sie nicht, was für welche). Weil es sich nicht gehört, darf kein Junge über die Schwelle ihres Schlafzimmers treten. Sie hat ein ehernes Ideal: rein und jungfräulich zu bleiben für ein mythisches Wesen, ihren Ehemann. Er wird der einzige Mann in ihrem Leben und der Vater ihrer Kinder sein. Alle, die in sie verliebt sind, haben volles Verständnis für diesen frommen Wunsch und unterlassen es sogar, ihre Brüste zu berühren. Sie ist ein anständiges junges Mädchen, das man heiratet und in eine anständige Ehefrau verwandelt.

Deshalb bemerkt sie in ihrer ganzen strahlenden Keuschheit auch nicht, daß Papa-Patron einen Cockerspaniel-Blick auf sie heftet, wenn sie maschineschreibt, und ihr «ganz zufällig» die Hand streichelt, wenn er jeden Abend um fünf Uhr die Briefe zum Unterschreiben von ihr entgegennimmt und ihr in schmeichlerischem Ton befiehlt, am Telefon zu sagen, er sei in einer Besprechung. Sie denkt einfach nur, daß sie beide eine große Freundschaft verbindet, wie das mit vielen guten Sekretärinnen und ihren netten Chefs so ist.

Denn sie ist wirklich eine gute Sekretärin. Sie arbeitet mit doppeltem Eifer und wird belohnt. Seit einiger Zeit nimmt Papa-Patron sie mit zu seinen mittäglichen Geschäftsessen mit ausländischen Kunden. Unter dem Vorwand, sie sei seine Englisch-Dolmetscherin und kenne bestimmte Akten besser als er. Für diese erhebenden Gelegenheiten hat sie sich voller Stolz ein gelbliches Wollkleid erworben, von einer großen blauseidenen Rosette geziert und von solcher Häßlichkeit, daß Christian Dior bei diesem Anblick einen Infarkt bekommen hätte. Und das sie unter einem alten abgeschabten Persianermantel ihrer Großmutter trägt. Nicht zu vergessen ihre braunen Latschen und ihre um den Kopf gewundenen Kinderzöpfe. Sie wundert sich noch heute, mit welch erstaunlichem Gleichmut die ausländischen Kunden ihr merkwürdiges Aussehen hingenommen haben. Vielleicht lebten sie ja in dem Glauben, dies sei der Pariser Schick.

In dieser wahnwitzigen Ausstattung begleitet sie Papa-Patron also auch auf ihrer ersten Geschäftsreise nach Madrid. Es fällt ihr nicht einmal auf, daß die Dolmetscherin, die sie darstellen soll, kaum ein paar Worte Schulspanisch kennt. Sie ist zu aufgeregt: mit achtzehneinhalb Jahren die erste Geschäftsreise. Was für ein Erfolg! Sie wird es noch weit bringen! Sie wird eine große *business woman* werden.

Die Halle im Ritz von Madrid nimmt ihr den Atem. Zum erstenmal betritt sie ein solch luxuriöses Hotel, überhaupt ein Hotel. Während ihrer Kindheit und Jugend ist sie mit ihren Großeltern niemals an solchen Örtlichkeiten abgestiegen. Man hangelte sich von einem Cousin zum anderen, und die empfingen einen mit gezwungenen Zuneigungsbezeugungen und brachten einen bei Freunden unter (mit Nachttöpfen in den Nachttischen). Niemals hat sie erfahren können, ob diese großelterliche Sitte auf eingefleischten Sparsamkeitssinn zurückging oder auf handfeste Verachtung gegenüber jeder Art von Herberge, einem Ort der Schamlosigkeit und der Ausschweifung, einer Nebenstelle von Sodom und Gomorrha, einem Vorort von Babylon, wo man Gefahr lief, mit irgendwelchen Hergelaufenen zusammenzustoßen. Kurzum: Es kam einfach nicht in Frage.

Da steht sie nun, gleichermaßen verschreckt und bewundernd, mitten in der Halle vom Ritz in Madrid, während Papa-Patron mit dem Empfang verhandelt.

Er kommt zurück und murmelt mit verschmitzter Miene etwas wie: es gebe nur noch ein *einziges* Zimmer. Ja! Ja! Ein *einziges* Zimmer. Aber mit *zwei* Betten. Und sinnlos, darauf zu hoffen, man fände auch nur eine Badewanne mit Matratze in einem anderen Hotel. Es ist alles besetzt in der spanischen Hauptstadt, Messe, Ausstellung, Pech. Bla-bla-bla ...

Der Himmel stürzt ein: Ein einziges Zimmer für Papa-Patron und sie! Selbst bei *zwei* Betten. Sie steht mitten in der Halle wie angewurzelt, mit hängenden Armen und offenem Mund. Ein einziger Gedanke wirbelt durch ihren leeren Kopf: Sie wird mit einem Mann in einem Zimmer schlafen!!! Ob sie ihn im Schlafanzug sehen wird? Vielleicht sogar völlig nackt ...? Mit «seinem kleinen Ding» da ...?

Ihr Vorstellungsvermögen weigert sich total, eine solche Möglichkeit auch nur zur Kenntnis zu nehmen. Nichts in ihrer Erziehung hat sie darauf vorbereitet, mit einer solchen Situation fertig zu werden. Im Gegenteil, sie ist viel zu höflich, als daß sie den Eindruck erwecken könnte, sie zöge die Worte des lieben Papa-Patron in Zweifel, und viel zu schüchtern, um einen Skandal heraufzubeschwören.

Am Boden zerstört und stumm trottet sie hinter ihm und dem jungen Pagen, der ihr Gepäck trägt, her ...

Als die Zimmertür hinter dem Pagen, der ihr beim Hinausgehen beziehungsvoll zugelächelt hat, ins Schloß gefallen ist, betrachtet sie voller Entsetzen die Betten. Zweifelsohne zwei, aber so dicht beieinander, daß sie nur *eines* bilden. Brutal-konkretes Symbol einer inzestuösen Vertrautheit.

Und Papa-Patron fällt über sie her.

Feurig umarmt er sie und bedeckt ihr Gesicht mit gierigen Küssen. Dabei keucht er: «Endlich, endlich . . .! Seit Monaten träume ich von diesem Augenblick . . .»

Der Schock macht sie wehrlos wie ein Kälbchen.

Das breite amüsierte Grinsen des Pagen blitzt vor ihrem inneren Auge auf. Endlich begreift sie. Reichlich spät! Papa-Patron hat sie in eine Falle gelockt, um «schlimme Sachen» mit ihr zu machen.

«Mieses Schwein!» kreischt sie.

Sie wehrt sich mit all ihren Kräften, und voll Entsetzen entdeckt sie zum erstenmal das brutale Gesicht eines von Geilheit besessenen Mannes. Der nette Papa-Patron ist ein Tier mit sechs polypenartigen Händen geworden, von denen eine ihre junge rechte Brust umklammert hält und eine andere ihre Beine auseinanderzuschieben versucht. Mit Hilfe von Fußtritten und Faustschlägen gelingt es ihr, sich von diesem Ungeheuer zu befreien, und sie stürmt auf die Zimmertür zu. Wie eine Verrückte rast sie die Treppe hinunter und durch die Halle, unter dem überraschten Blick des Portiers; dann stürzt sie auf die Straße.

«Wünschen Sie ein Taxi?» fragt sie der plötzlich neben ihr aufgetauchte uniformierte Türsteher majestätisch.

Ja, genau das. Ein Taxi. Um zu flüchten. Weit weg von dieser widerwärtigen Szene.

Ojemine! Ihre Tasche ist noch in dem verfluchten Zimmer. Sie hat weder Geld noch Paß noch Rückfahrkarte bei sich. Sie kehrt ins Hotel zurück, um sich in einer dunklen Ecke des großen Salons in einem riesigen Sessel zu verkriechen. Wo sie dann in Tränen ausbricht. Sie schluchzt so geräuschvoll, daß der Portier beunruhigt zu ihr kommt und fragt, ob sie etwas braucht.

«Den französischen Botschafter!» faucht sie.

Der Portier macht sie darauf aufmerksam, daß der edle Vertreter ihres vielgeliebten Landes zu dieser Stunde wohl schläft.

Als sie später während ihrer Reisen einige Botschafter Frankreichs kennenlernt, packt sie jedesmal die Lachlust bei dem Gedanken, einer dieser würdigen Herren wäre dem Bett entstiegen, um einer kleinen Sekretärin, die ihr Chef zu vergewaltigen droht, zu Hilfe zu eilen.

Sie findet ein wenig von ihrer Kaltblütigkeit wieder. Mit dem Ärmel ihres gelblichen Kleides wischt sie sich über die tränennassen Wangen. Sie verschiebt es auf später, sich mit dem unglaublichen Betragen des Papa-Patron und der Männer im allgemeinen zu befassen. Für den Augenblick will sie die Nacht sicher in diesem Sessel verbringen. Morgen wird sie den französischen Botschafter aufsuchen (sie klammert sich an diesen Gedanken), damit er ihr in ihr Land zurückhilft. Übermorgen wird sie in ein Kloster eintreten.

Über diesen guten Entschlüssen schläft sie ein.

Sie wird von einer Hand, die ihre nimmt, geweckt. Ein Schrei entfährt ihr. Es ist Papa-Patron, der sich in den Sessel nebendran gesetzt hat. Er sieht bestürzt aus. «Pardon! Pardon!» flüstert er, «. . . ich hatte nicht begriffen, daß Sie so . . . unschuldig sind.»

Sie bricht von neuem in Tränen aus. Sie hatte sich geschworen, nie mehr mit diesem schändlichen Individuum zu reden. Aber ein Sturzbach von Worten entströmt gegen ihren Willen ihrem Mund. Wie hat er sich nur so aufführen können, er, ihr Papa-Patron, der einzige Mann, zu dem sie seit ihrem Großvater Vertrauen hatte und für den sie soviel Zuneigung empfand . . . töchterliche Zuneigung!? Bei diesem Wort bricht er seinerseits in Tränen aus und wischt sich mit dem Ärmel seines Anzugs über die Backen. (Damals gab es noch keine Kleenex.)

Von einem Schluckauf geschüttelt, erzählt sie ihm alles über ihre fromme Kindheit, ihre anständige Jugend. Ihr Ideal: rein und jungfräulich zu bleiben für die einzige Liebe ihres Lebens, ihren von Christus gesegneten Gatten und den Vater ihrer Kinder.

«Aber ich will Sie ja heiraten!» wimmert Papa-Patron.

«Sie sind doch schon verheiratet, Sie haben fünf Kinder, und Sie sind viel zu alt», wendet sie schniefend ein.

Papa-Patron schließt unter diesem grausamen Schlag die Augen. «Sprechen wir nicht mehr davon! Es war ein verrückter Traum. Ich liebe Sie wirklich, wissen Sie.»

Sie antwortet nicht.

«Haben Sie keine Angst», fügt er leise hinzu, «ich gebe Ihnen mein Ehrenwort, daß ich Sie niemals mehr anrühren werde.»

Sie glaubt ihm. Jeder in seinem Sessel schlafend, Hand in Hand, verbringen sie den Rest der Nacht im großen Salon des Ritz, vor den überraschten Augen des Portiers, der seine Runden macht. Vielleicht ist das ihre erste Liebesnacht.

4

Ein alter Paß, über und über mit unleserlichen Visa und Stempeln bedeckt . . .

Wieder in Paris, hielt Papa-Patron sein Versprechen. Er rührte sie nicht mehr an – nicht einmal ihre Hand –, warf ihr auch nicht den Anflug eines Blickes zu, vermied es sogar, das Wort an sie zu richten. Er schrieb ihr kurze Notizen, die er ihr mit niedergeschlagenen Augen auf die Maschine legte. Die Post versah er mit der nervös hingekritzelten Anmerkung: «Selbst beantworten!» Wenn sie es wagte, ihn anzusprechen, starrte er sie verstört an, als sei sie der enthauptete Geist der Königin Marie-Antoinette. In ihr regte sich der Gedanke, es sei Zeit, ‹La Mode des Femmes› zu verlassen, aber die Angst, sich von neuem und ohne Geld auf dem Pariser Pflaster wiederzufinden, ließ sie erstarren wie eine Maus, die mit einer Schlange eingeschlossen ist.

Es war Papa-Patron, der das Handtuch warf. Er pflanzte sich vor ihrem Schreibtisch auf und verkündete ihr mit monotoner Stimme, daß er es nicht mehr ertrage, drei Meter von ihr entfernt zu arbeiten. Er werde verrückt dabei. Er habe also nach Rücksprache mit dem Präsidenten beschlossen, sie solle eine Abteilung für ausländische

Kundenbetreuung aufbauen. Sie werde ihr eigener Abteilungsleiter sein, aber ohne den Titel (dafür ist sie zu jung) und ohne das Gehalt eines solchen (auch dafür ist sie zu jung). In einem Jahr werde man weitersehen. Sie soll sich in einer Besenkammer einrichten, die zwei Stockwerke tiefer in ein Büro umgewandelt worden ist. Weit weg von ihm. Aber unter seiner Aufsicht.

Sie fällt ihm um den Hals und gibt ihm auf beide Wangen einen Schmatz.

Er lächelt traurig.

Das erste schwerwiegende Problem bei ihrer neuen Tätigkeit besteht darin, wie sie die Rechnungen für die mittäglichen und abendlichen Geschäftsessen bezahlen soll. Damals war es völlig unmöglich, daß ein junges Mädchen nach dem Kaffee vor der Nase der auf der Stelle in ihrer Männlichkeit getroffenen Südamerikaner den Geldbeutel zückte. (Wenn sie jetzt die weitaus jüngeren Regisseure einlädt, legt der Ober automatisch ihr die Rechnung hin.)

Sie schreibt Papa-Patron zu diesem wesentlichen Problem eine Notiz. Er antwortet ihr mit einer Hausmitteilung, man habe ihr bei Prunier ein großzügiges Konto eröffnet und werde ihr die Rechnungen nicht einmal mehr vorlegen, damit ihre Gäste sich nicht in ihrer Männlichkeit getroffen fühlten. Sie geht einfach am Nachmittag im Restaurant vorbei und unterschreibt dann die Rechnungen. Ihr Chef war ein Pionier!

Dieses ungewöhnliche Vorgehen erstaunte die ausländischen Kunden, die sich verpflichtet fühlten, ihr zum Dank prachtvolle Blumensträuße zu schicken. Diese Blumengebinde erregten die Aufmerksamkeit der Personalchefin, der schrecklichen Madame P., von der sie mit besonderem Haß verfolgt wurde. Sie hatte nie verstanden, warum. Madame P. ließ ihre Umgebung wissen, die Kleine sei eine Nutte. Nur eine kleine Nutte konnte doch so viele Blumen bekommen, nicht wahr? Und dazu noch an ihrem Arbeitsplatz! Sie nimmt die Schmähung mit Gleichmut hin, ihr Gewissen gehört ja ihr. Aber aus Rache verbreitet sie nun ihrerseits den Bericht über den Morgen nach der Hochzeitsnacht von Madame P. (ihr Kumpel, der Laufbursche Jojo, hat ihr das erzählt): Madame P.s Mann hatte sie verlassen, um zum Angeln zu gehen. Und war nie zurückgekehrt. Seitdem verachtete Madame P. in ihrem Frust die Frauen, und das bedeutete neunundneunzig Prozent des Personals.

Die «Abteilungsleiterin für ausländische Kundenbetreuung» beginnt zu reisen – allein –, um ihre lieben ausländischen Kunden aufzusuchen. Unter den fernen, dennoch immer auf sie gerichteten Augen von Papa-Patron.

So passiert es eines Tages, daß sie sich in einem internationalen Schnellzug in einer verlorenen Ecke des ehemaligen Habsburgerreichs wiederfindet und in der unendlichen jugoslawischen Weite bei einem phantastischen Schneesturm achtundvierzig Stunden lang festsitzt.

Dieses Ereignis, das keinen der anderen Zugreisenden zu beeindrucken scheint, versetzt sie in Entzücken. Nein, sie taugt nicht für das Büroleben, sie ist zum Abenteuer geboren. Sie würde ein weiblicher Jack London werden und sensationelle Reportagen an ihre Zeitung schicken: «Der Zug für immer unter dem Schnee begraben ... Hunderte von Reisenden unter einem weißen Leintuch in der Tundra ... Werden die Wölfe angreifen?» usw. usw.

Sie sitzt in einem Holzabteil der 4. Klasse. (Papa-Patron hält sie kurz; die prunkvollen Schlafwagen des Orientexpreß sind nicht für sie.) In Gesellschaft eines alten abgehalfterten Botschafters eines kleinen mitteleuropäischen Landes. Und von Türken mit gewaltigen Bärten, die unentwegt mit winzigkleinen Karten spielen, von dikken jugoslawischen Frauen mit geblümten Kopftüchern, die seltsame Eßwaren aus riesigen Bündeln hervorholen und sie mit ihr teilen. Sie trinkt sogar Schnaps aus der Flasche, die die Runde macht. Sie schläft, an einen teilnahmslosen Syrer gekuschelt.

Schließlich setzt sich der Zug wieder in Bewegung. Desgleichen die Polizeikontrollen. Immer wieder werden die Toiletten inspiziert, die Pässe geprüft und noch einmal geprüft. Am Morgen des dritten Tages entdeckt sie endlich die Mittelmeerküste, das Meer, die Sonne, das zarte Blau des Himmels, die kleinen weißen, mit Weinlaub bewachsenen Häuser. Sie durchquert die Türkei, macht Zwischenhalt in Istanbul, wo sie als einzige Frau in einem Restaurant zu Abend ißt und fast einen Aufstand hervorruft.

Sie kommt im Libanon an. Oase des Charmes, der Fröhlichkeit und des Luxus. Frieden. Beirut gleicht einer kleinen französischen Kolonialstadt, und sie ist ganz wild auf den *Mezzé*, den sie des Abends auf ihrer Hotelterrasse zu sich nimmt.

Die berühmten Brüder Antoine, große Importeure französischer Zeitungen, laden sie ein, den Sonntag mit ihnen en famille zu verbringen. Man bietet ihr zur Auswahl: Besuch in Baalbek oder Picknick unter libanesischen Zedern. Die guten Schwestern haben ihr mit ihrer begrenzten Bildung, Gott sei's geklagt, nichts über die phönizische Kultur erzählt, und so wählt sie die libanesischen Zedern, die die Bibel beschwören, das Hohelied Salomons, König David ... Am Sonntagmorgen bringt eine Flotte von Cadillacs, in die sich der ganze Clan Antoine hineindrängelt – Eltern, Kinder, Großeltern, Onkel, Tanten, Cousins, Dienstboten – sie in die Berge.

Herbe Enttäuschung. Von dem herrlich duftenden Wald, von dem sie geträumt hat, sind nur ein paar Bäume übriggeblieben, die zum Schutz gegen die Ziegen eingezäunt sind. Doch die allgemeine Freundlichkeit fegt ihre Enttäuschung hinweg. Sie sitzen alle auf dem Boden um riesige weiße, goldbestickte Tischtücher herum und picknicken von den Platten, die fröhliche Dienerinnen daraufstellen. Strahlendes Wetter. Goldene Lebenslust.

Niemand picknickt heute mehr auf den vom Krieg verwüsteten Hügeln von Aïn-el-Joura. Schande über die Menschen!

Sie eilt weiter nach Israel. Wo sie einen Kibbuz besucht. Die Versuchung überkommt sie, alles stehen- und liegenzulassen und mit diesen warmherzigen Siedlern zu leben, die mit dem Maschinengewehr über der Schulter Orangenbäume auf einem bis dahin unfruchtbaren Boden zum Wachsen bringen. Einmal mehr bedauert sie, keine Jüdin zu sein, die am Ideal Zions teilhaben kann.

Am folgenden Samstag, dem Sabbat, bedauert sie es weniger, als sie im Taxi durch das Chassidim-Viertel der orthodoxen Juden fährt und von wütenden Rabbinern fast gesteinigt wird. Und wie häßlich sie sind mit ihren Löckchen und Pelzhüten bei vierzig Grad im Schatten!

Flugzeug von Tel Aviv nach Zypern, wo sie sich einen anderen Paß besorgen muß. Es ist nämlich streng verboten, mit einem israelischen Visum nach Ägypten – ein arabisches Land – einzureisen. Sie hat also zwei Pässe, von denen einer in ihrer Bindenschachtel versteckt ist. Wenn ein zu eifriger Polizist ohne Schamgefühl ihn findet, bedeutet das Gefängnis. Dieser kleine Hauch von Gefahr entzückt sie. In ihrer jugendlichen Begeisterung fürchtet sie nichts und niemanden. Vielleicht ist der Anblick eines jungen Geschöpfs mit unschuldigen Zöpfen, das durch die Welt spaziert wie durch den Park von Versailles, so überraschend, daß schlechte Absichten erst gar nicht aufkommen ... Erst Jahre später wird sie – nachdem sic sich die Zöpfe hat abschneiden lassen – beunruhigendere Vorfälle erleben.

Ein langer Abend am Flughafen von Tananarive.

Sie muß die Nacht in Madagaskar verbringen, als Transitstation zwischen den Komoren und den Seychellen. Der madegassische Zöllner, der ihren Paß verkehrt herum betrachtet (Ausdruck von Schulbildung), findet in ihrem Koffer das große Tauchermesser, das sie sich an die Wade klemmt und mit dem sie sich wie ein James-Bond-Mädchen vorkommt. Er gibt ein entsetzliches Grunzen von sich, trommelt die Vorgesetzten zusammen, die ihrerseits ein entsetzliches Grunzen von sich geben und ihre eigenen Vorgesetzten zusammentrommeln, usw. Kurz, um ein Uhr morgens findet sie sich auf einem verlassenen Flughafen (alle anderen Reisenden sind verschwunden), umringt von einer drohenden Menge schwarzhäutiger Zollbeamter, die sie vehement wegen sie weiß nicht was beschuldigen. Denn ihre lieben Großeltern haben bei ihrer Erziehung versäumt, sie das Madegassische lernen zu lassen. Sie kann noch so oft ihre Maske, ihr Mundstück und ihre Flossen hervorholen und inmitten der Flughafentruppen lächerliche Schwimmbewegungen vollführen, man will einfach nicht glauben, daß sie nur eine harmlose Tauchfanatikerin ist. «Sie, Terrorist!» Ihr gewaltiges Messer ist nicht dazu da, sich der Haie zu erwehren, sondern den Präsidenten der Republik zu erstechen. Welchen Präsidenten der Republik? Sie kennt nur die Königin Ranavalo.

Panik packt sie. Diese Schwachköpfe sind in der Lage, sie ins Gefängnis zu werfen. Und wer gräbt sie dann in einem madegassischen Verlies aus? Kein Mensch weiß, daß sie dort steckt. Die Zwischenlandung war nur eine technische Formalität, von der sie es nicht für nötig befunden hat, ihre Familie zu informieren. Sie wird den Rest ihres Lebens in einer verdreckten Zelle verbringen, wo es von Küchenschaben, Ratten und Schlangen wimmelt. Oder schlimmer noch, der Soldateska ausgeliefert sein.

Sie fängt an zu brüllen: «Ich französische Journalistin!» (Was nicht stimmt, aber da sie ja sowieso ihren Paß nicht lesen können ...) «Ich sehen wollen französischen Botschafter sofort!»

Eine gewisse Halsstarrigkeit im Herbeirufen des Repräsentanten ihres vielgeliebten Landes ist bei ihr zu bemerken, obwohl sie doch genau weiß, daß der ehrenwerte Diplomat sich auch hier nicht mitten in der Nacht erheben wird, um eine kleine Französin zu befreien, die blöd genug ist, sich mit einem großen Tauchermesser im Indischen Ozean zu tummeln.

Ihr wütendes Geschrei beeindruckt jedoch die Zollbeamtenmeute. Vielleicht sind sie einfach auch nur müde. Die bedrohliche Erregung legt sich mit einem Mal, und der Chef gibt ihr ein Zeichen, Leine zu ziehen. Ihren Koffer (aber ohne ihr Messer – das wird konfisziert) hinter sich herzerrend, entflieht sie in die schwarze, von den Taxis verlassene Nacht. Bis auf eines, das umherstreift und das gegen ein Vermögen von Dollars willig ist, sie zum Hafen des Heils zu bringen: zum Hilton-Hotel. Aus dem sie am nächsten Tag erst in letzter Minute vor dem Weiterflug wiederauftaucht.

Später befindet sie sich in der Maschine von Tel Aviv nach Nikosia. Neben sich eine Kaukasierin. Zumindest hat sie sich das in den Kopf gesetzt, denn sie weiß nichts über die Frau. Aber irgendwo hat sie gelesen, daß die Kaukasierinnen die wundervollsten Frauen der Welt seien. Und ihre Nachbarin ist von atemberaubender Schönheit. Tiefschwarze Haare, leicht mandelförmige grüne Augen, eine weiße Haut, so durchscheinend wie Porzellan, ein Körper wie eine Tanagrafigur. Alle Männer im Flugzeug haben ihre Augen auf sie geheftet und würden die kleine Französin erwürgen, wenn sie könnten, um deren Platz einzunehmen.

Das Traumgeschöpf richtet in einem gurgelnden Französisch auf liebenswürdigste Weise das Wort an sie, und bald schwatzen die beiden miteinander wie zwei alte Freundinnen. Als man feststellt, daß man im selben Hotel wohnt (kein Kunststück, da es in Nikosia nur eines gibt), beschließt man, sich ein Taxi zu teilen (immerhin etwas gespart, bei der knauserigen Spesenabrechnung des Papa-Patron) und abends miteinander zu essen.

Unsere Weltreisende ist entzückt. Wenn sie nicht von einem Kunden am Ort eingeladen ist, hat sie sich angewöhnt, im Speisesaal des Hotels ihre Mahlzeiten allein zu sich zu nehmen, mit einem ostentativ geöffneten Buch neben dem Teller. Signal für die Männer, daß es keinen Zweck hat, sich an sie heranzumachen.

Genau das verschafft ihr übrigens sehr viel später auf der Insel Mauritius ein merkwürdiges Abenteuer.

Sie vertilgt gerade am Strand der Lagune in Gesellschaft eines faszinierenden Kriminalromans von Ed McBain einen gegrillten Fisch, als ein schwarzer Koloß an einem mehrere Meter entfernten Tisch ihre Aufmerksamkeit auf sich zieht. Auch er ißt allein, aber geräuschvoll. Verteilt seine Bestellungen mit Donnerstimme an eine Horde von aufgeregten Kellnern, die ein unentwegtes Kommen und Gehen zwischen ihm und der Küche veranstalten. Offensichtlich eine wichtige Persönlichkeit. Die sich langweilt.

Plötzlich steht er auf und setzt sich an ihren Tisch. Sie, entrüstet über dieses unhöfliche, aufdringliche Verhalten, läßt sich aber nichts anmerken und liest weiter, als hätte sie seine Anwesenheit gar nicht bemerkt.

«Sie lesen?» fragt er auf englisch.

Jetzt schlägt's dreizehn! Ihr schwarzer Riesengorilla ist nicht nur schlecht erzogen, sondern auch noch schwachsinnig. Sie hebt nicht einmal den Blick von ihrem geliebten Kriminalroman und geruht, nicht zu antworten.

«Sie mögen die Schwarzen nicht?» fragt er sichtlich ungehalten.

Es wird immer besser. Einer von diesen Kerlen, die einen auch noch des Rassismus beschuldigen, wenn man sich erkühnt, keine Lust zu einem Gespräch mit ihnen zu haben.

«Nein, ich mag die Schwarzen nicht», antwortet sie kühl, «wenn sie mich beim Lesen stören.»

Der Gorilla erhebt sich wütend, wobei er seinen Stuhl umwirft, und begibt sich unter drohendem Gemurmel ins Innere des Hotels. Die Kellner haben versteinert die Szene mit angesehen. Einer tritt auf sie zu und flüstert:

«Wissen Sie, wer das ist?»

«Nein.»

«Idi Amin.»

Sie hat sich häufig die Frage gestellt, was sie erlebt hätte, wenn sie sich von Amin Dada hätte den Hof machen lassen.

Wäre sie die Erste Dame von Uganda geworden?

Hätte man sie am Ende in Stücke geschnitten und den Krokodilen zum Fraß vorgeworfen?

Das Leben ist voller verpaßter Gelegenheiten.

Sie ißt mit ihrer Kaukasierin im Garten des Hotels von Nikosia unter einer Laube voll duftenden Jasmins zu Abend. Nicht weit von ihr entfernt läßt sich der Leiter des Reisebüros nieder, der ihr vor zwei Stunden ihren Abflug nach Kairo am nächsten Morgen bestätigt hat. Er ist in Begleitung eines Freundes und eines Äffchens an der Leine.

Zehn Minuten später, nachdem die Kaukasierin und sie bei den Grimassen des fröhlichen Tierchens in schallendes Gelächter ausgebrochen sind, sitzen George und Pierre bei ihnen am Tisch. Sie stellen sich vor: Griechen und Junggesellen. Sie laden die Damen zu einem Ouzo ein. Sie interessieren sich vor allem für die Kaukasierin (normal, wenn man deren Schönheit bedenkt). Erklären ihnen beiden, daß die wunderbare und scheinbar so friedliche Insel der Begehrlichkeit zugleich Griechenlands wie der Türkei zum Opfer gefallen ist. Ah, ja? Und sie, sie bedauert es, daß sie keine Zeit gehabt hat, den Festungspalast von Guy de Lusignan, König von Jerusalem und von Zypern, zu besichtigen.

Die beiden Griechen schreien auf. Sie werden sie dorthin bringen. Gerade noch genügend Zeit, um unterwegs anzuhalten und ein zweites Glas Ouzo zu sich zu nehmen, und um Mitternacht wird sie in Kyrenia sein und im Lichte des Mondscheins den Schloßturm bewundern.

Sie zögert. Das Abenteuer mit Papa-Patron hat ihr schönes Vertrauen zum Manne erschüttert. Andererseits kann sie sich jedoch schwer vorstellen, daß der Leiter des Reisebüros von Nikosia eine seiner Kundinnen vergewaltigen würde. Und außerdem, wenn schon eine Vergewaltigung stattfinden soll, dann wird es die der hinreißenden Kaukasierin sein, die keineswegs beunruhigt aussieht.

Auf denn!

In der Taverne herrschen mediterraner Charme und Fröhlichkeit. Sie erlernen den Sirtaki-Tanz. Sie trinken noch einen Ouzo. Sie amüsieren sich herrlich.

Irgendwann entschuldigt sich die Kaukasierin anmutig, sie müsse verschwinden. Die Französin folgt ihr in die Toilette, wo die Kaukasierin sich die Lippen nachzieht. Sie beglückwünschen einander zu dem herrlichen Abend mit diesen reizenden Zyprioten.

«Ich muß Sie um einen kleinen Gefallen bitten», meint ihre Gefährtin, «ich habe dummerweise in meinem Abendtäschchen eine Filmrolle mitgeschleppt. Sie nimmt so viel Platz ein. Würde es Sie stören, wenn Sie sie mir für den Abend abnähmen? Mir ist aufgefallen, daß Sie eine große Tasche haben.»

«Mit Vergnügen.»

Als sie zurückkommt, findet sie ihre neuen Freunde in ein lebhaftes Gespräch auf griechisch vertieft vor, von dem sie rein gar nichts versteht (denn ihre Großeltern haben es ja für ausreichend befunden, daß sie Latein lernt, aber kein Griechisch. Sie ist nur ein Mädchen). Es ist Zeit, sich zu der Festung von Kyrenia zu begeben. Sie steigt in

Georges Auto ein und die Kaukasierin in das von Pierre. Der in genau die entgegengesetzte Richtung davonsaust. Sie zieht die Augenbrauen hoch. Ihr Gefährte beruhigt sie mit einem Lächeln:

«Vielleicht wollen die beiden lieber ganz allein die Ruinen besichtigen?»

Oh! Oh! das gefällt ihr gar nicht. Ihre Unruhe wächst. Sie hält sich weiterhin an dem Gedanken fest, daß der Chef des Reisebüros von Nikosia als Repräsentant der Air France sie nicht vergewaltigen kann. Aber warum eigentlich nicht? Wer wird ihr glauben? Vielleicht wird man ihr sogar sagen: «Recht so. Ein junges anständiges Mädchen treibt sich nicht des Nachts auf einer unbekannten Insel mit einem griechischen Junggesellen herum, der von einem mit Flöhen übersäten Äffchen begleitet wird.»

Ach was, man wird schon sehen. Der Ouzo verleiht ihr Mut. Plötzlich ragt Lusignans Festungspalast vor ihr auf, eine riesige schwarze Silhouette gegen das vom Mond beleuchtete Meer. Seine Schönheit nimmt ihr den Atem. Sie gerät ins Träumen: Ritter auf ihren Pferden, unruhig auf ihrem Platz tretend. Ihre Banner schwingend. Schöne lächelnde Frauen. Hörnerklang. George respektiert ihr entzücktes Schweigen.

Sie laufen über den glitzernden Strand. Seidiges Geräusch des Wellenschlags auf dem Sand. Welch herrliche Nacht!

«Haben Sie Lust zu schwimmen?» fragt ihr Gefährte plötzlich.

«Ich habe keinen Badeanzug», gesteht sie kleinlaut.

«Das macht nichts. Ich gucke nicht hin.»

Sie glaubt kein Wort. Aber heute abend ist sie von Kühnheit durchdrungen (noch immer der Ouzo). Sie streift die Sandalen ab, reißt sich das Kleid vom Leib ... und der Schatten der Mutter Oberin Saint-Charles ragt vor ihr auf und befiehlt ihr, nichts mehr auszuziehen. Mit ihrem BH, einem weißen Höschen und einem keuschen Baumwollhemdchen bekleidet, ohne das sie kein anständiges Mädchen wäre, begibt sie sich also ins Meer.

Als sie wieder herauskommt, betrachtet George, auf dem Sand ausgestreckt, sie voller Neugierde.

«Nehmen Sie Ihr Mitternachtsbad immer voll angezogen?»

«Na klar!» bestätigt sie fröhlich. «Um Erkältungen zu vermeiden.»

Eine ziemliche Weile bleibt er schweigsam und nachdenklich.

«Wie haben Sie Zédah kennengelernt?» fragt er mit einemmal in sachlichem Ton.

«Wer ist Zédah?»

«Ihre Freundin ... mit der Sie reisen.»

«Das ist nicht meine Freundin. Sie hat sich im Flugzeug neben mich gesetzt und mich abends zum Essen eingeladen. Ich kenne sie gar nicht. Warum?»

Erneutes Schweigen.

«Ich glaube Ihnen», sagt George schließlich feierlich. Ein junges Mädchen, das noch seine Zöpfe hat und um Mitternacht im Baumwollhemdchen badet, kann keine Spionin sein.

Wer soll eine Spionin sein? Sie?

Nein, nicht sie. Die Kaukasierin.

Und nun ergeht sich ihr Gefährte in einer langen Erklärung. Pierre und er gehören zur EOKA, einer geheimen Organisation, die für die Wiederangliederung Zyperns an Griechenland kämpft. Man hat ihnen einen Tip gegeben, eine israelische Spionin komme mit dem Flugzeug an. (Was hat eine israelische Spionin in diesem Kampf zwischen Griechen und Türken zu suchen? Ist auch egal.) Die Begegnung heute abend war nicht zufällig. Die Männer glaubten, sie und Zédah seien Komplizinnen. George hat sich ihrer angenommen, und Pierre Zédahs. Während der Hotelchef ihre Zimmer durchsucht.

Sie bricht in Gelächter aus.

Sie hört auf zu lachen.

Sie hat in ihrer Tasche, die neben ihr auf dem Sand liegt, eine Filmrolle mit unbekannten Fotos.

Soll sie es George gestehen, der so leidenschaftlich von seiner griechischen Heimat spricht? Und wer hat sie zu guter Letzt nicht vergewaltigt (ein echter Gentleman)?

Sie zögert.

Sie denkt an Monsieur Levy, der es mit seiner Tasse Milchkaffee verhindert hat, daß sie Hungers starb. Sie denkt an den Kibbuz, wo sie gern gelebt hätte.

Sie sagt George nichts.

Er bringt sie in ihr Hotel zurück. Sie zittert in der nassen Wäsche unter ihrem Kleid. Er küßt sie auf beide Wangen.

«Möge Gott Sie beschützen, junges Fräulein, aber in Zukunft hüten Sie sich auch vor den Frauen!»

Als sie am nächsten Morgen sehr früh das Hotel verläßt, ist Zédah noch immer nicht in ihr Zimmer zurückgekehrt.

Sie wirft die Filmrolle in die Flughafen-Toilette von Nikosia.

Was wohl auf dem Film gewesen ist?

5

Eine unschuldig aussehende kleine Quittung . . .

Von Griechenland kommt sie nach Italien zurück. Sie fährt mit einem Schiff von Piräus durch den Kanal von Korinth, der so eng ist, daß sie fast mit der Hand die Füchse fangen kann, die über die ockerfarbenen Erdhaufen rennen.

Sie muß in Bari das Schiff verlassen und den Nachtzug nach Rom nehmen.

Unten am Landungssteg wird sie von einer fröhlichen Menge gehörnter, mit Pferdefüßen ausgestatteter Teufel, bunt bemalter orientalischer Prinzessinnen und Dominos mit Dreispitzen umringt. Alle maskiert. Da sind Tausende, die tanzen, singen und lachen. Die ganze Stadt hat sich verkleidet und feiert im Schein der Fackeln, die die alten Häuserfassaden beleuchten, den Fastnacht-Dienstag. Seltsames, grandioses Schauspiel.

Ein Pierrot, ganz in Schwarz mit weißer Halskrause, faßt sie bei der Hand.

«Bleiben Sie bei uns. Es ist die Karnevalsnacht. Alles ist möglich.»

«Ich werde in Rom erwartet», protestiert sie.

«Sie nehmen den Zug morgen früh. Einige Stunden

Verspätung – das ist doch nichts, verglichen mit einem ganzen Leben.»

Die Lust packt sie, dieser fröhlichen tanzenden Menge zu folgen. Sie gibt ihr Gepäck bei der Aufbewahrung ab, kauft am Straßenrand eine schwarze Halbmaske und stürzt sich ins Festgetümmel. Ihre Hand in der des Pierrots.

Die Stadt ist wie im Rausch. Sie auch. Sie ist berauscht von der Musik, dem Lachen und dem Geflüster. Sie folgt aufs Geratewohl dem Getanze durch die Straßen. Sie schäkert mit Fremden. Sie tauscht Verrücktheiten mit ihrem Pierrot aus, der eine einschmeichelnde Stimme und hinter seiner Maske hinreißende dunkle Augen hat.

Der Morgen beginnt zu grauen. Das Fest geht seinem Ende zu. Es ist Zeit, die Stadt zu verlassen.

Der Pierrot nimmt seine Maske ab. Er ist jung, schön, dunkelhäutig, feurig.

«*Ti amo*», sagt er und küßt sie. «Ich folge dir bis ans Ende der Welt.»

Und er steigt mit ihr in den Zug nach Rom. Ohne Gepäck, unbekümmert, fröhlich, verliebt. Diese etwas verrückte Handlung versetzt sie in Erregung.

Der Schnellzug fährt los. Sie liegt verliebt in den Armen des jungen Mannes. Ist wie verrückt von seinen Küssen. Verliebt und verrückt. Wenn die Mutter Oberin Saint-Charles sie so sähe, wie sie sich auf der Bank des Bari-Rom-Expresses wälzt, würde sie davon eine Gelbsucht bekommen. Zu spät, ihr ehemaliger Zögling hat den Kopf verloren. Wie sehr der Zug in punkto Erotik dem Flugzeug überlegen ist, wird nie gebührend gewürdigt. Im Zug kann man sich umarmen, sich Mund an Mund etwas zuflüstern, einander streicheln, wogegen

Flugzeugsessel für wollüstige Umarmungen geradezu skandalös unbequem sind.

Sie erfährt, daß ihr schöner Pierrot aus Kalabrien stammt, Oberleutnant in der glorreichen italienischen Marine ist und sie die Frau, auf die er sein Leben lang gewartet hat. Der Schnellzug hält mitten in der Landschaft. Setzt sich nicht wieder in Bewegung. Sie merkt es kaum. Die Reisenden um sie herum – sie nimmt sie durch einen unbestimmten Nebel wahr – werden aufgeregt, gehen nachsehen, was los ist, und kommen ganz verstört zurück. Der vorhergehende Nachtzug hatte einen schrecklichen Unfall. Hunderte von Toten.

Sie wäre darin gewesen, wenn nicht ...

«Das ist das Schicksal, *Carissima mia*!» sagt Arturo und drückt sie ungestüm an sich. «Das Schicksal, das dich gerettet hat – für mich!»

Schließlich erreicht ihr Zug Rom, wo eine böse Überraschung auf sie wartet. Der lokale Vertreter von ‹La Mode des Femmes› irrt völlig außer sich im Bahnhof herum und sucht sie. Papa-Patron hat von der Katastrophe erfahren und ihn bei Morgengrauen angerufen. Seitdem prüft Signore Alberto, ob ihr Name auf der Totenliste erscheint. Aber welch ein Glück, sie ist da! *Grazie, grazie, Madonnina mia!*

Sie hat große Mühe, ihn wieder loszuwerden. Sie erklärt, sie müßte sich von dem Schock erholen und verbrächte das Wochenende auf den Borromeischen Inseln. Ja, ja. Sie gibt ihm den Auftrag, Papa-Patron zu beruhigen, und springt in den Zug nach Mailand. Einen diskreten Arturo im Gefolge.

Ein leichter Nebel liegt über dem Lago Maggiore, aus

dem verschwommen und romantisch die Borromeischen Inseln auftauchen. Sie steht mit Arturo auf einem Hügel, hoch über dem See (sie wird nie wissen, wie sie dorthin gekommen ist). Mitten in einem Feld voller duftender Narzissen.

Arturo küßt sie lange. Erfahren.

Und die Heftigkeit der Begierde wallt in ihr auf, ist unmöglich zu beherrschen. Adieu Erziehung, Angst vor dem Mann, Keuschheitsgelübde. Plötzlich liegt sie auf den zertretenen, betörend duftenden Narzissen und entdeckt den Rausch der sinnlichen Freuden.

Arturo seinerseits hat entdeckt, daß sie noch Jungfrau ist. Verblüfft richtet er sich auf.

«Was für ein wunderbares Geschenk, *amore mio, che bello! Grazie, grazie* . . . du bist meine Frau, für immer.»

Er gibt einen lauten, wilden Schrei von sich, reißt ein Büschel Narzissen aus, die mit ihrem Blut befleckt sind, und legt sie unter das Hemd auf seine Brust.

Trotz allem kommt sie pünktlich nach Paris zurück, wegen der Stechuhr. Sie träumt im Wachzustand, in Erwartung der täglichen leidenschaftlichen Briefe von Arturo, der zu seiner Militärbasis in Livorno zurückgekehrt ist. Eingeschlossen in ihrem Büro-Verschlag, antwortet sie im selben Ton und versucht so zu tun, als interessierte sie sich noch für ihre Arbeit.

Sie ist bei der dreiundvierzigsten überschwenglichen Epistel angelangt, als sie mitten in der Nacht hochschreckt, krank vor Angst und mit der Sicherheit dessen, was sie seit Tagen verdrängt.

Sie ist schwanger.

Zunächst spürt sie so etwas wie Verwunderung. Ein

Gefühl, das sie jedes Mal empfinden wird, wenn sie – auch willentlich und mit Absicht – in diesen Zustand kommt. Das Mysterium in ihr wird sie immer überraschen.

Dann durchfährt sie das Entsetzliche der Situation wie ein Blitz.

Was kann sie tun?

Arturo heiraten? Die Frau eines italienischen Marineoffiziers werden? Auf dieses überraschende Schicksal ist sie nicht vorbereitet. Wie lebt überhaupt die Frau eines italienischen Marineoffiziers? Von Hafen zu Hafen? Oder inmitten einer unbekannten Familie in Kalabrien (liegt wohl am Absatz des Stiefels, nicht wahr?)? Unter der Fuchtel einer hageren, dunkelhäutigen, feindseligen Mamma. Sie meint gehört zu haben, daß die Kalabrier noch wilder sind als die Sizilianer. Niemals wird der Geist ihres Großvaters eine solche Heirat dulden. Ihre Familie ebensowenig.

Sie steht auf und schreibt einen verstörten Brief an Arturo.

Die Antwort erreicht sie postwendend.

Sie liest sie dreimal.

Sie kann es nicht glauben.

Ihr ungestümer Liebhaber ist alles andere als erfreut. Sie ist jung . . . Er auch . . . Ist es denn vernünftig zu heiraten, ohne einander wirklich zu kennen . . .? So früh ein Kind zu kriegen . . .? Seine Karriere . . . Die ihrige . . . Ein Leben in Kalabrien in Betracht zu ziehen ist reiner Unsinn . . . Kurz, er hofft, daß «die Wolken, die den blauen Himmel ihrer Liebe verdunkeln, bald verschwinden mögen . . .»

Schwein! Schwein! Schwein! Schwein!

Sie muß mit der Situation allein fertig werden. Ihr schöner Liebhaber hat sich verdünnisiert.

Eine unverheiratete Mutter sein? «In unserer Familie» unvorstellbar. Außer für die von ihren Herren geschwängerten Dienstmädchen, die man mit ein paar Scheinen vor die Tür setzt. Auch sie wird aus dem Wäschekammer-Zimmer ihrer Großmutter geworfen werden (aber ohne die Scheine). Vielleicht sogar noch schlimmer: des Arbeitsplatzes verwiesen.

Und dann, was macht man mit einem kleinen kalabrisch-dunkelhäutigen Lockenkopf? (Seltsamerweise kommt ihr eine Tochter gar nicht in den Sinn.) Sie lebt schon ärmlich genug von ihrem Sekretärinnengehalt (man hat es – obwohl versprochen – immer noch nicht erhöht). Und dieser Feigling von einem Kalabrier wird ihr nicht gerade die Hälfte seines Solds zum Großziehen seines Sohnes schicken.

Sie fühlt sich wie eine Füchsin, die in eine erbarmungslose Falle geraten ist.

Die Lösung: Abtreibung. Widerwärtig. Grauenvoll.

Entsetzen. Verdammnis. Todsünde.

Von Gott verboten. Gesetzlich untersagt. Mit Gefängnis bestraft.

Aber was sonst?

Sie fällt ihre Entscheidung.

Nur – wie treibt man ab? Wen kann man um Rat fragen? Wo findet man eine Adresse?

Ihre Familie? Kommt nicht in Frage. Ihr Arzt? Er wird ihr Vorhaltungen machen, und damit hat sich's! Ihre Cousinen? Sie werden sich voll Entsetzen und Verachtung von ihr abwenden. Suzanne, die Sekretärin des Werbechefs der Zeitschrift, ihre beste Freundin im Büro? Vielleicht.

Sie lädt Suzanne in dem kleinen Bistro an der Ecke zu einem Kaffee ein. Inmitten des allgemeinen Gebrabbels enthüllt sie ihr mit leiser Stimme das Drama.

Suzanne ist voll von Mitleid. Und überschüttet sie mit Ratschlägen. Vor allem sich nicht an die falschen Hebammen wenden, die auf einem schmierigen Küchentisch mit einer Stricknadel hantieren. Und einen für alle Zeiten verstümmeln. Das ist Simone passiert. Ach! Simone? Die auch . . .? Na ja, was glaubst denn du . . .? Fast alle Mädchen im Büro. Diese Entdeckung verblüfft sie. Und tröstet sie etwas. Sie ist also nicht die einzige, der so etwas Schreckliches passiert. Simone kann inzwischen keine Kinder mehr bekommen.

Ebenso die Injektionen mit Seifenwasser meiden. Das funktioniert zwar manchmal, aber man läuft auch Gefahr, an einer Luftembolie zu krepieren. Eher Permangantabletten. Die furchtbare Blutungen auslösen können. Josette fand sich in der Notaufnahme des Krankenhauses wieder, wo ein Mistkerl von einem Arzt sie, um sie zu *bestrafen,* ohne Narkose ausgeschabt hat. Sie hat gedacht, sie kommt um vor Schmerzen.

Chinin? So wirkungsvoll wie Wasser.

Letzter Ratschlag: Vor allem nicht unter dem Vorwand, Gewißheit zu brauchen, einen Schwangerschaftstest machen lassen. Das Laboratorium kann einen anzeigen. Das ist Jeanne passiert.

Es bleibt nur eine Lösung: Das Ausland. England. Holland. Schweiz. In der Schweiz sind die Kliniken am saubersten. Aber wo findet man die Adresse einer Klinik in der Schweiz? Suzanne wird die anderen Mädchen fragen.

Vom Nachmittag an sind alle Sekretärinnen über ihr Unglück auf dem laufenden. Unter diesem und jenem

Vorwand kommen sie sie besuchen und drücken ihr die Hand. Einige umarmen sie. Nur Mut! Wir sind bei dir. An jenem Tag entdeckt sie die weibliche Solidarität, die – mit einigen Ausnahmen – auch später in ihrem Leben niemals versagt hat.

Am frühen Abend flüstert Suzanne ihr bei der Stechuhr zu: Eine der Stenotypistinnen der Buchhaltung hat eine Freundin, die einen Bruder, einen jungen Arzt, hat, der offenbar eine Klinik in Genf kennt, an die man sich vertrauensvoll wenden kann. Man läßt ihr am nächsten Morgen die Adresse zukommen. Gerettet.

Nein, doch nicht. Weil es teuer ist und sie kein Geld hat.

Unmöglich, um einen Vorschuß zu bitten. Papa-Patron würde sie mit Fragen quälen. Madame P., die Personalchefin, würde sich ein Vergnügen daraus machen, ihn ihr zu verweigern. Sie ist so durcheinander, daß ihr nicht einmal eine intelligente Lüge einfällt. Genausowenig ein Weg, sich die benötigte Summe zu beschaffen. Dabei drängt die Zeit. Sie weiß, daß die Schweizer Kliniken keinen Schwangerschaftsabbruch mehr unternehmen, wenn ein bestimmter Zeitpunkt überschritten ist.

Ein zweites Mal gerettet: Ihr Vater macht gerade Station in Paris. Auf Indochina-Urlaub. Lädt sie zum Mittagessen ein. Erzählt ihr lange von seinem Krieg. Sie wagt es nicht, ihn zu unterbrechen. Das Herz bleibt ihr stehen in dem Moment, als sie den fatalen Satz aussprechen will: «Ich bin schwanger.» Er begleitet sie zu ihrem Büro. Und dort, in dem Menschengeschiebe auf dem Boulevard, wo sie überall angerempelt wird, nimmt sie all ihren Mut zusammen und bittet ihn um ein «Darlehen». Ohne Erklärung. Die entsetzlichen Worte gehen ihr noch immer nicht über die Lippen.

Er runzelt die Stirn.

«Ich habe keinen Pfennig», ruft er ungehalten aus. »Mein Sold reicht kaum, um meine Frau und meine Kinder zu ernähren ... (Seit sie ihn das letzte Mal sah, hat er noch ein Mädchen bekommen!) Aber ich versteh nicht: Ich dachte, du verdienst jetzt deinen Lebensunterhalt ganz ordentlich?»

Sie antwortet nicht. Ist am Boden zerstört. Ihr Schweigen versetzt ihn in Unbehagen. Wut steigt hoch.

«Und außerdem bin ich dir nichts schuldig. Frag deine Mutter. Ich habe bei der Scheidung edelmütig alle Schuld auf mich genommen, aber wenn du die Wahrheit wissen willst ...»

«Nein!» schreit sie wild.

Sie bricht in Tränen aus. Die Beine geben unter ihr nach, und sie bricht auf dem Bürgersteig zusammen, sitzt, den Kopf zwischen den Knien, da – aller Stolz dahin.

Vater ist es unendlich peinlich, seine älteste Erbin vor der Straßenmenge diese weinerliche Heul-Pantomime vollführen zu sehen.

«Steh sofort auf!» befiehlt er mit eisiger Stimme, «und nimm eine angemessene Haltung an. Was ist denn in dich gefahren?»

Er beruhigt sich allmählich.

«Schon gut», brummelt er, «ich habe eine Mappe mit Originalstichen, die ich von meinem Vater geerbt habe. Jeder Experte wird dir ein Vermögen dafür geben. Ich werde es dir von deinem Erbteil abziehen.»

Ihr Stolz ist so zerbröselt, daß sie kläglich murmelt: «Danke, Papa!»

Jetzt muß sie die Adresse eines Fachmannes finden. Sie weiß nicht mehr, von wem sie sie bekommen hat. Sie findet sich in einem vornehmen Büro wieder, wo ein dicklicher Herr, der es sich auf einem Empire-Sessel bequem gemacht hat, die Mappe von Jacques Callot prüft. Er hat nicht geruht, ihr einen Platz anzubieten.

Schweigen.

«Das sind Reproduktionen, ohne Wert», erklärt er schließlich.

«Unmöglich! Das ist aus altem Familienbesitz», protestiert sie.

«Wissen Sie, man macht sich immer zu viele Illusionen über den sogenannten Familienbesitz», höhnt der dicke Händler.

Aufsteigende Übelkeit dreht ihr den Magen um. Denn jetzt erinnert der kleine Kalabrier sie Tag und Nacht an *ihren* «Familienbesitz».

«Wo ist die Toilette? Schnell.»

Als sie zurückkommt, hat sie einen bitteren Geschmack im Mund und Tränen in den Augen.

«Sie brauchen wirklich Geld?» fragt der Fachmann und trommelt mit seinen Wurstfingern auf ihre arme Mappe.

Sie nickt mit dem Kopf.

«Gut, ich werde Ihnen diese Reproduktionen abkaufen, die keinerlei Wert für mich haben (stimmte das, oder hat er sie betrogen? Sie wird es nie in Erfahrung bringen . . .), aber vor allem das Gold, das Sie um den Hals tragen.»

«Aber das sind meine Tauf- und Kommunionsmedaillons.»

«Das oder nichts.»

Sie nimmt die Kette ab, an der ein gutes halbes Dutzend großer, mit ihrem Namen eingravierter Medaillons hängen. Adieu, Symbole ihrer Kindheit und ihres naiven

Glaubens, die ihr so viel bedeutet haben! Das ist Gerechtigkeit. Sie hat gesündigt . . . sie hat es nicht anders verdient.

Der Priester, dem sie ihre Sünde der Fleischeslust gebeichtet hat, hat ihr die Absolution verweigert, als sie ihm ihre Entscheidung kundtat, das Kind dieser Sünde nicht zu behalten. Nicht ein Wort des Verständnisses, des Mitleids, der Barmherzigkeit. Sie ist aus dem Beichtstuhl geflohen, er hat sie quer durch die Kirche verfolgt und zum großen Entsetzen der Gläubigen, die gerade ihr Vaterunser murmelten, Verwünschungen hinter ihr hergekreischt.

Trotz des Schreckens dieser Szene und trotz der Furcht vor den Flammen der Hölle hat sie standgehalten.

Es ist das erste Mal, daß sie sich gegen ihre Mutter, die Kirche, auflehnt. Aber eine unbändige Kraft treibt sie vorwärts. Vielleicht der Überlebensinstinkt? Oder ein tiefes Gefühl der Ungerechtigkeit.

Die Klinik in Genf, in der sie für das Wochenende ein Bett reserviert hat – die Reise nach Genf darf auf keinen Fall durch Abwesenheit im Büro bekannt werden –, schickt sie erst mal zu zwei Psychiatern, die ein Gutachten über den Schwangerschaftsabbruch abgeben müssen.

Dem ersten ist es schnurzegal, und er unterschreibt in Eile eine Bescheinigung. Das Wartezimmer ist voller unglückseliger Geschöpfe mit von Tränen verquollenen, verstörten Gesichtern.

Sie eilt zum nächsten. Er scheint zögerlicher. Stellt ihr viele Fragen. Lutscht an seinem Füllfederhalter, sein Bauch gibt gurgelnde Geräusche von sich. Sie möchte am liebsten heulen, weil sie sich so gedemütigt fühlt. Ihr

Schicksal hängt von diesem unsympathischen, süffisanten Kerl ab.

Und wenn er es ablehnt? Da fällt ihr nur eine Lösung ein: sich in den Genfer See stürzen. Überhaupt ist sie so müde, daß sie sich fragt, ob das nicht der richtige Ausweg wäre.

Der helvetische Doktor fragt sie, was ihre Mutter dazu meint. «Sie ist in einer psychiatrischen Klinik», murmelt sie gleichgültig.

Da leuchtet das Gesicht des Arztes auf:

«Wunderbar! Wunderbar!» jubelt er.

Er befragt sie lange nach der schwerwiegenden psychiatrischen Vergangenheit ihrer Mutter. Er ist ganz eifrig. Hingerissen. Und unterschreibt zu ihrer großen Erleichterung ihre Bescheinigung. «Ich schreibe also: Psychotische Vorfahren rechtfertigen einen Eingriff», verkündet er fröhlich.

Dieses eine Mal: danke, Mama!

Klinik. Ein schmales weißes Bett in einer Reihe schmaler weißer Betten, die sie an den Schlafsaal des Pensionats erinnern. Unendliche Erleichterung beim Aufwachen. Der Alptraum ist vorbei. Sie empfindet keinerlei Bedauern. Keinerlei Traurigkeit. Und das wird immer so bleiben.

Mit ihrer Quittung über 103.40 Schweizer Franken der Klinik M. in Genf kehrt sie nach Paris zurück. Sie schwört sich, sie für immer aufzubewahren.

Niemals zu vergessen.

Sie sendet eine kurze Mitteilung an Arturo mit den Worten, «daß die Wolken, die den blauen Himmel ihrer Liebe verdunkelten», verschwunden sind.

Vierzehn Tage später erreicht sie ein von Erleichterung und Leidenschaft überströmender Brief. Da ein Glück nie allein kommt, teilt ihr schöner Italiener ihr mit, daß er zum Kapitänleutnant befördert worden sei und das Kommando für ein Patrouillenboot in einem kleinen sizilianischen Hafen übernehmen werde.

Wo er mit seiner ganzen Liebe seine *Carissima* erwarte.

Die *Carissima* steigt darauf in den Zug nach Sizilien. Eine Reise von dreiundzwanzig Stunden ohne Unterbrechung, um auf einem völlig verlassenen Bahnsteig anzukommen, hinter dem die Sonne auf ein bleiernes Meer und ein winziges graues Schiff brennt, das einem Spielzeug gleicht.

Die *Carissima* steigt aus einem Taxi.

Auf der Brücke steht die ganze Mannschaft in Weiß stramm.

Die *Carissima* steigt zur Kommandobrücke hinauf, während das traditionelle Pfeifen eines Matrosen als Ehrenbezeugung ertönt.

Der Kapitänleutnant Arturo S. nimmt die *Carissima* mit einem untadeligen Salut in Empfang – und erhält zwei gewaltige Ohrfeigen, die in ganz Italien widerzuhallen scheinen.

Der Kapitänleutnant Arturo S. erbleicht.

Drückendes Schweigen legt sich über die verwirrte, noch immer strammstehende Mannschaft.

Die *Carissima* geht von der Kommandobrücke wieder hinunter (dieses Mal ohne Pfeifen), steigt in ihr Taxi und kehrt nach Frankreich zurück (dreiundzwanzig Stunden im Zug ohne Unterbrechung).

Und nun, krepier, du Hund von einem Kalabrier!

6

Das erste Familienbuch . . .

Sie fürchtet die Abenddämmerung der Sonntage hinten in ihrer düsteren Wäschekammer. Dies ist der einzige Moment in der Woche, da die Melancholie sie einzuholen vermag. Die übrige Zeit ist sie zu beschäftigt. Sie arbeitet wie eine Wilde. Sie tanzt mit ihrer Clique von Begleitern «aus gutem Hause» ganze Nächte lang im Tabou, Rose Rouge, Vieux Colombier oder selbst bei Mini Pinson. (Ihre Enkel kugeln sich später vor Lachen bei dem Gedanken, daß ihre rundliche Großmutter einmal versessen auf den akrobatischen Bebop gewesen sein könnte: «Bist du wirklich so in die Luft gehüpft, Omi?») Von nun an verweigert sie allen, die in sie verliebt sind, auch den kleinsten Kuß. Sie hat gesehen, wohin die Auswüchse von Sex führen können. Sie hat ihre jungmädchenhafte Fröhlichkeit wiedergefunden.

Aber ihre Einsamkeit, wenn Sonntag abends die Dunkelheit anbricht, kann sie nicht ertragen.

Durch das kalabrische Abenteuer hat sie die Anfälligkeit ihrer Sinne, die Feigheit der Männer, aber auch das Drama der Armut kennengelernt.

Also beschließt sie, eine Gehaltserhöhung zu fordern.

Schließlich ist es nun ein Jahr her, daß sie die Abteilung für ausländische Kundenbetreuung ins Leben gerufen hat, und noch immer hat sie den Titel und vor allem das Gehalt einer einfachen Sekretärin. Sie nimmt ihr Herz in beide Hände. Als Kind hat man ihr beigebracht, niemals das Wort Geld in den Mund zu nehmen. In der Verfassung eines Soldaten, der dem feindlichen Mündungsfeuer entgegenschreitet, steigt sie die beiden Etagen hinauf und klopft an die Tür von Papa-Patron, der sie leutselig begrüßt, sich aber bei den fünf Silben «Ge-halts-er-hö-hung» wie eine von ein paar Tropfen Zitrone getroffene Auster zusammenzieht.

«Geht es Ihnen bei uns nicht gut?» fragt er ungehalten.

«Doch!» stammelt sie, «aber es wäre doch normal, wenn man mich ein wenig besser bezahlen würde, oder?»

Uff! Sie hat es herausgebracht.

«Das hängt nicht von mir ab, sondern von Direktor V.»

Lügner! Wirklich, diese Kerle, alles Angsthasen und Feiglinge!

Sie dreht sich auf dem Absatz um und stiefelt noch eine Etage höher. Zu Direktor V. Er läßt sie eintreten. Und hört ihr geistesabwesend zu, während er sich mit einer riesigen Schere die Nägel schneidet.

«Sie haben doch den amüsantesten Platz in der ganzen Zeitung», bemerkt er.

«Das stimmt», gibt sie ehrlich zu, «aber ich arbeite hart; ich habe mir meine eigene Abteilung aufgebaut, ich habe Verantwortung, und ich meine, ich verdiene es, besser bezahlt zu werden als eine einfache Sekretärin.»

«Sie sind noch ziemlich jung», ruft er aus, «wenn ich Ihnen jetzt eine Gehaltserhöhung gebe, was soll ich Ihnen dann in dreißig Jahren zahlen?»

«Das, was ich wert bin. Ich habe nicht gedacht, daß man hier in der Zeitung nach Dienstalter beurteilt wird wie bei der Post», entgegnet sie mit einer – wie es ihr scheint – gewissen Überheblichkeit.

«Gut. Gut. Warten Sie noch ein Jahr! Hören Sie, ein Jahr ist nicht lang in Ihrem Alter!»

«Aber vor einem Jahr schon hatte man mir diese Erhöhung versprochen.»

Er hebt den Blick von seiner Manikürarbeit und witzelt nun ganz ungebremst:

«Versprochen! Versprochen! Aber wo käme man hin, mein liebes Mädchen, wenn man in seinem Leben alle Versprechen hielte?»

Sie sieht ihn völlig konsterniert an. Das ist also ein Erwachsener! Nicht nur ein Miststück, das nicht Wort hält, sondern das sich auch noch damit brüstet. Die Feigheit hat sie schon mit dem Kalabrier entdeckt. Jetzt entdeckt sie auch noch den Zynismus mit Direktor V. Ihr jugendlicher Optimismus erhält einen schlimmen Stoß. Verrottet! Die Welt ist verrottet!

Sie geht wieder zu Papa-Patron hinunter und macht ihm eine solch hysterische Szene, daß nun er in die Direktionsetage stürzt. (Mit gebannter Aufmerksamkeit verfolgt das Personal dieses aufgeregte Kommen und Gehen.) Sie erfährt nicht, was die beiden Männer miteinander besprechen. Kompromiß: Sie wird mit einer geringen, sehr geringen Gehaltserhöhung zum «Unterabteilungsleiter» (ohne Oberabteilungsleiter) ernannt. Die richtige wird in einem Jahr kommen.

Von diesem Auftritt bleibt ihr ein lebhafter Haß gegen Direktor V. Um so mehr, als sie erfährt, daß er für seine fortschrittlichen sozialen Vorstellungen bekannt ist und in den Salons über die Solidarität mit der kämpfenden Arbeiterschaft salbadert. An dem Tag, als er in seinem Büro stirbt, eine Stunde bevor er seine Zeitschrift an eine riesige Mediengruppe verkaufen wollte – was er vor seinen Angestellten geheimgehalten hatte –, empfindet sie auch nicht ein Fitzelchen Bedauern.

Und statt bei seiner Beerdigung inmitten seiner in Tränen aufgelösten Angestellten, die in Bussen zum Friedhof gekarrt worden sind, das Grab mit Weihwasser zu besprengen, spuckt sie darauf.

«Du bist verrückt», murmelt Suzanne, der ihre Geste nicht entgangen ist, «das ist ein Sakrileg.»

«Ja und? Spüren tut er das nicht mehr.»

«Das hast du doch nicht gemacht, weil er deine Gehaltserhöhung abgelehnt hat?»

«Nein! Weil ich seinetwegen – und auch wegen anderer – an nichts mehr glaube!»

Sie ist noch zu jung, um zu wissen, daß das Blümchen Illusion hartnäckig in ihr nachwachsen wird und daß sie seinetwegen auch weiterhin eine Menge Dummheiten begehen wird.

Und dann platzt ihr an einem grauen, verregneten Sonntag der Kragen: Sie beschließt zu heiraten.

Eine Vernunftehe. Schließlich ist sie alt. Sie hat zwanzig Jahre auf dem Buckel.

Sie wird einen netten, guterzogenen Jungen heiraten, der sie liebt (sie selbst wird nie wieder einen Mann lieben: Der Kalabrier hat ihr das Herz gebrochen), dem sie schöne Kinder (drei) schenken, den sie nie betrügen wird (Scheidung kommt nicht in Frage, o nein!) und mit dem sie Hand in Hand zusammen alt wird. So!

Dieses hehre Bild läßt ihr Herz höher schlagen. Ganze Generationen von Großmüttern sind schon vor ihr «arrangierte Ehen» eingegangen. Und das hat ohne allzuviel Mord und Totschlag funktioniert. Sie wird deren Beispiel folgen. Das ist Frauenschicksal.

Da sie mit einem Temperament ausgestattet ist, das nach *action* schreit, beschließt sie, auf der Stelle nach dem Auserwählten zu fahnden.

Aus einem unerfindlichen Grund ist sie von einer Schar von Anwärtern umgeben, die alle davon zu träumen scheinen, sie zu heiraten. Nebenbei bemerkt wird dies über eine ganze Strecke ihres Lebens so bleiben. Sie wird nie begreifen, warum. Vielleicht sieht sie ganz simpel so aus wie jemand, den man heiratet.

Sie zögert: Bertrand oder Jean-Louis?

Bertrand: Nett. Gutaussehend. Reich. Erbe eines großen Namens. Alle Mädchen sind verrückt nach ihm, und er ist verrückt nach ihr. Und sie? Sie findet ihn insgeheim ein bißchen konventionell und nicht sehr intelligent. Dennoch wird er sicherlich einen guten Ehemann abgeben. Dafür läuft sie allerdings Gefahr, sich etwas zu langweilen. Na, und wenn schon! Sie wird ein ruhiges, bequemes Leben haben, das so geradeaus verläuft wie eine Landstraße in der Provence.

Jean-Louis: Intelligente Häßlichkeit. Ausstrahlung und ungemeiner Charme. Abgebrannt. Was ihn nicht hindert, um fünf Uhr seinen Tee einzunehmen, der ihm vom Butler seiner Eltern (Vater: Bankier) mit blütenweißen Handschuhen serviert wird. Vielleicht faul. Aber so geistreich . . . wenn seine Art von Humor sie auch manchmal etwas schockiert.

Als sie dank der Bemühungen von Tante Hildegard zu

einem der großen und vornehmsten Bälle von Paris eingeladen war, hat sie ihn gebeten, sie zu begleiten. Sie konnte froh sein. Denn er bewahrte seine Haltung angesichts ihres armseligen Abendkleids, das aus einem alten, von ihrer lieben Cousine Isabelle geschenkten Satinrest genäht war. Die kleine, altmodische Schneiderin ihrer Großmutter hatte darauf weißen Tüll drapiert, der einem Moskitonetz glich, und sie selbst schmückte es dann noch mit selbstgebastelten Samtschleifen. Kurz, eine einzige Scheußlichkeit. Aber sie kam sich darin vor wie Scarlett O'Hara ...

Stolz erschien sie in dieser Aufmachung am Arm des in seinem Smoking untadeligen Jean-Louis und schritt die Treppe des Stadthauses der gräflichen Eltern der Mademoiselle Marie-Françoise de C. hinauf, der zu Ehren dieser prächtige Ball gegeben wurde. Mitten auf der Treppe blieb sie mit einemmal stehen, scharlachrot vor Scham.

«Was ist los?» flüsterte Jean-Louis, während die anderen Gäste sie anrempelten und die Familie de C. sich vorbeugte, um nach der Ursache für den Stau zu sehen, der ihre Treppe verstopfte.

«Das Gummi ... hm ... von meinem Höschen ist gerissen!» gestand sie in größter Bestürzung.

Ihr kleines weißes Baumwollhöschen hatte sich um ihre Knöchel gewickelt, hemmte sie in ihrem edlen Gang und hinterließ nur den einen Wunsch in ihr: Möge die Erde sich öffnen und sie verschlingen, sie samt ihrem Höschen.

«Verlaß dich auf mich!» murmelte da ihr Kavalier. Er beugte sich hinunter, riß ihr kurz entschlossen das intime Wäschestück von den Knöcheln und stopfte es in seine Smokingtasche.

Daraufhin setzten sie beide ihren Aufstieg fort, um,

oben angelangt, die hochmütige Comtesse de C. zu begrüßen, die niemals daraufkommen wird, daß das junge Wesen, das ihr eine untadelige Reverenz erwies, skandalöserweise keine Unterhose trug.

Nach dieser ritterlichen Tat jedoch verbrachte Jean-Louis leider den Abend damit, diese immer wieder aus seiner Tasche zu ziehen und, sich vor Lachen krümmend, seine Freunde zu fragen:

«Ratet mal, wem dieses unglaubliche Ding gehört!»

Ja, mit Jean-Louis wird sie sich nicht langweilen, aber sie argwöhnt andererseits, daß ihr Leben chaotisch zu werden droht. Bertrand oder Jean-Louis? Jean-Louis oder Bertrand? Sie ist versucht, eine Münze in die Luft zu werfen und den Zufall entscheiden zu lassen. Nein, dazu ist sie doch zu eigenwillig.

Bertrand. Die vernünftigste Wahl.

Sie ruft ihn sofort an, um ihm zu sagen, daß sie sich freuen würde, gleich am nächsten Tag mit ihm zu Abend zu essen. Ihre Eile überrascht ihn ein wenig, aber er ist entzückt. Verabredung bei Scossa. (Er wird dort eine Mordsrechnung zu bezahlen haben.)

Schon bei der Vorspeise erklärt sie ihm ruhig ihr Anliegen. Sie sei bereit, auf seine wiederholten Heiratsanträge einzugehen. Er ist wie vom Donner gerührt. Nach seiner Vorstellung sollte sich die Szene anders abspielen. Er zu ihren Füßen, sie anflehend: «Sei mein!» Sie, ihr Gesicht verbergend, halb ohnmächtig auf einem Canapé liegend und mit erstickter Stimme antwortend: «Ja! Ja! Ja! Aber frag erst meine Eltern . . .!»

Ihr fehlender Sinn für Romantik enttäuscht ihn sichtlich. Salatsauce läuft ihm übers Kinn. Gerührt wischt sie sie ihm ab. Ist er nicht lieb, ihr zukünftiger Ehemann!

Leider Gottes ist sie ein ehrliches Mädchen. Sie gesteht ihren kalabrischen Fehltritt. Er hört ihr zu, wobei der Mund sich immer weiter öffnet (der Gute sieht richtig schwachsinnig aus!)

«Ja, was heißt das . . . du bist keine Jungfrau mehr?» stammelt er ungläubig.

Nun ist es an ihr, kleinlaut zu murmeln:

«Nein, ja, nein . . .»

«Und du hast in Genf . . . abgetrieben?»

«Na ja . . .» stammelt sie immer kleinlauter.

Er glaubt seinen Ohren nicht zu trauen. Sie sieht doch so sehr wie ein anständiges Mädchen aus.

«Und Kinder kannst du noch kriegen?»

«Der Arzt hat es mir versichert.»

Sie fühlt sich gedemütigt, beschämt und ist wütend. Sie hat die Angepaßtheit dieses Kerls unterschätzt. Sie erhebt sich.

«Lassen wir die Heiratsgeschichte! Auf Wiedersehen!»

Er hält sie am Ärmel fest.

«Nein! Nein! Verzeih . . .! Einfach die Überraschung. Aber ich versteh dich. Es wird unser Geheimnis bleiben. Meine Eltern dürfen es nicht erfahren . . .»

Vor allem nicht seine schreckliche Mutter, die, das spürt sie wohl, die Heirat ihres schönen Erben mit einem jungen Wesen, das zwar zweifellos aus guter Familie stammt, aber ohne einen Heller und nicht einmal mehr Jungfrau ist, nicht gerade wohlwollenden Auges sähe.

«Wir werden wunderbar glücklich werden», träumt Bertrand laut. Drei Kinder. Prächtig. Natürlich wird sie aufhören zu arbeiten . . .

«Niemals!»

Der Schrei ist ihr gegen ihren Willen entfahren. Aus ihrem tiefsten Innern. Sie ist nicht in der Lage, ihre Reaktion zu analysieren. Aber sie weiß, so ist es nun mal. Sie liebt ihre Arbeit. Ihre kleine finanzielle Unabhängigkeit geht ihr über alles.

Bertrand bleibt hartnäckig. Die Frau des zukünftigen Vicomte de Z., dazu noch Milliardär, kann nicht Tag für Tag das Los der Arbeiterklasse teilen. Lächerlich! Das werden seine Eltern niemals zulassen. Vor allem, fügt er wütend über ihre starrköpfige Kühnheit hinzu, wo sie doch einen so miesen kleinen Job habe . . .

Sie erhebt sich von neuem, dieses Mal geradezu außer sich vor Wut.

«Adieu, armseliger Scheißkerl!» schreit sie, «ich habe vielleicht wirklich nur einen miesen kleinen Job, aber ich bin kein Papasöhnchen, das die Hosen voll hat . . .!»

Ihr gelingt ein blendender Abgang aus dem Restaurant (zumindest hofft sie es); sie läßt ihren Ex-Freier sprachlos vor Verblüffung über ihre ordinäre Ausdrucksweise und die Beleidigungen zurück. Er ist noch einmal davongekommen.

Einige Jahre später, als sie selbst verheiratet ist und eine Familie hat, sieht sie ihn wieder. Er hatte ins Telefon geflüstert, daß er dringend unter vier Augen mit ihr sprechen müsse.

Sein prächtiger Mercedes erwartet sie im Schatten der Alleebäume auf der Straße hinter ihrem Haus. Seine Miene ist ernst, er raucht am Steuer. Schweigend setzt sie sich neben ihn.

Plötzlich zieht er aus seiner Tasche einen Ehering hervor.

«Ich habe gestern heimlich eine Stewardeß geheiratet. Meine Eltern sind außer sich vor Zorn. Aber sie erwartet ein Kind von mir.»

«Du bist ein guter Kerl», antwortet sie und denkt an den Kalabrier.

«Sie ist reizend», fährt er leise fort, «aber ich liebe sie nicht. Ich habe es immer bedauert, nicht dich geheiratet zu haben. Damals war ich ein nichtsnutziger Scheißkerl, du hattest recht. Für mich bist du meine Frau. Diesen Ehering werde ich niemals tragen. Das wollte ich dir nur sagen.»

Er wirkt aufrichtig. Ihr Kleinmädchenherz – das sie immer noch hat – schmilzt.

«Vergiß die alte Geschichte und werde glücklich, mein Lieber!»

Sie küßt ihn auf die Wange und steigt aus dem Auto – immerhin leicht gerührt und geschmeichelt, daß sie eine Leidenschaft, Tristans und Isoldes würdig, geweckt hat. Nicht mehr ganz so gerührt wird sie sein, wenn sie wiederum ein wenig später erfährt, daß er ein großer Schürzenjäger vor dem Herrn geworden ist und daß seine schreckliche Mutter – da sie ihre Schwiegertochter, wie vorausgesehen, haßte – ihm am Seine-Ufer, da wo die schönsten Mannequins von Paris vorbeidefilieren, eine Junggesellenwohnung geschenkt hat.

Nach ihrem Mißerfolg mit Bertrand ißt sie mit Jean-Louis zu Mittag. Dieses Mal in der Capoulade. Ihr Freier Numero zwei kann ihr nur einen überbackenen Käsetoast spendieren. Er zeigt sich sofort begeistert und zärtlich. Ihre kalabrische Geschichte rührt ihn. Und erstaunt ihn zugleich. «Also du! . . . wo du doch so anständig aussiehst!»

«Wenn mir noch einmal einer sagt, daß ich anständig aussehe, erwürge ich ihn.»

Er nimmt ihre Hand.

«Armer Liebling! Wie mußt du gelitten haben!»

Diese brüderliche Großherzigkeit bringt sie aus der Fassung. Sie öffnet ihr Herz völlig: Nicht nur, daß sie eine Ex-Mutter ohne Mann ist, sie ist dazu noch völlig mittellos und entschlossen weiterzuarbeiten. Dazu beglückwünscht er sie. – Aber deine Eltern . . .? – Sie werden hingerissen von dir sein –. Sie offenbart ihm noch, daß ihre Mutter . . . hm . . . ein wenig durcheinander ist . . .

Kurzum, beim Dessert ist die Sache abgemacht. Bürgerliche Verlobung: Man muß trotz allem der Familientradition Rechnung tragen. Hochzeit auf dem Lande im Haus seiner Eltern. Du wirst sehen, es wird wunderbar werden. Drei Kinder – immer noch. Ein gradliniges, doch lustiges Leben. Ah! Eine kleine Wolke am Himmel ihrer Liebe, wie der Kalabrier sagen würde. Jean-Louis hat gerade seine Stellung verloren. Irgendeine «ziemlich anödende» Geschichte bei einem Börsenmakler, einem Freund seines Vaters . . . Aber er wird schon schnell etwas anderes finden. Irgendeinen «Scheiß-, aber rentablen Job». Es sei denn, er macht sich an «heiße Sachen». Die Erfahrung wird sie zu spät lehren, daß die «Scheiß-, aber rentablen Jobs» nicht existieren. Was die «heißen Sachen» angeht, wird sie nie dahinterkommen, was das ist.

Verlobt.

Zu ihrer großen Überraschung spricht sich ihre Mutter – zwischen zwei Sanatorien – gegen diese Heirat aus.

«Wer ist dieser Junge? Hat man genügend Erkundigungen über ihn eingezogen? Wir kennen seine Familie nicht. Schlimmer noch, sie steht nicht einmal im *Who is Who*.»

Die Tochter zuckt mit den Achseln. Aber in ihrem Entzücken, die Rolle einer römischen Matrone spielen zu können, läßt die Mutter Nachforschungen anstellen. Durch wen, wird die Tochter nie erfahren. Einen Privatdetektiv? So etwas tut man in dieser Familie nicht. Einen Pfarrer? Wahrscheinlich. Ein Netz von Pfarrern arbeitet intensiv an solcher Art von Problemen. Oder die Mafia von bretonischen Köchinnen (unterdessen durch die portugiesischen Putzfrauen ersetzt).

Die Antwort trifft ein. Vater Bankier. Das wußte man. Mutter aus dem Großbürgertum. Kurz, eine sehr ehrenwerte und reiche Familie. Bestens! Bestens! Aber, Gott sei's geklagt, den Helden, den einzigen Erben, hält man für ein mieses Subjekt, faul, anmaßend, verschwenderisch, exzentrisch. Folglich widersetzt sich ihre Mutter in einer der dramatischen Szenen, die sie so liebt, der Heirat.

Falls sie jemals gezögert hatte, Jean-Louis zu heiraten, so würde sie jetzt mit nackten Füßen auf glühenden Kohlen über den Platz von Notre-Dame gehen, um es zu tun.

Ihre Erzeugerin gibt klein bei – aufgrund der Drohung, sie werde zu den Hochzeitsfeierlichkeiten nicht eingeladen. Ein Skandal, den sie sich nicht einmal vorstellen mag. Aber bei einem Dickkopf wie ihrer Tochter weiß man ja nie. Und dann hat sie ein dringenderes Problem: Wie formuliert man die Anzeige im ‹Figaro›?

Weil nämlich die entzückende Mama, die als junges Mädchen einen der illustersten Namen des französischen Adels trug, nun Madame Olivapoulos heißt und dieser Name auf jenen wunderbaren Seiten schlecht, sehr schlecht klingen wird, um so mehr, als die zweite Frau des Vaters ihrer Tochter, eines Obersten und Barons, auch darauf erscheinen wird.

Mit welchem Recht überhaupt?

Familienzwist.

Die Eltern ihres zukünftigen Gatten bleiben dem mondänen Gefeilsche nichts schuldig. Höflich, aber bestimmt lehnen sie die Anwesenheit dieser «Anhängsel» bei der Hochzeit ihres Sohnes ab. Die Scheidung der Gegeneltern, ein Fleck auf ihrer gesellschaftlichen weißen Weste, muß so schnell wie möglich aus der Welt geschafft werden.

Jean-Louis plädiert zugunsten ihrer Blutsverwandten. Ihr Vater und ihre Mutter sind gar nicht geschieden. Oder vielmehr, sie sind es nicht mehr. Ihre Ehe wurde nämlich in Wirklichkeit nach drei Prozessen bei der Rota Romana im Vatikan annulliert, was Jahre inständigen Betens und viel Geld gekostet hat: Ganze Anwesen mußten dafür verkauft werden ... Beide haben sich dann – jeder für sich – kirchlich neu verheiratet. (Die Tochter, die aus einer Ehe stammt, die gar nicht existiert hat, weiß nicht allzu genau, wer sie ist. Vielleicht ein himmlisches Kind?)

Ihre zukünftigen Schwiegereltern fragen den Bischof um Rat. Der das Problem in Rom vorträgt. Die Kardinäle zerbrechen sich den Kopf. Die Antwort trifft ein: Bei der Zeremonie nur den Erzeuger und die Erzeugerin der Braut erscheinen lassen. Die zweite Ehefrau ihres Vaters und der dritte Ehemann ihrer Mutter beugen sich wutschnaubend. Aber die Tochter glaubt die rundliche Gestalt von Monsieur Olivapoulos in der Menge der Gäste bemerkt zu haben. Der gute Mann hat der Lust, heimlich an dem Fest teilzunehmen, nicht widerstehen können. Was den ‹Figaro› angeht, beschließen Jean-Louis und sie, das Problem durch einen «Blitzkrieg» zu regeln. Sie lassen die Ankündigung ihrer Vereinigung nur unter ihrer beider

Namen erscheinen. Die Famillienangehörigen wittern voll Wonne den vertuschten Skandal.

Im ganzen gesehen macht ihr die große Hochzeit einen Riesenspaß. Sie kostet das Spiel voll aus. Jungfräuliches Hochzeitskleid mit englischer Stickerei (bezahlt von ihren mageren Ersparnissen), ein Orangenblütenkranz (der ihr nicht mehr zusteht, sei's drum), ellenlanger Tüllschleier, blumenstreuende Kinder, klotziger Diamant als Verlobungsring. Später entdeckt sie – als sie ihn nach einer Katastrophe ins Pfandhaus bringt –, daß er nichts wert ist: An der Seite zeigt sich ein dicker Einschuß. Im Augenblick blitzt er wie tausend Sterne an ihrem Finger. Sie ist in einem Hollywoodfilm, wo sie das junge Mädchen aus guter Familie spielt, das den reichen Erben heiratet. Sie ist entzückt, trotz der düsteren Miene von Papa-Patron.

Denn der arme Mann verbeißt sich weiterhin in seine unglückliche Leidenschaft. Es tat ihm gut, wenn er sie von seinem Fenster aus beobachtete, wie sie lachend und mit den jungen Leuten schäkernd, die auf der anderen Straßenseite auf sie warteten, aus dem Büro kam. Aber daß sie sich verheiratet, nein, das kann er nicht akzeptieren.

Er versucht sogar mehrmals, sie von diesem Vorhaben abzubringen.

«Sie sind mit den Gedanken nicht mehr bei der Arbeit», schimpft er, «wo ich doch eine große Karriere für Sie im Auge hatte. Und außerdem habe ich Erkundigungen eingezogen (wie das? Er auch . . .!) . . . und dieser Junge paßt nicht zu Ihnen.»

Sie antwortet höflich, aber bestimmt, daß ihr Privatleben ihn nichts angehe. Seitdem vermeidet er es, an ihre Bürotür zu klopfen, und trägt in den Gängen eine schmerzliche Miene zur Schau, die ihr in ihrem jugendlichen und fröhlichen Egoismus auf die Nerven geht.

Am Vorabend der Hochzeitsfeierlichkeiten besteigt sie mit ihrer kompletten Hochzeitsgarderobe, dem Kleid und dem Hut der Mutter, der algerischen Spahi-Uniform mit rotem Burnus und einem Kilo Orden und Ehrenzeichen des Vaters, des Herrn Oberst, das Auto der Eltern.

Die Fahrt verläuft in absolutem Schweigen. Ihre Erzeuger haben sich seit der Scheidung nicht mehr gesehen. Ihre Frau Mutter wartet majestätisch darauf, daß ihr erster Mann die Entschuldigungen vorbringt, auf die sie seit Jahren wartet. Ihr Papa hat sich in seinen Stolz eingemauert und tut den Mund nicht auf.

Bis zu dem Augenblick, als der Wagen durch das Gittertor des Anwesens der zukünftigen Schwiegereltern fährt. Es ist nicht ein einfaches Landhaus, sondern ein prächtiges Schloß im Stil Ludwigs XIII., flankiert von einem Festungsturm und umgeben von Wassergräben und einem französischen Park. Nach Luft schnappend, hält ihr Vater mit einem Ruck an und schleudert die Mutter gegen die Windschutzscheibe. Die kreischt auf. Beide drehen sich entrüstet zu ihrer Tochter um:

«Warum hast du uns nicht gesagt, daß es sich um ein phantastisches Schloß handelt?»

«Na ja, weil ich es nicht wußte», antwortet sie dümmlich. «Ich war noch nie hier, und Jean-Louis redet immer von seinem Haus, ohne nähere Angaben.»

«Mein Gott, als was stehen wir denn da, so ruiniert wie wir sind!?» stöhnt ihre Mutter.

«. . . als das, was wir sind!» begehrt ihr Vater auf. «Aus einer sehr alten Familie, die auf Heinrich IV. zurückgeht und die fünfhundert Jahre lang auf ihren Ländereien gelebt hat.»

«. . . auf einem alten befestigten, schon halb verfallenen Bauernhof», zischt ihre Erzeugerin.

«Das ist mehr als ein Anwesen, das zweifellos sehr schön, aber lange nicht so alt ist!» keift ihr Vater.

«Man hätte diese Hochzeit auf dem Besitz von meiner Seite arrangieren sollen», schimpft ihre Mutter.

«Darf ich Sie daran erinnern», meint deren erster Gatte, «daß seit dem Tode Ihres Herrn Vaters dort die Dächer abbröckeln, obwohl Ihre Frau Mutter Erbin einer jüdischen Bank ist.»

«Nicht jüdisch! Schweizerisch!» brüllt ihre Mutter.

«Hört doch auf!» stammelt nun die Tochter. «Verderbt mir nicht meine Hochzeit! Ihr könnt hinterher weiterdiskutieren.»

Mit strahlenden, honigsüßen Gesichtern steigen dann alle vor der Freitreppe aus dem Auto, wo ihre zukünftige Schwiegerfamilie sie erwartet, die ihrerseits kleine heuchlerische Willkommensschreie ausstößt.

Zweifellos ruft diese Verbindung auch bei ihnen kaum Entzücken hervor. Die Kleine ist keine gute Partie.

Gut, sie ist Abkömmling alten Adels aus dem Béarn (die Beteiligung von Urahn Heinrich IV. ist dabei nicht erwiesen), während die Gegenfamilie nur bürgerlich ist – großbürgerlich, aber dennoch bürgerlich –, und sie sieht wie ein anständiges Mädchen aus (noch immer), während man schon einen Augenblick befürchtet hatte, daß ihr mieses Subjekt von einem Erben die Nutte heiraten könnte, in die er sich verliebt hatte (im Moment kennt die Zukünftige dieses Detail noch nicht). Aber sie hat keinen roten Heller, und das Bankiersherz ihres zukünftigen

Schwiegervaters blutet. Ihr mageres Gehalt kann kein gutes, solides Vermögen ersetzen, das halb an der Börse, halb in Immobilien angelegt ist. Schlimmer noch, sie hat nichts zu «erwarten», das heißt, keinerlei Aussicht auf ein Erbe. Nichts. Außerdem findet der ehrenwerte Finanzmensch sie aufsässig. Während der Zeremonie der Heiratsverträge provozierte sie beim Notar ein kleines Drama: Sie verlangte einen Vertrag mit Gütertrennung, wohingegen der von Maître Piedevache vorbereitete die Gütergemeinschaft vorsah.

«In unserer Familie», bemerkte der Vater ihres zukünftigen Gatten feierlich, «ist die Gütergemeinschaft die Grundlage für alle Eheverträge.»

«Und das ist in Ihrem Interesse, mein liebes Kind», säuselt Maître Piedevache ölig, «Sie haben nichts, nun, Sie haben kaum irgendwelches Vermögen ... Nicht einmal eine Mitgift – wohingegen Ihr Verlobter so etwas hat.»

Genau. Verkehrte Welt: Jean-Louis bekommt von seinen Eltern eine beträchtliche Summe, während sie sich darauf beschränkt, zwei bestickte Leintücher, einen wackligen Louis-XIV-Lehnsessel – sozusagen handsigniert – und eine scheußliche goldene Brosche ihrer Großmutter einzubringen. Die Brosche ist als Rose gearbeitet, mit einem kleinen Smaragdherz und winzigen Brillanten, die Tautropfen darstellen.

«Genau!» antwortet sie mit einem gewissen Stolz, der – wie sie findet – ihrer Vorfahren würdig wäre. «Ich möchte nicht den Eindruck erwecken, als heiratete ich Jean-Louis seines Geldes wegen.»

«So etwas denkt niemand von Ihnen», versichert ihr der Schwiegervater, der falsche Fuffziger.

«Diese Geschichte mit den Moneten, da kommt doch

immer nur Scheiße raus», höhnt Jean-Louis, der sich desinteressiert in einer Ecke mopst.

«Und außerdem bin ich offenbar bei einer Gütergemeinschaft gezwungen, meinen Mann um seine Zustimmung zu bitten, wenn ich auch nur ein einfaches Bankkonto eröffnen möchte. Nun bin ich aber seit Jahren an meine finanzielle Unabhängigkeit gewöhnt.»

«Ach, kommen Sie, das ist doch wohl nicht so wichtig», schleimt Maître Piedevache.

«Und außerdem hast du meine Zustimmung, komm schon!» scherzt Jean-Louis.

Die Unglücklichen wissen nicht, daß sie dickköpfig ist wie ein béarnesischer Esel.

«. . . Gütertrennung, oder ich unterzeichne nicht.»

Ihr zukünftiger Schwiegervater gibt dem Notar ein Zeichen des Einverständnisses. Aber seine Augen erdolchen die Schwiegertochter. Von diesem Tag an verabscheut er sie. Um so mehr, als sie ihm, diesmal in aller Öffentlichkeit, eine weitere Schmach antut. Am Tag der Eheschließung. Im Rathaus. Als der Bürgermeister rotgesichtig und innerlich bewegt, weil er den Schloßerben in Anwesenheit des Präfekten, des Abgeordneten, von zwei alten Ministern und tausend Gästen verheiraten wird, sie nach ihrem Beruf fragt, posaunt sie mit heller, begeisterter Stimme heraus:

«Unterabteilungsleiterin!»

Jean-Louis neben ihr hat Mühe, nicht loszuprusten, und in den Familienrängen hinter ihr hört sie geniertes Hüsteln ob einer so wenig ruhmvollen Erklärung.

(Sie wühlt in dem schwarzen Koffer. Da ist es! Sie hat es gefunden, das Fotoalbum von ihrer ersten großen Hochzeit.)

... Meine Güte, sieht sie nuttig aus! Kräuselhaare (Jean-Louis hat sie dazu gebracht, sich die Zöpfe abschneiden zu lassen), ein Lippenstift, der ihr nicht steht, der Orangenblütenkranz auf ihrem Kopf verrutscht. Sie hängt am Arm von Jean-Louis, der wie fünfzehn aussieht, und lächelt dümmlich. Und das, obwohl sie Höllenqualen leidet.

Einer ihrer Dominikaner-Onkel hat die Messe und die Trauung zelebriert. Nach einem geheimen Kampf zwischen ihrer Mutter und ihrer zukünftigen Schwiegermutter, die ihren eigenen Dominikaner einbringen wollte. Damals war es sich jede Familie schuldig, in ihrer Mitte einen eigenen Kirchenvertreter zu haben, der selbstverständlich bei allen kirchlichen Familienfeierlichkeiten amtierte.

Sie hat es nun aber nicht gewagt, ihm bei der Beichte am Vorabend ihre Abtreibung zu gestehen, die zu bereuen sie sich weiterhin weigert. Sie hat zu große Angst, er könne ihr das Sakrament der Ehe verweigern und damit einen Skandal hervorrufen, von dem sich ihre Familie väterlicher- und mütterlicherseits bis ins zehnte Glied nicht erholt hätte. Also hat sie in einem Zustand der Todsünde das fatale «Ja» ausgesprochen. Mit Entsetzen fragt sie sich nun, ob ihr Bund überhaupt gültig ist. Vor der Kirche bestimmt nicht. Vor Gott vielleicht ja. Er hat ihr verziehen. Er ja. Sie glaubt mit aller Kraft daran.

Inmitten einer unerhörten Menge (der Park ist übersät mit Hunderten entzückender Tischchen, für ein fürstliches Mittagsmahl gedeckt) nimmt sie ziemlich stumpfsinnig an ihrer eigenen Hochzeit teil. Sie kennt niemanden bis auf die wenigen Mitglieder ihrer Familie, die von der Menschenflut verschlungen sind. Nur Tante Hildegard kann sich an der Oberfläche halten. Zum Ärger ihrer

Mutter, die mit dem bescheidensten aller Hütchen ausgestattet ist, scheint deren riesiger Schleierhut überall zugleich aufzutauchen.

Ihr fehlt die geliebte Großmutter, die zu schwach für den Transport ist. Und ihr lieber Großvater. Die Erinnerung an ihn schnürt ihr das Herz ab. Seit sie eines Nachts angstvoll in ihrem Kinderbettchen erwachte und denken mußte: «Was wäre, wenn ich zwischen dem Tod von Großmutter und dem von Großvater wählen müßte?» Sie hat lange in ihrem Alptraum verharrt und sich dann für den von Großvater entschieden, weil Großmutter ja weiter auf sie aufpassen könnte.

Am nächsten Morgen brach ihr Großvater bei einer Herzattacke in seinem Sessel zusammen, als er gerade nach dem Mittagessen seinen Kamillentee trank.

Seit damals fühlt sie sich entsetzlich schuldig. Denn sie hatte ja für Gevatter Tod mit dem Finger auf Großvater gedeutet. Sie konnte es auch nicht ertragen, als man sie zwingen wollte, sein kaltes Gesicht zu küssen. Weder den Kontakt mit der Haut noch den mit seinem gallischen Schnauzbart, der nun traurig herunterhing, während er ihn sonst jeden Morgen unter ihrem bewundernden Blick mit dem Frisierstab hochzwirbelte.

Der gute Mann, der so charmant und der Welt zugetan war, hätte ihre große Hochzeit genossen.

Lange bevor das Mittagsmahl zu Ende ist, macht sie sich mit ihrem jungen Ehemann aus dem Staub und auf zur traditionellen Hochzeitsreise.

In einem Jaguar-Sportwagen ... von Jean-Louis' Mitgift gekauft. Dieser hatte sie vor die Wahl gestellt: Entweder den Zaster auf die Sparkasse bringen – wie zwei alte

Leutchen. Oder ihn bei einer prächtigen Hochzeitsreise auf den Kopf hauen und daraus die schönste Erinnerung ihres Lebens machen. Sie hatte begriffen, daß Jean-Louis' Achtung vor ihr gefährlich sinken würde, wenn sie sich nicht für die zweite Lösung entschied. Um so mehr, als er sich die «schöne Engländerin», die er sich so wahnsinnig wünschte, schon heimlich still und leise gekauft hatte.

Sie durchqueren mit 200 Kilometer Geschwindigkeit Frankreich und Spanien und verbringen traumhafte Tage im Luxushotel Formentor auf Mallorca.

Immerhin hat sie in einem letzten Aufbäumen bäurischen Mißtrauens Jean-Louis dazu gebracht, ein paar Scheine für die Rückreise zurückzuhalten. Leider läßt er seine Brieftasche auf der Kühlerhaube liegen. Der Wind trägt das Geld davon. Trotzdem schaffen sie es, nach Paris zurückzukehren, indem sie sich von in Obstgärten gestohlenen Kirschen ernähren und ihre Uhren verkaufen, um das Benzin zu bezahlen. Dieses Leben voller Überraschungen erfüllt sie mit immer größerer Begeisterung.

Das Neueste erwartet sie im Büro.

Man hat sie gefeuert.

Papa-Patron hat ihre großartige Verehelichung nicht verkraftet. Er hat kaltblütig ihre Abteilung gestrichen. Sie hat keine Stellung mehr. Jean-Louis auch nicht.

Das ist ihr alles ziemlich egal. Sie lebt in einem Sommernachtstraum. Sie ist phantastisch glücklich. Sie liebt ihren jungen Ehemann.

7

In einem versilberten, mit blauem Velours ausgeschlagenen Kästchen das kleine Baumwollarmband eines Neugeborenen ...

Mit der Ehe tritt sie brutal in ein neues Leben ein. Zunächst einmal entdeckt sie den *Mann.* Sie ist hingerissen (das wird ihr ziemlich vergehen, aber noch weiß sie nichts davon). Taumel der Sinne. Süße des Schlafs, die Körper eng umschlungen. Intellektuelle Bewunderung. Komplizenschaft des Lachens. Glück, zu zweit zu sein. Sie geht nicht mehr durchs Leben, sie tanzt.

Das Paar ist in eine elegante Zweizimmerwohnung mit Bad gezogen, die am Ende des riesigen Appartements ihrer Schwiegereltern in der Avenue Foch liegt. Jean-Louis und sie haben nicht einmal genug Geld, um sich irgendwo ein Zimmerchen zu mieten. Ihr Schwiegervater ist wütend über die Frechheit, mit der sein Erbe seine Mitgift verschleudert hat, und weigert sich, ihm auch nur ein Loch zum Wohnen zu kaufen. Sie hat ihre Schwiegermutter in Verdacht, entzückt darüber zu sein, daß ihr Sohn in mütterlicher Reichweite bleibt. Überdies ist die Dame von einer bemerkenswerten Diskretion und begnügt sich damit, Körbe voll Obst und Gemüse vor ihre Tür zu stellen. Was die fehlende Küche angeht, hat man ja schon

Übung. Sie transportiert einfach ihr Holzbrett vom Bidet ihres Ex-Bads auf das Bidet des neuen Badezimmers. Aber da es nun zwei sind, deren Mäuler gestopft werden müssen, leistet sie sich einen Gaskocher und eine Campingflasche. Das muß reichen.

Hier entspinnt sich das erste Drama ihres Ehelebens.

Entsetzt findet Jean-Louis heraus, daß sie überhaupt nicht kochen kann. Bis auf keimende Kartoffeln und Milchreis an Festtagen. Ernährt wurde sie bisher von der Köchin ihrer Großmutter, dem Weichkäse und den wurmstichigen Bohnen im Kloster, dem Couscous und dem Hammelragout des Berbers Hammadi während der Ferien bei ihrer Mutter und deren zweitem Mann (einem brummigen Gorilla, Beamter der Eingeborenenbehörde im marokkanischen Hinterland). Kurz, sie hat nie ein Steak gebraten. Nun ist aber Jean-Louis besonders pingelig, wenn es um das Braten eines Steaks geht.

«Es ist zu sehr durch!» beklagt er sich, als sie ihm das Ergebnis ihrer Kochkunst bringt, noch immer auf den Knien vor dem Bidet bewerkstelligt. Er wirft ihr auch vor, keine Ahnung von Kalbsschnitzeln zu haben, und eines Tages schickt er sie – sie ist rot vor Scham – mit dem Stück Fleisch zum Metzger zurück. Und er trifft eine Abmachung mit der Köchin, die ihn hat auf die Welt kommen sehen: Sie legt ihr immer stillschweigend in Honig gebratene Hühner und zarte Roastbeefscheiben vor die Tür.

Komischerweise kann dieses Arrangement ihrem hehren Unabhängigkeitsgefühl nichts anhaben. In diesem Appartement laufen so viele Leute herum – ihre Schwiegereltern, ein alter, weißbärtiger Großvater, seine Pflegerin, eine arme Tante, Cousins, die zu Besuch da sind, drei Angestellte –, daß sie den Eindruck hat, in einem Hotel zu sein.

Aber in einem Luxushotel. Ihr großer Salon und ihr Schlafzimmer sind im Stil Ludwigs XVI. eingerichtet und mit entzückenden antiken Nippsachen geschmückt. Sie hat nur zwei Koffer mit Kleidern mitgebracht . . . die Jean-Louis sofort weggeworfen hat.

«Ich habe noch nie jemanden gesehen, der sich mit einem solchen Scheißhaus-Geschmack anzieht», verkündet er (mit Vorliebe bedient er sich einer ordinären Ausdrucksweise, die er während seines bewegten Militärdienstes gelernt hat).

«Aber ich habe nichts anderes anzuziehen!» jammert sie.

«Tja, dann», Jean-Louis vollführt die Geste des Grandseigneurs. Er verkauft seinen heißgeliebten Jaguar, ersteht dafür einen kleinen Gelegenheits-Austin, und mit der Differenzsumme kleidet er sie von Kopf bis Fuß neu ein. Er schleppt sie in die Boutiquen der großen Modeschöpfer, treibt die Verkäuferinnen zum Wahnsinn, weil er sie alles anprobieren läßt («wir müssen deinen Stil finden»), besteht darauf, daß sie nur Schuhe mit Bleistiftabsätzen trägt (adieu, ihr kastanienbraunen Clownslatschen), und wühlt selbst in den Wäschegeschäften herum, aus denen sie etwas fassungslos, angetan mit trügerischen BH-Schalen und Spitzenstrumpfhaltern (in den Dreckeimer mit euch, ihr unschuldigen Höschen und Baumwollhemdchen, die den zypriotischen Abwehrspezialisten so gerührt hatten), wieder herauskommt.

«Lieber wenige Kleider, aber immer von der besten Qualität!» belehrt Jean-Louis sie. «Und damit du dein

Auge schulst, mach Schaufensterbummel in der Rue de la Paix und dem Faubourg Saint-Honoré.»

Sie gehorcht, von dem Wunsch verzehrt, ihm zu gefallen. Und das in einem solchen Ausmaß, daß sie sogar mit Grazie seine schrecklichen Freunde erträgt.

Allen voran die Clique der Papasöhnchen. Sämtlich Erben der großen, steinreichen Familien der Bourgeoisie, versorgt mit Jobs im väterlichen Unternehmen, ausgerüstet mit Sportwagen (sogar mit Rolls-Royce) und Schlössern, die schon der Großvater, Gründer der Dynastie, gekauft hat. In Bagatelle oder Deauville spielen sie besessen Polo, und dort lernt die junge Ehefrau in der Gesellschaft der anderen Gattinnen ihre Samstag- und Sonntagnachmittage zu verbringen. Dabei ist ihr verboten, sich mit den argentinischen Spielern zu unterhalten, die als die schlimmsten Verführer angesehen werden, die die Erde je beherbergt hat. Einer der Papasöhnchen, der ein großer Filmregisseur geworden ist, gibt eines Tages einem Produzenten auf dessen Frage, woher er die 500 Millionen (alte) Franc für seinen ersten Film habe, von oben herab zur Antwort: «Die hatte ich schon immer.»

Sie findet Gefallen an diesem Leben. Die Papasöhnchen sind charmant, leichtlebig und unbekümmert. Leider schätzt es einer von ihnen, der Jean-Louis am liebsten ist, nicht besonders, daß im Leben seines Freundes eine Frau auftaucht. Jeden Abend kommt er zu ihnen, ißt ohne jegliche Hemmung mit ihnen zu Abend und bleibt bis zum Morgengrauen, um mit ihrem Gatten die Welt neu zu ordnen. Oft geht sie – allein, schlaftrunken – zu Bett und findet ihn am nächsten Morgen im Salon auf der Couch eingeschlafen. Sie beschwert sich bei Jean-Louis darüber, den das sehr zu überraschen scheint:

«Aber Vincent ist wie mein kleiner Bruder», protestiert er.

Ist die Couch nicht von Vincent besetzt, ist sie es von Benedikt.

Er gehört nicht zur Clique der Papasöhnchen, sondern zu der der zukünftigen Schriftsteller. Er ist der Sohn einer Modedichterin, der spät in der Nacht in Tränen aufgelöst auftaucht und schwört, er wolle sich umbringen. So muß die junge Ehefrau sich morgens um zwei Uhr erheben und ihn mit schwarzem Tee und Spiegeleiern (noch immer auf dem Bidet zubereitet) trösten. Seine Liebesaffären sind stürmisch, und oft erscheint er mit seiner letzten Eroberung, wenn sie gerade miteinander streiten. Unter den verblüfften und verschlafenen Augen der Gastgeberin werfen die beiden sich gegenseitig die schlimmsten Beleidigungen an den Kopf. Manchmal sogar handgreiflich. Sie muß die Kämpfenden voneinander trennen.

Eines Nachts ergriff eine gewisse Geneviève eine Nagelschere, die irgendwo herumlag, und begann damit das Gesicht ihres Gefährten zu bearbeiten. Gebrüll! Polizei-Notruf. Das ganze Haus ist wach einschließlich der Schwiegereltern und des alten Großvaters, der stockschwingend im Nachthemd auftaucht. Daraufhin heiratete Benedikt eine gewisse Cécile, und Geneviève versuchte sich die Pulsadern aufzuschneiden, wieder mit der Schere – aber gottlob nicht mit der vom letzten Mal. Unsere junge Ehefrau eilt ins Krankenhaus, um die Selbstmörderin zu trösten, und findet dort Benedikt am Fußende des Bettes vor, schon wieder in Tränen aufgelöst und entschlossen, sich sofort von Cécile scheiden zu lassen, um Geneviève zu heiraten.

Sie nimmt dieses neue Leben voller Überraschungen

(in ihrer eigenen, streng katholischen Familie würden solche Verrücktheiten nicht vorkommen) lächelnd hin: Jedenfalls im Augenblick.

Ihr Drama: ihre neue berufliche Stellung.

Durch Vermittlung ihrer lieben Suzanne (noch immer und wieder ihre gute Fee) hat man sie als Anzeigenvertreterin einer anderen Frauenzeitschrift eingestellt. Den ganzen Tag lang setzt sie Kunden in deren Büro oder Laden zu, um ihnen mit Feuereifer zu erklären, daß eine Anzeige in ihrer Zeitschrift sich wundersam auf den Absatz ihrer Produkte auswirken werde. Sie lernt, ohne Unterlaß zu palavern. Aber ihr edler Stolz verträgt es nicht gut, wenn man sie mit totaler Verachtung behandelt. Man fährt sie rüde an, man lacht ihr ins Gesicht, man läßt sie stundenlang warten – oft stehend –, um sie dann arrogant wieder wegzuschicken.

Aber ihr täglicher Leidensweg ist damit noch nicht zu Ende. Abends muß sie in die Zeitschrift zurück, dem Leiter der Werbeabteilung über das am Tag Geleistete Bericht erstatten. Und sich wegen mangelnden Ertrags abkanzeln lassen. Beschämt senkt sie den Kopf. Sie ist eine schlechte Vertreterin.

Danach kehrt sie in die Avenue Foch zurück und geht wie durch einen Wunderspiegel in eine andere Welt: die des Luxus, der Sorglosigkeit, der Unbekümmertheit.

Dieses Doppelleben bringt sie langsam um den Verstand. Um so mehr, als die Clique der Papasöhnchen ihren Vertreterinnen-Status mit einer gewissen amüsierten Verachtung betrachtet. Sie ist die einzige Ehefrau, die arbeitet. Aber gut, man verzeiht ihr diese Originalität. Bis zu dem Augenblick, da sie anfängt, über Müdigkeit zu klagen, und abends früh nach Hause gehen will, weil sie schlafen möchte. Und am nächsten Morgen früh aufstehen muß wegen der Stechuhr. Also da findet man sie schlicht zum Kotzen. Dies lähmt sie um so mehr, als ihr die Leichtigkeit, die Eleganz und der exquisite Geschmack völlig abgehen, die den Papasöhnchen durch eine erlesenere Erziehung als die ihre vermittelt wurden. Sie dagegen hat den rauhen Charakter und die Unbeholfenheit eines abgebrannten Musketiers in seinen dreckverschmierten Stiefeln. Sie träumt davon, die Papasöhnchen einmal zu verblüffen. Aber das wird sie nie schaffen.

Jean-Louis hat keine Stellung gefunden. Im übrigen sucht er auch nicht. Seine Tage sind unablässig dem Verfassen seines Meisterwerks, das Nobelpreis-würdig sein wird, gewidmet. Sein Lebensziel. Schon immer sein Traum, dem sich nur seine bourgeoisen Eltern bisher entgegengestellt haben.

Dieses Geständnis erschüttert sie dermaßen – sie glaubt so sehr an sein Genie, sie liebt ihn so heftig –, daß sie ihm anbietet, ein Jahr lang für zwei zu arbeiten, damit er in Frieden sein Meisterwerk schreiben kann.

Unter einer Bedingung! Daß er aufhört, im Kasino von Deauville zu spielen.

Nicht daß die kleine Clique von Papasöhnchen große Spieler vor dem Herrn gewesen wäre. Aber es gehörte mit zum guten Ton, Samstag abends ein paar Scheine auf den Roulettetisch zu legen. Sie jedoch erträgt den Gedanken nicht, auch nur zehn Franc beim Spiel zu vergeuden. Das ist so, seitdem sie im Alter von zwölf Jahren beim Pokern ihr Fahrrad verloren hat.

Ihre Mutter und deren zweiter Ehemann (der brummige Gorilla) waren wilde Pokerspieler. Das gehörte zu den beliebtesten Zerstreuungen des Koloniallebens. Da ihnen oft ein Partner fehlte, hatte ihre Mutter sie während der Ferien in den Regeln unterwiesen. Die Tochter sah darin nichts Böses, fand es toll, «für richtiges Geld mit den Großen zu spielen». Mutter Saint-Georges hatte sie es einfach nicht erzählt. Irgend etwas sagte ihr, daß die nicht sehr erfreut gewesen wäre. Zu Beginn hatte sie das Glück der Anfänger. Sie gewann sogar Geld. Das sie umgehend in ihre Sparbüchse tat. An einem wilden Abend jedoch verlor sie den Kopf. Und all ihr Erspartes, das sie geduldig zusammengetragen hatte, um sich ihren verrücktesten Traum zu erfüllen: ein rosa Fahrrad. Als ihr das Desaster bewußt wurde, traten ihr die Tränen in die Augen. Aber ihre Mutter zeigte sich unerbittlich. Spielschulden. Ehrenschulden. Adieu, heißersehntes Fahrrad.

Die Trauer darüber verfolgt sie noch heute. Ebenso ein dumpfer, hartnäckiger Groll gegen ihre Erzeugerin (die Tochter ist nachtragend wie eine Elefantenkuh). Mit diesem Groll hat sie unrecht. Diese schmerzliche Erfahrung hat ihr nämlich einen Dienst erwiesen: Sie hat nie wieder im Leben gespielt. Nicht einmal Bridge. Zum großen Erstaunen ihrer Schwiegerfamilie, die völlig fassungslos über ihr harsches «Niemals» war, als die Schwiegermutter ihr anbot, ihr die Feinheiten dieser so vornehmen Beschäftigung beizubringen.

Zwei Bomben platzen in ihrem Eheleben.

Zunächst einmal erwartet sie ein Kind. (Man wird bemerken, daß ihr eine bewundernswerte Leichtigkeit eigen ist, schwanger zu werden.) Allgemeine Freude in den Familien, wie es sich gehört. Außer bei ihrem Vater, dem Oberst, der schon wieder ein Mädchen gezeugt hat (er hat jetzt sechs Mädchen, der Arme!) und der unbewußt fürchtet, sie könne den Jungen zur Welt bringen, den er sich so sehr wünscht. Jean-Louis ist außer sich vor Glück.

«Wir kriegen ein Baby!» trällert er von morgens bis abends ... bis zu dem Tag, da er von einem langen Schwatz in einer Kneipe mit seinem Kumpel Vincent zurückkommt und in seinem Salon von einer entfesselten Tigerin fast umgebracht wird.

Die entfesselte Tigerin ist sie.

Ohne an etwas Böses zu denken, hat sie die Hefte überflogen, in die er sein Meisterwerk kritzelt, und herausgefunden, daß es sich um nichts anderes handelt als um die glühende Beschreibung seiner vergangenen Liebschaft mit Lili-dem-Nuttchen. Einige Seiten sind sogar in Schülermanier mit Herzen geschmückt – mit «meine Lili» in der Mitte. Sätze wie «Lili, du wirst immer die große Liebe meines Lebens bleiben ...» lassen die junge Ehefrau vor Zorn erzittern. Sie verwandelt sich in einen vor Eifersucht feuerspeienden Ätna.

Eifersucht. Ihr augenfälligster Fehler. Noch mit neunundfünfzig Jahren ist sie in der Lage, dem Mann ihres Lebens eine schreckliche Szene zu machen, wenn er es wagt, ein hinkendes, buckliges, einäugiges Weib von fünfundachtzig anzulächeln. Eifersucht! Nie hat sie diese wahnsinnige Gewalt zu beherrschen gewußt, die in ihr aufzuwallen beginnt und die sie dem Einfluß des Blutes ihrer Großmutter, einer spanischen Baskin, zuschreibt. (Über die man in der Familie wispert, sie habe eine Geliebte ihres Mannes – des Großvaters väterlicherseits – bei einem Jagdausflug mit einem Purdham-Gewehr niedergestreckt.)

Sie hat im Augenblick kein Purdham-Gewehr zur

Hand, dafür aber eine Ming-Vase, die sie auf der Stirn von Jean-Louis zersplittert. Er fällt wie ein Sack zu Boden. Und ohne einen Gedanken daran zu verschwenden, ob er tot oder lebendig ist, trommelt sie ihm auf den Magen, wobei sie rauhe Schreie ausstößt und die bewußten Hefte zu Konfetti zerreißt.

Als ihr Gatte wieder zu sich kommt, schlottert er vor Angst und schwört ihr keuchend, sich nie wieder in Erinnerungen an Lili-das-Nuttchen zu ergehen. Währenddessen fährt sie ihn ins Krankenhaus, um seine Augenbrauenwunde und die beiden gebrochenen Rippen versorgen zu lassen.

Er schwört, daß er sich um Arbeit bemühen wird.

Schließlich kann sie ja nicht für drei schuften.

Was Lili-das-Nuttchen angeht, hält er Wort. Mit dem Job ist es schwieriger. Die Clique der Papasöhnchen schließt sich zur Beratung ein. Einer von ihnen, Laurent, schlägt ihm vor, Polizist zu werden (sein Vater – der von Laurent – ist ein enger Freund des Polizeipräfekten, und es wird ihm eine Freude sein, Jean-Louis unter die Arme zu greifen). Diese Aussicht ist verführerisch für Jean-Louis. Als eifriger Leser amerikanischer Krimis sieht er sich schon im angeschmuddelten Regenmantel mit hochgeklapptem Kragen und Filzhut auf dem Kopf mit einer schönen Blondine in einer schummrigen Bar harten Whisky trinken. Da seiner jungen Gattin ein pessimistisches Naturell zueigen ist, befürchtet sie – trotz der Protektion des Polizeipräfekten –, daß er als kleiner Verkehrspolizist an Straßenkreuzungen anfangen müsse. Auf der Stelle verzichtet Jean-Louis auf eine so wenig erhebende Karriere.

Dafür hat er einen genialen Einfall, einen sensationellen Geistesblitz: Forellenzucht in den Gräben des väterlichen Schlosses.

Die Aussicht, Fischzüchter zu werden, erfüllt ihn mit Begeisterung. Du setzt eine Riesenmenge Fischbrut aus, die (ihr Diamant dafür im Leihhaus) fast nichts kostet. Du gibst ihr jeden Tag irgend so einen Spezialpuder zu fressen, der immer noch fast nichts kostet (die scheußliche Brosche ihrer Großmutter, auch sie im Leihhaus). Die Forellen wachsen ganz von allein fröhlich vor sich hin. Nach einem Jahr machst du die Gräben leer. Du verkaufst die Forellen, und du bist reich.

Das Gemälde besticht auch sie.

Nicht jedoch ihren Schwiegervater.

«Niemals werde ich den Familiensitz kommerzialisieren!» gibt er seinem Sohn barsch zur Antwort.

Die Schwiegertochter ist entrüstet. «Familiensitz», scheiß drauf! Er hat ihn mit seinem dreckigen Bankiersgeld von verarmten Aristokraten wie ihr gekauft. Die Wahrheit ist, daß er ihr nie die nichtvorhandene Mitgift verziehen hat. Wenn er grollt, dann kann sie das erst recht! Von diesem Tag an zieht sie ihm mit der schönen Dickköpfigkeit eines béarnesischen Esels einen Flunsch.

Zum Glück findet Laurent für Jean-Louis einen Posten im Archiv einer der Zeitungen aus der Pressegruppe seines Vaters. Aus der ganzen Geschichte nimmt sie zwei Lehren mit. Die erste: Wenn man Arbeit sucht, braucht man Beziehungen (diese Lehre wird ihr nichts nützen. Trotz aller Bemühungen wird sie niemals interessante Beziehungen haben). Die zweite: Es gibt Menschen, die so clever sind, daß sie es sich erlauben können, um elf Uhr morgens in ihrem Büro anzukommen, ohne daß jemand etwas dagegen zu sagen wüßte. So ist es im Fall von Jean-

Louis. (Diese Lehre wird ihr genausowenig nützen. Wie man schon gesehen hat, besitzt sie ein unruhiges, aktives Naturell, das sie treibt, vom Morgengrauen an alles in den Griff zu kriegen.)

Alles scheint wieder ins Lot zu kommen.

Außer für sie selbst.

Ihre Schwangerschaft verläuft ungut. Ihr ist unentwegt schlecht. Mehr oder weniger müde schleppt sie sich durch den Tag. Sie wird zänkisch. Eine der Gattinnen macht sich ein Vergnügen daraus, ihr zu enthüllen, daß ihr nun für immer der Spitzname «Nervensäge» anhängt.

Es gelingt ihr nicht mehr, ihr Doppelleben zu ertragen. Am Tag eine Arbeit, die ihr zuwider ist. Nachts unbekümmerte Kumpel, die ihr auf die Nerven gehen. Einmal nutzt sie die ein paar Minuten dauernde Abwesenheit Jean-Louis', um Vincent im Namen ihrer Müdigkeit als angehende Mutter anzuflehen, er möge nicht mehr jeden Abend kommen und die friedliche eheliche Vertrautheit stören.

«Aber sicher doch, mein Kleines», antwortet er.

Sie ist erleichtert.

Am nächsten Tag steht er *morgens* mit einem perversen Lächeln auf der Matte.

Sie begreift, daß er auf hinterhältige Weise die Frauen verabscheut, und ganz besonders sie. Nun beginnt sie ihrerseits, ihn aus tiefster Seele zu verabscheuen. Obwohl sie ihre Ferien im feudalen Haus seiner Eltern an der Côte d'Azur verbringen. Eine riesige Villa direkt am Meer. Mit einem Innenhof für das Mittagessen, wo ein köstliches kaltes Buffet, das von einem Butler mit weißen Handschuhen überwacht wird, von Mittag bis drei Uhr auf die Spätaufsteher und die Sportlichen wartet. Ein zweiter Innenhof für die großen Diners im Kerzenschein und mit langen Kleidern. Ein herrlicher Swimmingpool. Ein wunderbares Segelboot, das sie für ihr Leben gern steuert. Motorboote, um abends nach Saint-Tropez zu fahren, wo man etwas trinkt. Ein Schwarm von Dienstboten, die unter der Leitung einer Hausdame umhereilen. Das scheint ihr das Höchstmaß an Luxus: eine Hausdame, die sich um alle unangenehmen Details des Haushalts kümmert, auch um die Zwistigkeiten zwischen dem Koch und dem Zimmermädchen – das hat Stil!

Eine Menge Gäste aus Paris: alles berühmte Schriftsteller, große Rechtsanwälte, Pressezaren, Filmproduzenten mit ihren Gefährtinnen usw. Die endlos quasseln, harte Sachen trinken, lachen, miteinander streiten und unter dem entzückten Blick der sehr schönen Hausherrin miteinander schlafen.

Aber nach und nach erkennt sie, daß diese Traumkulisse Blendwerk ist. Die Fresken in den Zimmern bröckeln ab. Die Badezimmerinstallation funktioniert nicht, und die Gäste müssen den Installateur selber und bar bezahlen, weil ihm eine Riesensumme geschuldet wird. Die Hausdame taucht manchmal auf, um sich zum Einkaufen von ihr Geld zu borgen – das sie nie zurückkriegt. Sonst gibt es kein Mittagessen mit den köstlichen gefüllten Zucchinis und dem kühlen Rosé. Was die Dienstboten angeht, so werden sie von den Trinkgeldern bezahlt, die die Gäste ihnen bei der Abreise hinterlassen und deren Höhe von der Hausdame festgelegt wird.

Ihre besten Stunden verbringt sie ausgestreckt am Rand des Swimmingpools, wo sie mit dem in ihr wachsenden Baby spricht. Die dicken, splitternackten Damen, die sich neben ihr von irgendwelchen jungen Leuten, die sie «Chéri» nennen, massieren lassen, bemerkt sie kaum. Auch nicht den Hausherrn, der stumm, den Kopf mit einem Panamahut bedeckt, auf dem Liegestuhl liegt, mit keiner Menschenseele redet und sich damit begnügt, den Horizont zu betrachten, während seine Frau ihrem Liebhaber zulächelt.

Es ist unglaublich, wie langsam der letzte Schwangerschaftsmonat vergeht. Dann naht die große Prüfung: eine Arme-Leute-Entbindung in der allgemeinen Abteilung. Als Gehaltsempfängerin mit Sozialversicherung hat sie Anrecht auf eine kostenlose Entbindung in einer Vertragsklinik, die weit ab in einer düsteren, tristen Seitenstraße liegt. Sie ist regelmäßig zu einem Gynäkologen gegangen, der immer in Eile war und ihr versicherte, daß alles gut verlaufen werde und daß sie zuviel zugenommen habe – sie sieht aus wie ein Festungsturm – und daß so die Gefahr einer Embolie bestehe, wie er ungerührt hinzufügt, ohne ihr irgendwelche Anweisungen zu geben, und sei es auch nur, Äpfel zu essen.

Sie wagt es nicht, irgend jemanden irgend etwas zu fragen. Wie schon in Sachen Sex – sie weiß nichts. Ihre Mutter hat sich wieder in ein sehr teures Schweizer Sanatorium begeben und ihr nichts gesagt, außer daß die Geburt ihrer Tochter damals für sie eine echte Tortur gewesen sei und sie sich geschworen habe, niemals ein zweites Kind zu bekommen. Dieser Kurzbericht hat ihr kaum Mut gemacht. Und ihre Schwiegermutter ist viel zu distanziert, als daß sie sich ihr hätte anvertrauen können.

Schmerzen, die sie nicht kennt und die bewirken, daß sie schreien muß, bringen sie eines Nachts dazu, mit ihrem jungen Ehemann – ebenso ahnungslos und voller Angst wie sie selbst – überstürzt in die Klinik zu fahren.

Bei ihrer Ankunft wird sie von einer Hebamme beschimpft, deren Kopf wie bei einer korsischen Witwe mit einem Wollschal umhüllt ist. Sie ist acht Tage vor dem errechneten Termin da, und sie ist nicht eingeplant. Es herrscht ein gräßliches Gedränge (diese Manie der Frauen, ihre Kinder alle gleichzeitig zu kriegen!), und es gibt keinen Platz für sie. Da sie schon «zwei Franc weit geöffnet» ist (sie hat keinerlei Ahnung, was das bedeuten soll), rollt man für sie ein Bett auf den Gang. Dort läßt man sie inmitten der Menge, die vorbeigeht und sie interessiert beäugt, mit gespreizten Beinen liegen. An diesem Tag kommt ihr das schöne, im Kloster erworbene Schamgefühl für immer abhanden.

Als ihr Gebrüll wirklich das ganze Viertel aufzustören beginnt, holt die Hebamme sie grummelnd und schiebt sie in einen schmuddeligen Raum. Jetzt ist es soweit. Aber wo bleibt der Arzt? «Er schläft», erklärt die alte Hexe, «und ich werde ihn nicht wegen einer einfachen Entbindung wecken . . .» Genauso lehnt sie es ab, den Chirurgen zu holen, um die junge Mutter zu nähen. Bis zu dem Augenblick, da Jean-Louis, nun wahnsinnig vor Sorge und Wut, die Hebamme zu würgen beginnt. Der Chirurg kommt und näht – schief.

Dennoch Sieg! Ein kleines Mädchen ist geboren, ihre geliebte kleine Pauline.

Jean-Louis strahlt. Trotz seiner Erschöpfung, die allen Vätern nach einer schwierigen Entbindung gemeinsam ist. Ihre Schwiegereltern – entzückt, obwohl es kein Junge ist – schenken ihr einen zweiten Diamanten (einen ganz kleinen, diesmal aber ohne Makel, der im Pfandhaus eher Anklang finden wird) und eine Babyausstattung vom feinsten Geschäft. Sie hätte allerdings lieber eine Babyausstattung aus dem Warenhaus und den Diamanten in bar gehabt, um ihre Tochter an einem sauberen, fröhlicheren Ort das Licht der Welt erblicken zu lassen, mit einem Gynäkologen, der ihr mehr Sicherheit gegeben hätte. Sie legt einen Eid ab, erst dann ein zweites Kind zu bekommen, wenn sie genügend Geld verdient, um sich eine Reichen-Entbindung leisten zu können.

Erschöpft kommt sie mit ihrem Baby im Arm nach Hause und legt es in seine Wiege hinter einem chinesischen Wandschirm, der den Salon in zwei Hälften teilt.

Mariette wartet schon auf sie.

Jetzt, da Jean-Louis und sie beide arbeiten, brauchen sie jemanden, der sich um Pauline kümmert. Ihre Schwiegermutter, bei all ihrer äußerlichen Kühle doch sehr liebevoll, hat der Schwiegertochter eines ihrer zahlreichen Zimmer in der sechsten Etage zur Verfügung gestellt, damit sie dort ein kleines bretonisches Kindermädchen unterbringen kann, rosigfrisch aus Quimper importiert.

Mariette stellte, bevor sie anfing, nur eine Bedingung: einen Küchentisch. Sie will gern im Badezimmer kochen, aber nicht auf den Knien vor dem Bidet. Weiter fordert sie einen Vorratsschrank. Salz, Pfeffer, Öl, Essig stellt sie auf die Ablage der Parfüm- und Schönheitsfläschchen, die sie unablässig mit eigensinniger bretonischer Hartnäckigkeit beiseite schieben wird.

Vorher wurde im Badezimmer gekocht. Von nun an nimmt die junge Mutter zu einer mit Mariette abgesprochenen Uhrzeit ihr Bad in der Küche.

Doch unterdessen ist ein in ganz anderer Hinsicht schwieriges Problem über sie hereingebrochen. Sie hat die Briefe von Muriel entdeckt.

8

Und noch ein Familienbuch . . .

Unglaublich, wie die Männer Papiere herumliegen lassen, die sie verstecken müßten. Wie schlecht sie sie verbergen! Suchen sie vielleicht unbewußt Ärger?

Jean-Louis ist wie alle anderen.

Wie eine richtige kleine Ehefrau hat sie sich darangemacht, in seinen Unterlagen zu wühlen. Einfach so. Um mal zu sehen. Zugegeben, sehr schön ist das nicht. Aber die Frau, die noch nie die Anzugtaschen ihres Mannes durchsucht oder begierig die Seiten seines Notizbuches überflogen hat, wenn er im Bad war, soll den ersten Stein werfen!

Die abscheuliche Neugierde unserer kleinen Ehefrau wird sofort belohnt. In der Geheimschublade der Louis-XVI-Kommode (der erste Ort, wo sie nachsieht), findet sie ein Dutzend Briefe, die «an meinen Wahnsinnskerl von einem angebeteten Jean-Louis» (wie bitte?) gerichtet sind von «seinem herzallerliebsten Muriel-Schäfchen». (Was für eine miserable Ausdrucksweise, arme Idiotin!) Keinerlei Zweifel: Ihr Mann hat ein Verhältnis mit einem feinen Flittchen, schwachsinnig bis über beide Ohren. Außerdem hat ihr Gatte genau wie bei Lili-dem-Nuttchen seinen Kalender mit M's vollgezeichnet (er ist wirklich total bescheuert).

Sie stirbt. Vor Kummer.

Sie steht wieder auf. Vor Wut.

Aber der Schock ist so heftig (sie hatte keine Ahnung, die arme Dummköpfin), daß ihre spanische Eifersucht, statt als glühende Lava zu explodieren, die alles um sich vernichtet, zu einem schwarzen Zornesklumpen in ihrem Magen versteinert. Und sie ganz stumm werden läßt.

Am Morgen zieht ihr Geist los, um als Anzeigenvertreterin zu arbeiten. Starr legt er sich des Abends schlafen, den Blick an die Decke geheftet, während ihr Verstand sich ruhelos wie ein in einen Käfig gesperrtes Eichhörnchen den Mann, den sie liebt, in den Armen einer anderen vorstellt. Küßt er sie so, wie er seine Frau küßt? Knabbert er auch am Ohr der Geliebten, wobei er die verrücktesten Worte flüstert? Liegt seine Hand auch so sanft auf ihrer Haut wie auf der seiner Frau?

Es ist eine verzweifelte Wachspuppe, die mit der Clique der Papasöhnchen ausgeht. Sie bemerken ihre merkwürdige Stummheit, ihre glanzlosen Augen, ihren fahlen Teint. «Sie hat sich von der Geburt ihres Kindes noch nicht erholt», flüstern die Ehefrauen, «sie steckt noch in der postnatalen Depression.» Selbst Töchterchen Pauline entlockt ihr kein Lächeln.

Jean-Louis beginnt sich Sorgen zu machen. Aber da er ihre spanische Eifersucht kennt, kommt er nicht auf den Gedanken, daß sie das entdeckt hat, was er mit solcher Unbekümmertheit verbirgt.

«Bist du krank?» fragt er schließlich.

«Nein.»

«Warum redest du nicht?»

«Weil ich nichts zu sagen habe. Doch. Du hast Lippenstift auf dem Hemdkragen.»

Er scheint verlegen zu sein (ah, immerhin!).

«Oh, das? Nur diese blöde Frau von Laurent vorhin, als wir bei Nicolas getanzt haben.»

Lügner. Lügner. Lügner. Lügner.

Eines Morgens hat sie nicht einmal mehr die Kraft, sich zu erheben. Diagnose des Arztes: Depression. Angezeigte Behandlung? Schlafkur. Sie lehnt ab. Ihrer Mutter Schatten verfolgt sie. Sie wird nicht ihr Leben in Sanatorien verbringen. Was würden die Ehefrauen sagen? «Bei der Mutter, die sie hat, ist es normal, daß sie verrückt ist . . .!» Der Psychiater stopft sie mit kleinen blauen Pillen voll, und sie – oder besser: ihr Geist – setzt sich wieder, mehr schlecht als recht, in Bewegung.

Sie hat noch immer keinem Menschen etwas gesagt.

Dann kommt der Abend mit einer großen Cocktail-Party bei den Ds, eines *der* Ereignisse der Pariser Saison. Ein unheimliches Gedränge. Seltsamerweise hat Jean-Louis darauf bestanden, daß sie ihn begleitet, obwohl sie sich immer häufiger weigert auszugehen. Nicht weniger seltsam, daß sie diesmal mitgeht.

Mit einemmal steht sie Vincent gegenüber, der in Begleitung einer sehr schönen Brünetten ist. Er sieht die kleine Ehefrau spöttisch an.

«Muriel», stellt er genüßlich vor.

Sie hatte es schon erraten. Aus dem Augenwinkel bemerkt sie, wie ihr Mann ein komplizenhaftes Lächeln mit dem Mädchen tauscht.

Sie bleibt ruhig. Blockiert. Sich dessen bewußt, daß ihre Hautfarbe fahl, ihre Augen traurig und ihre Haare stumpf sind. Die andere, die Schlampe, strahlt vor Glück und Schönheit. Sie reicht der Ehefrau die Hand ...

... und diese bemerkt an Muriels Handgelenk einen schmalen ziselierten Silberreifen, den Jean-Louis ihr, seiner Frau, während der Flitterwochen in Mallorca geschenkt hatte und den sie auf dem Kaminsims nicht hatte wiederfinden können.

Jean-Louis muß ihn Muriel an dem Sonntagnachmittag geschenkt haben, als seine Frau mit Paulinchen spazierengegangen war. Als sie dann nach Hause zurückkam, hatte irgend etwas Undefinierbares in ihrem Reptilienhirn geklingelt. Jemand war dagewesen. Auch wenn es keine Spur von etwas Verdächtigem gab. Dennoch schrie es ihr die ganze Wohnung entgegen. Jemand hatte es gewagt, hierherzukommen. Und ihr Schuft von einem Mann hatte seiner Nutte den Armreif seiner eigenen Frau geschenkt!

Bei diesem Detail schießt jetzt rasende Wut hoch, wie ein Sektkorken, der aus der Flasche knallt. Die spanische Eifersucht beginnt in ihrem Blut zu kochen. Der Ätna explodiert. Achtung! Alle in Deckung!

«Das ist mein Armreif, den Sie da tragen, Sie Diebin!» beschuldigt sie das Mädchen Muriel mit lauter, drohender Stimme. Muriel bekommt Angst. Ihre Gegnerin sieht offenbar wie eine Würgerin aus. Muriel zerrt sich den Armreif vom Handgelenk und hält ihn ihr hastig hin.

«Jean-Louis hat ihn mir geschenkt ... Ich wußte nicht, daß er Ihnen gehört. Hier haben Sie ihn zurück.»

Arme Memmin. Nicht einmal zum Lügen fähig! Die Würgerin nimmt den Reifen und schleudert ihn mit aller Kraft über den Buffet-Tisch, wo mehrere Champagnergläser zerbrechen.

«Ich will ihn nicht mehr, alte Schlampe, jetzt, wo du ihn getragen hast», kreischt sie.

Bei dem Gekreische und dem Geräusch von splitterndem Glas drehen sich alle Gäste um. Ein großes verwirrtes Schweigen legt sich über den Salon der Ds.

Sie macht auf dem Absatz kehrt und stürmt, die Umstehenden anrempelnd, dem Ausgang zu. Sie hat gerade noch Zeit, die konsternierten Gesichter ihrer Schwiegereltern zu sehen. Und die boshaft-freudig funkelnden Augen von Vincent. Jean-Louis versucht, ihr zu folgen und sie am Arm zurückzuhalten. Sie wehrt sich.

«Bleib du bei deiner Nutte!» ruft sie, bevor sie inmitten verblüfften Gemurmels verschwindet. Was für ein Skandal!

Sie läuft zu Fuß und schluchzend nach Hause. Sie schluchzt so sehr, daß sie vor Schwäche auf eine Bank sinkt.

Eine reizende alte Dame nähert sich ihr und fragt sie freundlich, ob sie Hilfe brauche. Sie schnieft:

«Mein Mann betrügt mich!»

«Betrügen Sie ihn doch auch», rät die reizende alte Dame. Das erleichtert. Und die alte Dame geht, sanft den Kopf voller angenehmer Erinnerungen schüttelnd, davon.

Sowie sie wieder in der Avenue Foch ist, stellt sie sich die zweite Ming-Vase griffbereit hin.

Jean-Louis muß es erraten haben.

Er erscheint nicht in jener Nacht.

Auch nicht in der folgenden.

Ihre Schwiegereltern verziehen sich wie verstörte Kaninchen ans andere Ende der Wohnung. Die Dienstboten gehen auf Zehenspitzen. Es herrscht eine Atmosphäre wie in einem Krankenhaus für Schwerverletzte.

Nach acht Tagen packt sie ihre Koffer und kehrt mit Paulinchen unter dem Arm, die getreue Mariette und ihre Töpfe im Gefolge, in das Haus ihrer Mutter zurück.

Die sofort total entzückt aus dem Sanatorium nach Hause kommt.

Die gekränkte Ehefrau hat lange gezögert, bis sie an den mütterlichen Herd zurückkehrte, den sie, so kommt es ihr vor, vor Jahrhunderten verlassen hat. Aber wo soll sie sonst hingehen? Sie verdient nicht genug Geld, um eine Wohnung zu mieten, die ihrer ganzen kleinen Welt ausreichend Platz böte. Andererseits gibt es nichts Besseres als Dramen, um ihre liebe Mama von ihren chronischen Depressionen abzulenken. Auf das ihrer Tochter stürzt sie sich ungestüm wie ein junges Mädchen – und sie, die nicht mit in die Entbindungsklinik gegangen ist, führt ihre Tochter leichtfüßig zu ihrem Rechtsanwalt.

Diese reicht die Scheidung ein.

Überraschung. Jean-Louis lehnt ab.

Jetzt holt sie die Briefe von Muriel hervor (den Schatz, den sie bei ihrer Flucht mitgeschleppt hat).

Ihre Schwiegereltern hängen sich ans Telefon und flehen sie an, dem Sohn zu verzeihen und in das eheliche Domizil zurückzukehren. Ihr Schwiegervater macht sich sogar auf, um «im Interesse unserer Kinder» ein Gespräch mit der Gegenmutter zu führen. Diese spielt die Rolle als Löwin, die ihre verwundete Nachkommenschaft verteidigt, perfekt. Jetzt ist sie an der Reihe und kann den arroganten Bankier, der sich geweigert hat, Monsieur

Olivapoulos zur Hochzeit einzuladen, demütigen. Sie jedenfalls hat Jean-Louis schon immer verabscheut, und wenn sie ihrer Tochter intelligenterweise auch das «Ich hab's dir ja gleich gesagt» erspart, trägt sie doch eine triumphierende Miene zur Schau. Monsieur Olivapoulos fühlt sich zwar durch die Ankunft der drei Personen, eine davon ein Baby, in seinen Gewohnheiten etwas eingeengt, ist aber entzückt, eine so fröhliche Gattin zurückzubekommen.

Natürlich arbeitet die junge Ehefrau weiter und findet heraus, daß jedes Unglück auch sein Gutes hat. Sie hat ihren vermaledeiten Stolz verloren. Das kleinliche und demütigende Verhalten der Kunden kommt ihr nun fast bedeutungslos vor im Vergleich zu dem Schlag, den sie erlitten hat. Sie wird eine Anzeigenvertreterin, die sich durch eiskalte Frechheit auszeichnet: Man setzt sie vor die Tür. Sie kommt durchs Fenster wieder rein.

Noch etwas fällt ihr auf: Ihr sind alle Kumpel abhanden gekommen.

Alle Papasöhnchen haben Jean-Louis' Partei ergriffen. Vor allem deren Frauen. Eine Scheidung? Was für ein schlechtes Vorbild . . . Gefährlich für den Status der Ehefrauen! Keinerlei Einladung zum Mittag- oder Abendessen erreicht sie mehr. Schluß mit den nächtlichen Krabbenpartys in Honfleur. Nichts ist mehr mit Polo-Spielen in Bagatelle oder Deauville. Nicht einmal ein Telefonanruf, um sich nach ihrem Ergehen zu erkundigen. Zwischen den anderen und ihr hat sich in aller Stille ein eiserner Vorhang gesenkt.

Bis zu dem Tag, als Alain sie zum Abendessen einlädt.

Anfangs lehnt sie höflich ab. Sie will keinen von diesen üblen Mistkerlen mehr sehen!

Das freut ihre Mutter gar nicht.

«Du wirst dich doch in deinem Alter nicht allein zu Tode langweilen!»

Doch. Sie wird sich Paulinchen und ihrer Arbeit widmen. Viel Geld verdienen. Ihr eigenes Unternehmen gründen. Eine Helena Rubinstein oder eine Coco Chanel werden. Und unter ihren Bleistiftabsätzen dann alle die Hundesöhne von Männern zertreten. Mitleidslos! Ihre Rache wird unerbittlich sein.

Nichtsdestotrotz nimmt sie Alains zweite Einladung an. Er führt sie zu Lasserre. Er ist sanft, scheu und zartfühlend. Er nutzt die Situation nicht aus. Hält nicht einmal ihre Hand. Läßt sie einfach nur wissen, wobei er ein wenig stottert, daß er ihr ritterlicher Diener ist. Daß sie sich in all den traurigen Prüfungen, die sie gerade durchzustehen hat, auf seine Freundesschulter stützen kann. Daß er sie seit langem zutiefst bewundert. Daß sie die wunderbarste Frau auf Erden ist. Kurz, daß er sie seit dem ersten Tag in aller Stille liebt. Und daß er sie heiraten will, sobald sie geschieden ist. Sie ist total geplättet.

Mit seinem zarten Aussehen, der jungenhaften Blondheit, den dicken Brillengläsern, seiner Schweigsamkeit und seinem zurückhaltenden Wesen hatte sie ihn kaum bemerkt. Sie weiß nur, daß er der Erbe einer Automarke und mit einem Spitzenwein aus Bordeaux verlobt ist.

Seine Worte hallen wie himmlische Musik in ihr nach. Von einem Ehemann hintergangen, gedemütigt und verlassen, von den Freunden verstoßen worden zu sein und sich dann als Dornröschen wiederzufinden, das von einem verliebten Prinzen auferweckt wird – was für eine Revanche!

Sie aber seufzt, schlägt bescheiden die Augen nieder

und antwortet ganz aufrichtig, daß sie nicht mehr an die Liebe glaube. Das stimmt. Jedenfalls für den Augenblick. Da erlaubt sich ihr neuer Verehrer, seine Hand auf die ihrige zu legen und ihr zu schwören, daß seine Leidenschaft für sie von solchem Feuer sei, daß er es schaffen werde, ihr Herz zu erwärmen. Für jemand so schüchternen kämpft er nicht schlecht. Sie versucht, ihn zu entmutigen. Das Trennungsurteil liegt vor. Jean-Louis' Rechtsanwälte (die besten von Paris, von Papa bezahlt) kämpfen wie verbissen, um die Scheidung zu verhindern. Und es wird sehr, sehr lange dauern, hat ihr eigener Anwalt (bescheidener, von ihrem Sparbuch bezahlt) vorausgesagt.

«Ich werde warten», stammelt Alain.

«Ach nein! Er will einfach nur von den Umständen profitieren und mit dir schlafen», lautet der herbe Kommentar ihrer Mutter.

Diese dreimal verheiratete Frau, die – will man den Gerüchten Glauben schenken – Tausende von Abenteuern hinter sich hat, hat eine fixe Idee: «Wenn du mit einem Mann schläfst, läßt er dich am nächsten Morgen fallen.» Schlußfolgerung: erst heiraten.

Wie üblich, glaubt die Tochter von dem, was die Mutter sagt, kein Wort, und recht hat sie, die Tochter!

Sie wird Alains Geliebte. In seinem Vorsatz, sie zu heiraten, ist er nicht zu erschüttern. Mit seinem Spitzenwein aus Bordeaux hat er gebrochen. Sie fühlt sich ihm, seinem zurückhaltenden Charme, seiner Unbeholfenheit, die sie rührt, und seiner beruhigenden Sanftheit zugetan.

Sie sieht ihn heimlich, wobei sie tausend Vorsichtsmaßnahmen ergreift, damit Jean-Louis sie nicht in Alains

Begleitung überrascht. Sie würde Gefahr laufen, ihre Scheidung und vor allem das Sorgerecht für Paulinchen zu verlieren.

Sie wird jedoch – gleichsam offiziell – von Alains Eltern empfangen. Sein Vater – ein furchterregender Großkopfeter – begegnet ihr mit Zuneigung, aber seine Mutter ist eher verschnupft. Völlig verständlich. Eine junge Frau, die in Scheidung lebt und die ein Geruch von Skandal umweht – ganz Paris ist über ihren Ausbruch bei dem Cocktail der Ds auf dem laufenden –, immer noch ohne Vermögen, aber nun mit einem großzuziehenden Kind behaftet, gilt nicht gerade als Fang für eine großbürgerliche Familie. Ihre neue zukünftige Schwiegermutter gibt ihr zu verstehen, daß ihr der Spitzenwein aus Bordeaux lieber wäre als eine Abenteurerin dieses Zuschnitts. Bis zu dem Tag, da sich die Dame – keiner weiß wie – das Geburtsdatum und eine Schriftprobe der Freundin ihres Sohnes beschafft hat, um sich heimlich von dem Wahrsager, den sie jede Woche zu Rate zieht, ein Horoskop erstellen zu lassen. Dieses sagt voraus, daß die junge Frau ihren Sohn nicht heiraten wird. Von nun an bedenkt sie sie mit liebenswürdigem Lächeln, was diese zunächst mal sehr überrascht.

Die junge Frau faßt wieder Vertrauen zum Leben wie eine verdorrte Pflanze, auf die ein segensreicher Regen fällt.

Trotz Jean-Louis. Der beschlossen hat, daß sie nicht nur ihre Scheidung nicht bekommt, sondern daß sie auch an den ehelichen Herd zurückkehren wird.

Sie ist *seine* Frau.

Er liebt sie.

Ach ja! Und Muriel?

Muriel? Ein bedauernswerter Irrtum, ein idiotischer Unfall am Wegesrand, eine vorübergehende Verrücktheit, deretwegen er sie demütig um Verzeihung bittet. Es wird niemals eine weitere Muriel geben. Er schwört es bei dem Haupt seiner Tochter. Seine Frau kann ihm vertrauen. Und nach Hause kommen.

Sie lehnt ab.

Er belagert sie am Telefon.

Sie hängt ein.

Er schreibt ihr.

Sie schickt ihm seine Briefe zurück.

Stundenlang sitzt er auf der Treppe vor dem Haus ihrer Mutter, wartet auf sie und verfolgt sie auf der Straße. Sie droht, die Polizei zu holen. Er schläft auf dem Bürgersteig und warnt sie, er werde sich umbringen. Sie zuckt die Achseln. Er nutzt sein Besuchsrecht bei seiner Tochter alle vierzehn Tage und versucht zu diskutieren. Sie schaltet Rechtsanwälte ein und ersucht darum, daß ihre Schwiegermutter Pauline holen kommt und sie auch wieder zurückbringt.

Da entführt Jean-Louis sie.

Eines Abends, als sie aus ihrem Büro kommt, taucht er hinter ihrem Rücken auf, stößt sie in den Austin und verriegelt die Tür. Starr vor Entsetzen zeigt sie keinerlei Regung. Dann steigt er ins Auto und richtet einen Revolver auf sie. Einen Augenblick lang erfaßt sie Panik. Aber ihr geschultes Auge (die Waffenleidenschaft, die sie von ihrem Vater hat) bemerkt sofort, daß dieser arme Irre vergessen hat, seinen Fünfundvierziger Colt zu entsichern. Ihre Gelassenheit kehrt zurück.

«Glaubst du nicht, daß du dich da ein wenig übernimmst?» fragt sie ironisch.

«Ich bin bereit, erst dich und dann mich niederzuknallen, wenn du mir nicht einmal richtig zuhören willst. Es macht mich wahnsinnig, wenn ich nicht mit dir reden kann.»

Er hat wirklich etwas von einem Wahnsinnigen an sich. Sie hält es für klüger, seiner Forderung nachzukommen.

«Also gut, reden wir.»

«Nicht hier. An den Quais.»

Das ermöglicht ihm, ihren Leichnam in die Seine zu werfen – die Unbekannte aus der Seine. Er begnügt sich aber damit, das Auto am Fluß zu parken und mit einer langen Rede zu beginnen.

Sie *kann* sich einfach nicht scheiden lassen, sie, die sie doch so sehr unter der Trennung ihrer Eltern gelitten hat, und ihrer eigenen kleinen Tochter das gleiche Leid zufügen.

Sie *kann* sich einfach nicht scheiden lassen, wo sie doch so katholisch geblieben ist (sie hat schließlich einen Arbeiter-Priester gefunden, der ihr für ihre kalabresische Sünde die Absolution erteilt hat, und sie widmet sich wieder ihren religiösen Praktiken). Sie ist vor Gott *seine* Frau.

Da springt sie auf:

«Aber du glaubst doch gar nicht an Gott.»

«Ich nicht. Aber du!» antwortet er zynisch.

Sie *kann* sich einfach nicht scheiden lassen, lediglich wegen eines Ehebrüchleins, wohingegen er ihr ja ihre Schweizer Abtreibung verziehen hat.

Schuft! Elender Schuft! Sie schwört sich, niemals wieder einem Mann auf Erden etwas über ihre Vergangenheit zu enthüllen.

Kurz, es bleibt ihr nur eine Lösung – ihre Pflicht erfordert es, mit Pauline nach Hause zurückzukehren. Er wird ihr keine Vorwürfe machen.

Und ohne ein weiteres Wort zu verlieren, bringt Jean-Louis sie wieder zu ihrer Mutter.

Seine Ansprache hat sie fertiggemacht. Seine Argumente zernagen ihr das Hirn wie der Wurm den Apfel. Es stimmt, daß sie sich immer geschworen hat, sich niemals scheiden zu lassen, so sehr hatte die Trennung ihrer Eltern ihr zugesetzt. Es stimmt, daß sie mit Freuden in den so beruhigenden Schoß der römisch-katholisch-apostolischen Kirche zurückgekehrt ist. Es stimmt, daß der Gedanke, ihrer kleinen Tochter einen Stiefvater aufzuzwingen (auch wenn es der zärtliche Alain ist), die Erinnerung an schreckliche Ferien weckt, als der brummige Gorilla – ihr zweiter Stiefvater – sich konstant weigerte, das Wort an sie zu richten, sie hat nie gewußt, warum. Es stimmt, daß sie mit sechzehn Jahren von einem gradlinigen, friedlichen Leben geträumt hat, mit drei Kindern und einem Ehemann, mit dem sie Hand in Hand alt wird. Es stimmt, daß sie sich gerne selbst treu bleiben wollte.

Der Zweifel beginnt in ihr zu nagen.

Nun sind wieder die Schwiegereltern dran. Ihre Schwiegermutter, die sie sehr mag, weint jedesmal bittere Tränen, wenn sie ihr Paulinchen zurückbringt. Ihr Schwiegervater läßt ihr durch die Anwälte sagen, daß er ihr, wenn sie ihren Platz im Schoße der Familie wieder einnimmt, auf ihren und ihrer Tochter Namen eine prächtige Wohnung kaufen wird. Und ihr eigener Vater – immer wenn er auf Stippvisite zwischen zwei Kriegen kommt – ergreift die Partei seines Schwiegersohns. Ein kleiner Seitensprung muß einem Mann doch zu verzeihen sein, zum Teufel! Deswegen läßt sich doch eine Frau nicht scheiden!

«Ihr habt euch auch scheiden lassen!» bemerkt seine Tochter entrüstet.

«In meinem Fall war es deine Mutter, die mich betrogen hat.»

«Ich habe Sie nur betrogen, Edouard, weil Sie als erster mit all den Weibern Ihrer kleinen Leutnants angefangen haben», schreit ihre Mutter wütend, die hinter der Tür gelauscht hat und wie Lady Macbeths Geist hervortritt.

«Jedenfalls», erinnert der Erzeuger seiner Tochter in majestätischem Ton, «ist *unsere* Ehe vom Papst annulliert worden . . .»

«Das hat mir nicht gerade den Himmel auf Erden eingebracht», beklagt sich die Tochter bitter. «So kann sich eigentlich nur ein Pharisäer entschuldigen.»

Der «Pharisäer» erhebt sich würdevoll.

«So spricht man nicht mit seinem Vater. Ich möchte dich erst wiedersehen, wenn du dich entschuldigt hast.»

Er geht hinaus und knallt die Tür hinter sich zu.

«Hör nicht auf diesen Trottel», meint ihre Mutter. «Mit dem Alter wird er bigott. Genau wie diese alten Damen der Gesellschaft, die früher nichts haben anbrennen lassen.»

Aber ihr tut es weh. Er war zwar immer ein bemerkenswert abwesender Vater, doch er ist ihr Vater. Sie hat niemand anderen, den sie an seine Stelle setzen könnte.

Jean-Louis' Störfeuer beginnt sie ernsthaft durcheinanderzubringen. Es gibt Streitereien zwischen ihr und Alain.

«Du liebst ihn noch immer!» sagt er anklagend.

«Nein!» schwört sie müde, «aber er läßt mich nicht los.»

Schließlich wird ihre Scheidung ausgesprochen.

Nach einer für Geschiedene festgelegten Frist und trotz der Wut ihrer zukünftigen Schwiegermutter, die ihrem Wahrsager eine Ohrfeige verpaßt, einigt man sich auf den Termin der Hochzeit mit Alain.

Durch seine Ratgeber läßt Jean-Louis ein Treffen mit Alain vereinbaren, um ein ruhiges Gespräch unter «Ehrenmännern» über das Schicksal seiner Tochter zu führen. Auf neutralem Boden in Gegenwart seines und Alains Vaters und aller Rechtsanwälte. Ein echtes Gipfeltreffen, bei dem man – ohne sie – über ihre Zukunft und die ihrer Tochter debattieren wird. Zur festgelegten Stunde setzen sich die würdigen Herren mit ernster Miene im Büro des Präsidenten der Anwaltskammer zusammen. Nur Jean-Louis fehlt. Er taucht als letzter auf ... stürzt sich auf Alain und traktiert ihn mit Fausthieben und Fußtritten.

Der Präsident der Anwaltskammer, die Väter und Anwälte erheben sich im größten Tumult und brüllen: «Aufhören! Aufhören!»

Die beiden Knaben kämpfen wild miteinander.

Jean-Louis reißt Alain mit einem scharfen Biß das halbe Ohr ab. Blut spritzt. Die Anwälte eilen herbei und trennen die Kämpfenden voneinander. Ihr zukünftiger Ehemann hält sein blutendes Ohrläppchen in der Hand. Ihr Ex-Ehemann versichert ihm, daß er ihm das andere auch abbeißen wird, wenn er weiterhin auf der Heirat mit seiner Gattin besteht.

«Und ich schneide dir die Eier ab!» schreit der zartfühlende Alain.

Am nächsten Abend stattet die Mutter des sanften Prinzen ihr einen Besuch ab. Man hat ihrem geliebten Jungen das Ohr wieder angenäht, aber er muß vierundzwanzig Stunden im Krankenhaus bleiben. Die Umkämpfte hat ihrem Helden voller Unruhe und Bewunderung den ganzen Tag die Hand gehalten. Ihre zukünftige Schwiegermutter hegt weniger Bewunderung.

«Sie sind eine kleine Schlampe!» schleudert sie ihr ungestüm und ohne jede einleitende Höflichkeitsfloskel ins Gesicht. «Sie benehmen sich wie eine Neandertalerin. Sie sind das Unglück meines Sohnes . . .»

Und dann kommt alles andere auch noch auf den Tisch: ihr dreistes Wesen. Ihre anmaßende Selbständigkeit. Ihr mieser Job als Vertreterin. Das unabänderliche Nichtvorhandensein eines Vermögens (wo doch der Spitzenwein aus Bordeaux eine so schöne Mitgift hatte). Der Skandal, der sich an ihre Fersen heftet. Die Bürde des Kindes, das ihr Alain wird großziehen müssen.

Sie sieht die Zukünftige haßerfüllt an.

«Sie sind eine Hexe, die meinen Sohn in einen Zauberbann geschlagen hat! Denn Sie sind ja nicht einmal hübsch . . .!»

Damit rauscht sie hinaus. Rennt dabei die Mutter der Hexe, die wie gewöhnlich hinter der Tür gelauscht hat und sie jetzt als «alte Schachtel» beschimpft, fast um. Aus der Ferne hört die Tochter, wie die beiden vornehmen Damen einander wie Waschweiber beschimpfen. Und sie? Sie bleibt wie versteinert zurück.

Was – sie ist nicht hübsch?

Diese Frage hat sie sich noch nie gestellt. Seit ihrem ersten Herzklopfen im Alter von fünf Jahren hat sie immer Verehrer gehabt, die ihr die Illusion vermittelten, sie sei so verführerisch wie keine andere. An diesem Tatbestand hat sie nie gezweifelt.

Sie stürzt los, um sich im Schlafzimmer ihrer Mutter im Spiegel ganz genau zu betrachten. Das tut sie selten, denn ihre angestammte religiöse Erziehung erlaubt ihr nur einen flüchtigen Blick, um sich zu vergewissern, daß sie zwar sauber gewaschen, aber schlecht frisiert und – wenn sie ausgeht – ungekonnt geschminkt ist.

Die Wahrheit springt ihr ins Auge.

Das Miststück hat recht: Sie ist *häßlich*.

Sie hat wohl lebhafte Augen, aber von einem nichtssagenden Braun. Ein brävliches Mondgesicht. Eine kleine Nase, das ja, aber die ist schief. Vollkommen schief. Großes Pferdegebiß. Dünnes Haar, das den besten Friseuren widersteht.

Hilfe!

Hilfe, sie ist nicht nur häßlich, sie ist potthäßlich. Sie ist am Boden zerstört.

Ja, sie muß eine Hexe sein! Ja! Sie ist das Unglück aller Leute. Jean-Louis', des armen, unendlich netten Alain und vor allem Paulinchens.

Drei Monate später ist sie wieder verheiratet.

Mit Jean-Louis.

Auf dem Standesamt des 16. Bezirks mit zwei Clochards als Trauzeugen.

Und wieder drei Monate später, es war kaum Zeit, um sich in dem neuen Appartement, das ihr der Ex- und neue Schwiegervater getreu seinem Versprechen gekauft hat, einzurichten, verläßt sie Jean-Louis. Wegen einer gewissen Béatrice.

Sie empfindet keinerlei Trauer. Sie ist ihm nicht einmal böse. In der Tiefe ihrer Herzen ist keine Versöhnung zustande gekommen. Wie zerbrochenes Porzellan, das man nicht mehr kitten kann. *Sie* hat nicht aufgehört, an Alain zu denken. *Er* hat Muriel nicht vergessen.

In aller Ruhe kommen sie beide überein, daß er einmal die Woche mit Pauline und ihr zu Mittag ißt. Und daß sie Freunde bleiben. (Er wird vier Frauen heiraten, die er alle vier betrügen wird und die sich alle an ihrer Schulter als Erst-Ehefrau ausweinen kommen. Auch als Pauline verheiratet ist, werden sie beide weiterhin zusammen Mittag essen – was sie vor ihren jeweiligen Partnern geheimhalten –, um ausgiebig über ihre Enkelkinder zu reden.)

Und Alain wiederum hat nach einem Augenblick der Verzweiflung und Selbstmorddrohungen ganz schnell seinen Spitzenwein aus Bordeaux geheiratet. Das hat sie in ihrem tiefsten Innern ziemlich gewurmt. Ihre glühendsten Verehrer scheinen sich über ihren Weggang sehr schnell hinwegzutrösten. Im Laufe ihres Lebens wird sie feststellen, daß diese Leichtigkeit, Gott sei's geklagt, ein ziemlich geläufiger Charakterzug der Männer ist.

Es überkommt sie oft die Lust, Alain wiederzusehen. Und zu erfahren, warum er seiner Tochter ihren Vornamen gegeben hat. Aber sie wagt es nicht. Sie will nicht, daß der Anblick einer aus dem Leim gegangenen Großmutter mit grauen Haaren die Erinnerung an eine kleine Hexe auslöscht, die er sich vielleicht in einer Ecke seines Herzens bewahrt hat. – So erzählt sie es jedenfalls abends am Kaminfeuer.

Die grausame Wahrheit ist, daß er sie völlig vergessen hat ... so nachhaltig, daß er auf der Straße an ihr vorbeiläuft, ohne sie zu erkennen.

9

Verschiedene Ausschnitte aus Zeitungen ...

Zum zweiten Mal in ihrem Leben schwört sie, daß sie mit den Männern fertig ist. Aus und vorbei! Sie wird sich ihrer kleinen Tochter und ihrer Arbeit widmen.

Denn sie ist wieder einmal total abgebrannt.

Klar, sie verdient einigermaßen, und sie lebt in einer schönen Wohnung. Aber die Belastungen und die Steuern sind hoch, und ihr Gehalt nebst Provisionen reichen kaum für den Unterhalt von drei Personen.

Jean-Louis hat seinen Posten als Presse-Archivar mit dem Schrei «Ich bin einer Mordssache auf den Fersen» aufgegeben und sorgt zögerlich oder gar nicht für Paulines bescheidenen Unterhalt. Seine Ehemalige entscheidet sich dennoch dafür, eher in gutem Einvernehmen mit ihm zu bleiben, als sich erniedrigenden Szenen, Kosten für Gerichtsvollzieher oder auch einem Grabenkrieg auszusetzen, bei dem Paulinchen Gefahr liefe, von einer verirrten Kugel getroffen zu werden.

Somit betreibt sie eine erbarmungslose Sparpolitik. Und findet zu Gewohnheiten ihrer kargen Kindheit zurück, als man beim Verlassen des großen Salons mit den kostbaren alten Möbeln sorgfältig die Lichter löschte. Als man immer seinen Teller leer essen mußte (wenn einem schlecht war, sollte man nur an die kleinen verhungerten Chinesen denken). Frisches Brot gab es nur, wenn das alte aufgebraucht war. Was darauf hinauslief, daß man ewig trockene Baguettes aß. Kleider wurden bis zur totalen Abnutzung getragen. Und so weiter. Jetzt ist sie es, die verbietet, daß die kleinste trockene Brotrinde weggeworfen wird. Die sich beim Nachhausekommen umzieht und ihr diesjähriges Kleid gegen das des Vorjahres wechselt. Die an ihren Schuhen Eisenbeschläge trägt, um zu häufiges Besohlen zu vermeiden. (Da sie einen entschlossenen Schritt hat, begleitet martialisches Klirren ihren Gang.)

Paulinchen wird mehr oder weniger von der nach wie vor liebevollen Schwiegermutter eingekleidet ... Diese kauft ihr englische Kilts und warme teure Wintermäntel. Genau wie ihre Mutter als Kind trägt Pauline die Mäntel im ersten Jahr zu lang und erst im zweiten in der richtigen Länge. Im dritten dann zu kurz, trotz des herausgelassenen Saums, wobei ein weißlicher Rand zu sehen ist.

Es gibt jedoch zwei Punkte, wo Paulines Mutter sich nicht knauserig zeigt: Die – sehr teure – Privatschule, die ihr Sprößling besucht. Es kommt ihr gar nicht in den Sinn, sie in den öffentlichen Kindergarten zu schicken, der sie nicht einen Heller kosten würde. Ihr Großvater würde aus dem Grab steigen, wenn seine Urenkelin eine öffentliche, weltliche und republikanische Schule besuchen würde.

Und Mariette. Die ist immer noch in ihren Diensten, treu, wortkarg und dickköpfig. Von Tag zu Tag bretonischer. Sie erzieht Pauline mit Inbrunst. Und ihre Herrin verzeiht ihr alles. Den Staub, den sie liegenläßt. Ihre von Butter triefende Küche (bretonisch). Daß sie ihre Ferien hartnäckig im August nimmt, wogegen ihre Herrin aufgrund ihrer Arbeit gezwungen ist, im Juli Urlaub zu machen (Paulinchen ist dann einer wechselnden Folge von äußerst merkwürdigen deutschen und englischen Babysittern ausgeliefert). Und schließlich ihre bäurische Raffgier, was ihr Gehalt angeht, das sie – auf die Ratschläge ihrer Kolleginnen aus dem Parc Monceau hin – eigenmächtig selbst erhöht. Ohne ein Wort darüber zu verlieren, zahlt ihre Brötchengeberin, weil Paulines inneres Gleichgewicht, ihre Gesundheit und ihre Lebensfreude von Mariette abhängig sind. Sie rechnet sich jedoch aus, daß Mariette, kostenlos untergebracht, ernährt, mit sauberer Wäsche versorgt und noch bezahlt, eines Tages – welch Paradox! – reicher sein wird als sie selbst. Mit den Ersparnissen, die ihre Herrin nicht hat, wird Mariette sich dann in ihrem Dorf ein Häuschen bauen. Und ihre Herrin wird sich häufig bei ihr Geld leihen, um über den Monat zu kommen.

Doch auch dann wird ihre Herrin keineswegs immer genügend Geld bei sich haben, um den Wagen vollzutanken, den sie für ihren Job notwendig braucht, und sie wird die ganze Hausgemeinschaft vom Zwanzigsten des Monats an auf Schinken/Nudel- oder Nudel/Schinken-Diät setzen.

Deshalb beschließt sie, sich um einen weiteren kleinen Job zu bemühen.

Was für einen?

Es kommt ihr eine blendende Idee. Da sie ja nun einmal in einer Frauenzeitschrift arbeitet, warum schreibt sie nicht Artikel, nach Zeilenhonorar?

Seltsamerweise scheinen die Redakteurinnen ihrer Zeitschrift keineswegs begeistert von diesem bemerkenswerten Vorschlag. Da sie nur Vertreterin ist und zur kaufmännischen Abteilung der Werbung gehört, sieht man auf sie herab. Doch sie läßt nicht locker. Da man sie nicht los wird, gibt eine nette junge Dame, die das Ressort Innendekoration leitet, ihr den Auftrag, einen Artikel über Tafelbesteck zu schreiben. Sie stürzt sich auf das Thema wie eine hungrige Dogge auf einen Knochen. Sie rennt in die Nationalbibliothek und informiert sich über die Geschichte der Gabel. Sie wird unschlagbar bei den Punzen. Sie macht sich bei Besteckfirmen kundig. Verbringt mehrere Nächte damit, den Artikel zu schreiben, umzuschreiben und noch mal umzuschreiben. Und schließlich gibt sie ihn siegessicher und erschöpft ab.

Abgelehnt.

Grund: «Nicht der Stil der Zeitschrift.»

Das ist ein schlimmer Schlag für ihr Seelenleben. Inzwischen erbarmt sich eine Freundin ihrer, Journalistin bei einer anderen Frauenzeitschrift, und schlägt ihr vor, den unglückseligen Artikel dort anzubieten. Unter dem Namen der Freundin: Halbe-halbe.

Sie akzeptiert.

Und wird zum Ghostwriter mit Zeilenhonorar. Von nun an verbringt sie halbe Nächte und ganze Wochenenden damit, wie besessen über alle möglichen Themen zu schreiben: Über einen Film, den sie nicht gesehen hat. Über eine Maschine, mit der man verschiedene Nudelsorten herstellen kann. Über Schönheitscremes auf der Basis von Stutenmilch. Über die Kunst, dünner zu werden, indem man zuviel ißt. Wie man einen Reifen wechselt (was sie nicht kann und was sie auch nie lernen wird). Sie erfindet sogar Leserinnenbriefe, und sie fabriziert Horoskope.

Es bringt ihr wenig ein. Halbe-halbe. Aber es ist besser als nichts. Sie hat keine Zeit mehr für Paulinchen, die sich darüber beklagt. Sie kniet sich in diese Arbeit mit der Wut eines Maulwurfs, der seinen Bau gräbt.

Bis sie auf der Straße Michel aus Jean-Louis' Ex-Clique der zukünftigen Schriftsteller begegnet. Er ist ein junger erfolgreicher Autor geworden. Und lädt sie freundlich zu einem Glas ein. An dem Abend ist sie noch müder als gewöhnlich, und sie läßt sich so weit gehen, daß sie ihm ihr Leben erzählt. Inklusive ihrer Aufgabe als Ghostwriterin mit Zeilenhonorar. Er ist wie elektrisiert. Seine Tante ist Chefredakteurin der Zeitschrift ‹Elodie›. Er will sie der Tante vorstellen.

Zu ihrem großen Erstaunen tut er es wirklich. Und sie wird als eigenständige Ghostwriterin eingestellt. Natürlich erscheinen auch hier ihre Artikel nicht unter ihrem Namen, aber sie erhält das gesamte Honorar. Dieses Mal ist es nicht der Titel, sondern das Geld.

Sie ist so stolz darauf, daß sie ihre Artikel ausschneidet und aufhebt. Und daß sie sich von nun an mit noch mehr Eifer an ihre Schreibmaschine setzt, deren nächtelanges Klappern die Nachbarn in Wut versetzt. Sie machen eine Eingabe. Worauf sie droht, alle diejenigen anzuzeigen, die ihre Putzfrauen schwarzarbeiten lassen. Alsbald kehrt wieder Ruhe ein.

Ihre Finanzen bessern sich. Sie kann Pauline zum Wintersport in ein Schweizer Kinderheim schicken (eine weitere helvetische Spezialität, sehr schick und sehr teuer). Entzückt und wie eine Prinzessin ausgestattet – alles ist mit ihrem Namen versehen, bis hin zu ihrer kleinen, tief ins Gesicht gezogenen Bommelmütze –, macht sich die Kleine auf den Weg. Sie drückt ein winziges rosa Pappköfferchen an sich, in dem sie alle ihre Schätze mitschleppt, darunter eine Taschenlampe. Am Zug fragt sie ernsthaft:

«Muß man hier weinen?»

«Man muß nicht. Ich bin sicher, daß du dich herrlich amüsieren wirst.»

«Ja, aber du, du wirst wieder arbeiten, immer nur arbeiten», seufzt Paulinchen.

«Das muß sein, mein Schatz, so ist das Leben von Mamas.»

«Gut. Aber sei nicht traurig, ja? Ich werde ein braves Mädchen sein.»

Davon ist die Mutter nicht ganz überzeugt. Paulinchen ist eine fröhliche und chaotische kleine Persönlichkeit. Sie umarmt ihre Tochter mit der verhaltenen Unruhe, die – wie sie später feststellen wird – eine Mutter nie verläßt, ganz gleich, wie alt die Zöglinge sind.

Pauline steigt in den Zug. Die Mutter rennt los, um ihr noch eine allerletzte Kinderzeitschrift zu kaufen. Als sie zurückkommt, ist Pauline schon dabei, ihre Taschenlampe von den anderen Kindern bewundern zu lassen, und hat kaum noch einen Blick für ihre Mutter.

Da sich ihre Einnahmen erhöht haben, hat sie sich einen hinreißenden orangefarbenen Mantel von Dior geleistet (na ja, beim Ausverkauf von Dior), in dem sie sich recht elegant findet. Denn sie möchte gerne gefallen. Ihr fehlen die Männer.

Nicht die Liebe. Damit ist es aus und vorbei! Aber mit jemandem zu schlafen.

Sie sehnt sich nach dem Verführungstanz zu Beginn, nach der Erregung, wenn man sich plötzlich voller Begierde ansieht, dem Erzittern bei der ersten Berührung, der herrlichen Freude des Wartens, dem Schwelgen des ganzen Körpers.

Ja, sie hat Lust, mit jemandem zu schlafen.

Lust auf einen Kerl.

Mit heißen Sinnen, aber mit kühlem Kopf. Nicht in die Gefühlsfalle gehen. Beim kleinsten Anzeichen einer Herzensschwäche die Flucht ergreifen. *Niemals* wieder leiden.

Erste Feststellung: Da das Leben schon prinzipiell nicht so will, wie man selber, findet man bestimmt keinen Kerl, wenn man einen sucht (hat man hingegen einen am Bändel, schwirren die anderen wie trunkene Hummeln um einen herum). Um so mehr, als sie keinen Freundeskreis mehr hat. Die Clique von Jean-Louis' Papasöhnchen ist erneut mit ihm verschwunden. Der Kreis um Alain, zu dem sie eine Zeitlang zugelassen war, hat sich ebenfalls wie ein Schwarm von Staren davongemacht. Sie entdeckt, daß eine allein lebende Frau gesellschaftlich auf die Stufe einer Pestkranken gestellt wird.

Zum Glück hat sie einige Freundinnen, ebenfalls Junggesellinnen, die die gleichen Probleme haben. Denen sie ihre Anwandlungen von Trübsinn mitteilt und die ihr die ihren gestehen. Sie beschließen, einen «Bund der Amazonen» zu gründen. Sie arbeitet einen Schlachtplan aus, um den Krieg der Geschlechter zu gewinnen: Systematisch alle Einladungen annehmen, selbst die Geburtstagsessen von alten Tanten (die, weiß man's, vielleicht einen gutaussehenden, netten, witzigen und reichen Neffen haben). Zu den beruflichen Cocktails gehen (manchmal geschehen Wunder: Goldklumpen in einer ausgetrockneten Ader). Niemals nein sagen, wenn ein Geschäftsmann in einem Flugzeug sich mit einem unterhalten will (einige haben Angst vorm Fliegen und sind zu allem bereit –

selbst dazu, ihre Frau zu verlassen –, wenn eine reizende Person ihnen während des Fluges die Hand hält).

Sobald ein verfügbarer Mann gesichtet wird, findet sich der «Bund der Amazonen» zusammen, telefoniert herum, um über das zu jagende Wild ein Maximum an Informationen zu erlangen und der schußbereiten Jägerin grünes Licht zu geben.

Der erste, der ihr ins Netz geht, ist verheiratet. Erklärt ihr an einem langen Abend, daß zwischen seiner Frau und ihm ... hm ... na ja ... nur noch freundschaftliche Beziehungen bestehen, ja genau, rein freundschaftliche ... der Kinder wegen ... so ist es! Der Kinder wegen ... Das alte Lied, von dem sie keine Sekunde auch nur ein Wort glaubt. Sie indessen enthüllt dem tollen Lügner nicht, daß ihr seine Geschichte vollkommen egal ist. Sie fürchtet, daß ihn das nur ärgern würde. Zu recht. Nach einigen Monaten jammert er, weil sein Nichtvorhandensein am Weihnachtsabend ihr keine Tränen entlockt hat und weil sie es kühl ablehnt, sich «rein zufällig» im Zoo zu treffen, sie mit Pauline, während er mit seinen Kindern spazierengeht. (Sie hat Angst vor dem erschreckenden Instinkt ihrer Tochter.) Ihrem Liebhaber paßt es ebensowenig, daß er sie immer erst ins Restaurant und dann in ein Hotel führen muß, wenn sie miteinander schlafen wollen ... wo es doch so schön bei ihr in der Wohnung ginge. Aber sie hat den Schwur getan, keinen Vertreter des männlichen Geschlechts je über ihre Schwelle zu lassen. Wiederum, um Paulinchen nicht zu verstören. Ihr Liebhaber bedeutet ihr daraufhin spitz, daß sie ihn sehr viel kostet. Auf der Stelle gibt sie dem Geizkragen den Laufpaß.

Der nächste ist ein Offizier der Fallschirmtruppe, ein

sehr schöner und auf seine Männlichkeit stolzer Krieger ... Aber leider schlichten Gemüts. (Ihr wird später auffallen, daß dies bei Fallschirmjägern häufig der Fall ist.) Er seinerseits beklagt sich über ihren Mangel an Empfindsamkeit. Ihre hastigen und ungenierten Aufbrüche mitten in der Nacht – um zurück zu sein, bevor Pauline aufwacht – verletzen ihn.

«Du könntest wenigstens ein trauriges Gesicht machen», ruft er schmollend aus.

Beim nächsten Mal gibt sie sich Mühe und zwingt sich, fünf Minuten mit zärtlichen Artigkeiten zu verlieren, bevor sie entschwindet. Aber er spürt genau, daß sie eine Komödie spielt und den Abschiedsschmerz nur heuchelt: «Du wirkst auf mich so, als ob du immer deine Siebensachen bereit hättest, um mich zu verlassen, und das macht mir angst ...»

Sie trennen sich als gute Freunde.

Sie wird die französische Zwischenlandung eines Schweizer Flugkapitäns. Er heiratet eine thailändische Stewardeß. Sie trauert ihm etwas nach. Seine Ruhe und seine helvetische Genauigkeit wirkten entspannend auf sie.

Dann stößt ihr etwas Merkwürdiges zu. Sie erliegt dem Charme eines schönen, düsteren Sizilianers, der ihr hitzig den Hof macht, als sie sich – allein – in San Domenico de Taormina ein paar Tage Ruhe gönnt. Sie hält ihn für einen Pressefotografen. Allerdings ist sie befremdet, daß sie ihn nie in Begleitung seiner Apparate, sondern nur in der zweier seiner Brüder sieht. Am Vorabend ihrer Abreise wird ihr erschreckend klar, daß er gar nicht zur Crème der Kameraleute gehört, sondern zur Mafia. Er verbietet ihr ganz einfach, nach Frankreich zurückzukehren, und erteilt ihr den Befehl, mit ihm in Sizilien zu bleiben. Sie lacht ihn aus. Er gibt ihr eine Ohrfeige. Sie flieht, auf den Boden eines Taxis geduckt, bis nach Palermo, wo sie in das erstbeste Flugzeug springt. Das nach Hamburg fliegt. Von dort schlägt sie sich nach Paris durch. Wo ihr Mafioso zwei Tage später mit seinen «Brüdern» landet. Er ruft sie an. (Sie wird nie erfahren, wie er ihre Telefonnummer herausgefunden hat ... sicherlich durch einen weiteren «Bruder».) Ihr Verschwinden hat ihm überhaupt nicht gefallen. Er zitiert sie kühl in sein Hotel.

Da packt sie die Panik. Was ist nur in sie gefahren, daß sie in eine solche Situation geraten konnte? Wegen ihres Leichtsinns wird sie sich in einem Betonblock auf dem Grund der Seine wiederfinden, und Paulinchen ist Waise.

Nur ein Mensch kann ihr helfen. Yves, ihr Ex-Fallschirmspringer. Sie erklärt ihm die Situation. Er ist fein genug, sich eines Kommentars zu enthalten. Natürlich wird er sie zu ihrem beunruhigenden Rendezvous begleiten. Mit zwei Kumpels, ebenfalls Fallschirmspringer.

An der Spitze eines Stoßkommandos der französischen Militärelite trifft sie Renato und seine Brüder in der Halle seines Hotels. Ihr sizilianischer Liebhaber, sehr «patenhaft» in schwarzem Seidenanzug, schwarzem Hemd und weißer Krawatte, erklärt ihr ruhig sein Begehren. Sie soll seine französische Frau werden (er hat schon eine legale sizilianische Gattin und einen Haufen Kinder). Er wird in großzügigster Weise für sie sorgen. Dafür steht sie ihm zur Verfügung. Wenn sie in Paris bleiben möchte, ist er einverstanden. Wenn sie seinen Vorschlag nicht annimmt, wird das seine Wut entfachen und die seiner «Brüder» auch.

Er macht eine Geste, als wolle er ihrem Gesicht mit dem Küchenmesser einen Schmiß beibringen.

«Was meint dieser Scheißkerl mit der Visage eines Zuhälters?» fragt Yves, der Fallschirmspringer.

Sie erklärt es ihm.

«Sag ihm, wenn er dich anrührt, er oder seine Gorillas, werden wir ihnen die Eier abschneiden, auch im hintersten Winkel von Sizilien», antwortet Yves ruhig.

Entzückt bei dem Gedanken, daß es etwas *action* geben wird, bekunden seine Kumpel ihre Zustimmung.

Sie gibt es an Renato weiter.

Schweigend denkt der einige Minuten nach.

«Liebt er dich?» erkundigt er sich, mit dem Finger auf Yves deutend.

«Ja», lügt sie.

«*Allora,* ich werde mich nicht wegen einer Nutte schlagen.»

Er erhebt sich und schreitet würdevoll, von seiner Leibgarde eskortiert, aus dem Hotel.

Uff! Erleichtert dankt sie ihrer Truppe mit ein paar dikken Schmatzern auf die Wangen. Und schwört sich, niemals wieder einen italienischen Liebhaber zu nehmen. Zuviel Ärger, wirklich!

Aber Renatos Beleidigung hat sich wie ein Dorn in ihr Herz gebohrt. Es stimmt, sie ist auf dem Weg, eine Nutte zu werden. Oder zumindest jemand, der ihr selbst nicht gefällt. Weit, sehr weit weg von dem netten, reinen und idealistischen jungen Mädchen ihrer sechzehn Jahre.

Liebe ohne Zärtlichkeit ähnelt einer Eishölle.

Seit ihrem kalabrischen Abenteuer lebt sie in der ständigen Angst, wieder schwanger zu werden. Diese Angst hindert sie daran, sich ohne Hintergedanken ganz der Lust hinzugeben. Sie kann sich noch so sehr bemühen, sich im großen und ganzen rücksichtsvolle Männer auszusuchen – zumindest dachte sie das bis zu Renato –, um zu verhindern, daß ihr ein Kind gemacht wird. Sie hat am eigenen Leibe erfahren, daß die totale Beherrschung des Sexualtriebs niemals gewährleistet ist. Schreckliche Zeiten, als es die Pille noch nicht gab und die Frau in Habacht-Stellung und gestreßt das Ansteigen der Erregung ihres Partners überwachte. «Paß auf, ich fleh dich an!» «Ja! Ja! mach dir keine Sorgen . . .» Und schon war's geschehen!

Anhand des Kalenders stellt sie nach dem heiligen Ogino-Knauß ständig komplizierte Rechnungen an und weiß ganz genau, daß sie nichts taugen. Sie wird mit einem Pessar verriegelt, zu dessen Erwerb sie eigens in die Schweiz gefahren ist. Trotzdem hat sie die ganze Zeit Angst, es könnte verrutschen. Und ein Kondom zu fordern – dazu ist sie zu schüchtern.

Darüber diskutiert sie bei einer Zusammenkunft des «Bundes der Amazonen». Ihre Freundinnen kennen die gleichen Ängste, halten ihr aber ihre flüchtigen Eskapaden vor. Eine ernsthafte und dauerhafte Liaison schaffe mehr Vertrauen.

Die Armen.

Françoise liebt Eric. Die beiden haben vor zu heiraten. Sie haben sich sogar schon ihre zukünftige Wohnung angesehen. Einzige Wolke am Horizont: Eric redet zwar die ganze Zeit davon, er wolle Françoise seiner Mutter vorstellen, tut es jedoch nicht. «Später», meint er. Zum Beispiel nach einer Liebesreise nach Portugal. Françoise besorgt die Fahrkarten und wartet am Abreiseabend vor dem Schlafwagen auf Eric. Er erscheint nicht. Äußerst verwirrt steigt sie nicht in den Zug ein, sondern ruft die Mutter ihres Verlobten an.

«Unseliges Geschöpf! Eric wird nicht kommen», verkündet die ihr. «Ich habe versucht, Sie zu warnen. Er lebt mit einer alten Geliebten zusammen, die er niemals verlassen wird.»

Jacqueline liebt Thomas. Er ist charmant und verdient im Immobiliengeschäft viel Geld. Sie vertraut ihm ihre Ersparnisse zum Anlegen an. Er verschwindet damit, der charmante Schuft.

Nach solchen Abenteuern beschließt der vollzählig versammelte «Bund der Amazonen», den Männern keinerlei Vertrauen mehr zu schenken. Sind sie überhaupt die Mühe wert, die man sich mit ihnen macht?

Die Erfahrungen unserer Amazone haben sie eine erstaunliche Entdeckung machen lassen: die sexuelle Misere vieler Männer.

Zunächst einmal eine geradezu lächerliche Beunruhigung, die schon in der Kindheit auftritt und der Größe ihres kleinen Kerlchens gilt. Dem folgt die entsetzliche Angst, daß sich das kleine Kerlchen nicht tapfer schlägt. Sei es, daß es zu schnell ist – für eine Frau frustrierend. Sei es, daß ihm der Start gar nicht erst gelingt. In welchem Fall der große Kerl schamgeschüttelt zusammensinkt. Es ist das erste Mal, daß ihm so etwas passiert. Die Frau muß ihn daraufhin schnell beruhigen. Das ist doch nicht schlimm! Vielleicht die Aufregung? Ja! Ja! Das ist es! Die Aufregung . . . Er liebt sie zu sehr . . .? Ja! Ja! Das ist es! Er liebt sie zu sehr ... Das nächste Mal wird es wunderbar sein, mein Herz!

Weitere Angst des großen Kerls: Ist die Dame mit der heftigen Gymnastik zufrieden, deren er sich gerade befleißigt? Noch schlimmer: War es mit den *anderen* schöner, besser, befriedigender? (Falls er ein «Ja» fürchtet, bedauert es der große Kerl, kein Moslem zu sein, um das unzufriedene Weibsbild zu Tode steinigen zu lassen.)

Unglaublich, daß man in diesem Zusammenhang feststellen muß, wie wenig Ahnung der Mann, Standardausgabe, von etlichen erotischen Praktiken hat. Er hat eben nicht das Glück, wie seine Gefährtin begierig in den Frauenzeitschriften herumlesen zu können, die sich nicht scheuen, die Frauen über die kühnsten und köstlichsten Initiativen zu unterrichten.

Nicht zu vergessen, daß der weibliche Körper für die Männer ihrer Generation – unter dem Druck des besessenen Puritanismus der Kirchenväter – zugleich Glück und Sünde, Entzücken und Unzucht war. Es konnte passieren, daß ein erstaunter Liebhaber gereizt und eifersüchtig fragte: «Von *wem* hast du denn das?» Der Herr möchte gern, daß die Dame, mit der er schläft, zugleich Jungfrau und Kurtisane ist.

Unsere Amazone glaubt zu wissen, daß das auch heute noch so ist und immer so bleiben wird.

Die Vorhaltungen des «Bundes der Amazonen» haben sie erschüttert, und so versucht sie, eine bürgerliche Dauerbeziehung mit einem jungen Hochschulabsolventen im Kultusministerium einzugehen. Sie ist sogar damit einverstanden, an einem Sonntagmorgen, als Pauline das Wochenende bei der Großmutter verbringt, zum Frühstück bei ihm zu bleiben.

Da wird ihr etwas Erstaunliches offenbar. Es ist schwieriger, mit einem Mann, den man liebt, zu frühstücken, als mit ihm zu schlafen. Seine Mängel springen einem dann ins Auge wie etwa ein dicker schwarzer Bartstoppel auf der Backe.

Beim Kaffee zeigt ihr junger Hochschulabsolvent vom Kultusministerium eine Eitelkeit, die sie nicht erwartet hatte.

«Hast du es bemerkt? Wenn ich mit dir schlafe, werden meine blauen Augen grün.»

Sie hatte überhaupt nichts bemerkt. Dennoch versichert sie ihm höflich, daß ihr dieses Phänomen nicht entgangen und daß es wunderbar sei.

Sie genießt ihr mit Butter bestrichenes Baguette-Stück, das sie in eine große Tasse voll schwarzen Kaffees taucht – einer der köstlichsten Augenblicke im Leben. Der Kerl vermiest ihr diesen Glücksmoment, indem er nachhakt:

«Es war schön, nicht?»

«Herrlich», antwortet sie eifrig und mit vollem Mund.

«Ist dir das klar? . . . *Dreimal!*»

Jetzt fängt sie an, sich genervt zu fühlen. Was sie selbst angeht, so hätte sie lieber eine lange befriedigende Umarmung gehabt als drei schnelle Hopphopphopp wie ein Kaninchen. Aber das gehört zu den Dingen, die man nicht sagt. Die man nicht einmal denkt. Tabus.

«Offenbar bin ich gut im Schuß», fängt ihr Lackaffe wieder an und betätschelt sich wollüstig die Haare auf der Brust.

Von einer Sekunde auf die andere hat sie die Nase voll von diesem Gecken. Sie steht auf, schiebt das Frühstückstablett weg und zieht sich an.

«Wohin gehst du?»

«Ich verlasse dich!»

Er reißt erschrocken die Augen auf.

«Warum denn?»

«Du bist ein lausiger Liebhaber.»

«Wie bitte? Was . . .? Das hast du in der Nacht nicht gesagt.»

«Wenn du wüßtest, wie viele Frauen so tun als ob, du armes Kerlchen! Nichts einfacher als das, ein paar ‹Raaaas, Aaaaahs, Jajajajas› zu blöken.»

Er wird violett vor Wut.

«Schlampe!»

«Klar! Ich bin eine Schlampe! Aber du, du bist was viel Schlimmeres: ein humorloser Schwachkopf! Ciao!»

Sie knallt die Tür zu. Und öffnet sie noch mal.

«Noch etwas: Du hast ein Dingelchen wie ein Vierzehnjähriger, riechst unangenehm und wirst niemals Minister werden.»

Diesmal hat sie ihn geschafft!

Aber sie ist dabei, eine Nutte zu werden.

Zum x-ten Mal in ihrem Leben schwört sie, daß sie mit den Männern fertig ist. Aus und vorbei!

Mit Ausnahme von Peter.

Peter ist ihr Gefährte, der immer für sie da ist. An einem melancholischen, einsamen Abend hat sie sich damit vergnügt, ihn zu erfinden.

Peter ist Engländer (sie weiß nicht so recht, wieso, Professor für amerikanische und französische Literatur, ein

Intellektueller also). Groß. Dürr. Brillenträger. Englisch gekleidet mit einer Tweedjacke, einer ausgebeulten Kordsamthose und einem Kaschmirschal um den Hals. Er ist ruhig, zärtlich, sanft, humorvoll. Er spricht mit niemandem, außer mit ihr. Er liebt lange Waldspaziergänge in ihrer Gesellschaft, und dabei vertraut sie ihm ihre klitzekleinsten Gedanken an. Abends liest er neben ihr im Bett. Er drückt sie tröstend an seine Brust – die ein wenig schmal und weiß ist –, wenn sie des Lebens müde ist. *Er* weiß, daß sie keine Nutte ist, sondern ein kleines verängstigtes Mädchen. Peter ist wunderbar.

Natürlich schläft er nicht mit ihr. Aber er tut etwas Besseres. Er schenkt ihr die Freundlichkeit, die Zuneigung und die Komplizenschaft, die sie braucht. Von nun an wird sie Peter treu sein.

Die Chefredakteurin ihrer Zeitschrift ‹Elodie› ruft an. Und – welch zauberhafte Überraschung – überschüttet sie mit Komplimenten. Ihre Artikel, ihr Stil und ihr Arbeitseifer gefallen ihr sehr. Sie hat beschlossen, ihr eine regelmäßige Kolumne in der Zeitschrift zu geben, mit ihrem Foto und angemessener Bezahlung. Olé!

Ihr Schicksal ist damit vorgezeichnet: Ruhm, nicht Liebe. Das glaubt sie jedenfalls.

10

Eine bunte Ansichtskarte aus Borobudur ...

Ihre Kolumne in der Zeitschrift ‹Elodie› findet großen Anklang. Sie erhält sogar aufmunternde Briefe von Leserinnen. Nur die Redakteurinnen ihrer alten Zeitschrift – wo sie noch immer als Assistentin in der Werbeabteilung ihren Frondienst leistet – verziehen verächtlich den Mund, wenn sie sie sehen. Das entzückt sie. Ihr Ehrgeiz wächst. Warum soll sie nicht davon träumen, eine große Frauenzeitschrift zu leiten? Oder noch besser, ein politisches Magazin? Daß sie nichts von Politik versteht, beunruhigt sie nicht. Sie hat den Eindruck, alles zu schaffen.

Inzwischen richtet sie sich in einem Nonnendasein ein, das ihr einen gewissen Frieden nach den ganzen Jobs-Wohnungs-Kerlen-Wirren verschafft. Der «Bund der Amazonen» funktioniert noch immer. Er hat sich durch ein Netz von Mädchen aus allen Pariser Schichten vergrößert, von der einfachen Sekretärin bis zur Superfrau. Es verbreitet sich schnell, daß sie die Kerle endgültig aufgegeben hat, und die Mitamazonen nutzen ihre Verfügbarkeit, um sie zur Vertrauten Nr. 1 zu machen. Ihr Telefon klingelt ununterbrochen.

Und Paulinchen wächst heran.

Sie trinkt gerade ein Glas *Blanquette de Limoux* bei einem Presse-Cocktail und lauscht andächtig einer geschmacklos gekleideten Dame, die den Eindruck vermittelt, sie intim zu kennen. Sie hat keine Ahnung, wer das ist. Ihr Blick schweift über die Schar der Gäste.

Sie bemerkt ihn.

Einen riesigen Burschen mit breiten Schultern, einer Adlernase und wirren Locken. (Sie hat ein Faible für Männer mit Locken. Es verleiht ihnen einen leicht kindlichen Charme, der sie rührt.) An eine Wand gelehnt, träumt er vor sich hin. Herrlich gleichgültig gegenüber allem, was um ihn herum vorgeht.

Eine junge Frau kommt vorbei und reicht ihm ein Glas Champagner. Er nimmt es und lächelt sie an.

Er hat das wunderbarste Lächeln der Welt.

Das ist *er*.

Der Mann ihres Lebens.

Sie verspürt einen leichten Taumel. Bilder ziehen in ihrer Vorstellung vorbei, die sie nicht richtig erkennt, deren Botschaft sie aber spürt.

Sie wird diesen Unbekannten heiraten.

Ihm Kinder schenken.

Ihn bis zum Wahnsinn lieben.

Tausend Tode sterben.

Sie denkt nicht einmal daran, sich zu wehren. Es steht geschrieben. Inschallah!

Sie läßt die Nervensäge stehen und schnappt sich den Arm von Clara, der Presseattaché-Dame, die auch zu dem Weibsennetz gehört.

«Wer ist das, der große Kerl da, ganz allein, der mit der khakifarbenen Jacke?»

Clara dreht sich um.

«Alexander V. Berühmter Reporter. Sehr begabt. Säuischer Charakter. Ehescheuer Phallo-Macho. Verführt die Frauen. Behält aber keine. Scheint nur seine indochinesische Maid geliebt zu haben, die gestorben ist.»

«Ein Mittagessen bei Fouquet's, wenn du ihn mir vorstellst.»

«Du bist verrückt!»

«Ja.»

Clara geht rüber zu dem Koloß und zerrt ihn in die Richtung der vom Blitz Getroffenen. Er sieht sie überraschten, dann leicht ironischen Blickes an. Clara erklärt ihm, daß sie ihn wegen der Situation in Algerien befragen möchte, von wo er gerade kommt, und verschwindet, ihre Pflichten als Gastgeberin vortäuschend (danke, Clara!). Sie steht ihrer zukünftigen großen Liebe gegenüber. Das Dumme ist nur, daß er es noch nicht weiß. Er spottet.

«So, man interessiert sich also sogar auf den Pariser Cocktail-Partys für den Algerienkrieg?»

Sie quittiert das lächelnd.

«Mein Vater ist dort General.»

«Wenn das so ist, kann er Ihnen die Situation besser als jeder andere erklären. Wissen Sie, ich bin nämlich nur ein armer kleiner Reporter . . .»

«Also gut! Clara hat sich geirrt: Sie hatte Ihre Intelligenz gerühmt, und Sie machen hier in falscher Bescheidenheit! Was für ein Jammer!»

Er lächelt erneut, mit jenem Lächeln, das sie einfach schmelzen läßt wie Vanilleeis in der Sonne.

«Hören Sie mit Ihrem mondänen Blabla auf. Ich habe gesehen, wie Sie mit Clara geredet und auf mich gedeutet haben. Sie hat Sie gewarnt, ich sei ein schlimmer Macho, mit einem Wahnsinns-Dickschädel.»

«Stimmt genau. Ich habe Sie trotzdem gekauft.»

«Teuer?»

«Ein Mittagessen bei Fouquet's.»

Er pfeift anerkennend und witzelt:

«Na so was, wer sagt's denn, ich hätte nicht gedacht, daß ich einen solchen Marktwert hätte! Und was soll ich tun? Sie vergewaltigen oder mich vergewaltigen lassen?»

«Ich finde Sie immer enttäuschender. Sie hängen noch an dem alten Schema vom virilen Mann als Beschützer und der armen kleinen Frau, die auf Ihre Gunst hofft.»

Er verbeugt sich spöttisch.

«Pardon, Madame. Ich habe sonst keinen Umgang mit Amazonen.»

«Ich kann Ihnen versichern, daß ich im vollständigen Besitz meiner beiden Brüste bin», verkündet sie ihm fröhlich.

«Na, endlich eine gute Nachricht.»

Schweigen breitet sich über dem Schlachtfeld aus. Sie hat verloren. Selbst schuld. Warum hat sie diesen provozierenden Ton angeschlagen, der gar nicht zu ihr paßt? Sie möchte weinen. Nein. Er packt sie am Arm.

«Hören wir auf, einen solchen Quatsch zu reden, und verlassen wir diesen trübsinnigen Ort, ja?»

Sie folgt ihm, ohne zu fragen, wohin er sie führt.

Direkt zu sich nach Hause.

Sie wechseln kein Wort miteinander. Ihre Körper haben sich schon alles schweigend gesagt.

Die Nacht ist unbeschreiblich.

Bei Morgengrauen erhebt nicht sie sich als erste, sondern er. Er zieht sich an und stopft seine Reisetasche voll. Er hat wieder seine gleichgültige Miene aufgesetzt.

«Ich fahre weg. Sie brauchen nur die Tür hinter sich zuzuziehen.»

«In Ordnung. Gute Reise.»

Er scheint überrascht zu sein.

«Sie fragen mich nicht, wohin ich fahre?»

«Nein.»

«Sie fragen mich nicht, wann wir uns wiedersehen?»

«Nein. Warum sollte ich mehr Lust haben, Sie wiederzusehen, als Sie mich? O Mann, eingebildet bis dorthinaus!»

Alles Tinnef. Natürlich lügt sie. Sie träumt nur von einem: ihn in den Armen zu halten. Für immer! Aber sie hat begriffen, daß ein solches Geständnis ihn dazu bringen würde, am Ende der Welt zu bleiben, wo er wahrscheinlich hinfährt.

«Getroffen. Sollten Sie sich zufällig von den anderen Frauen unterscheiden?»

Sie mimt die Demütige.

«Sie kennen den Ruf von Dominguín, dem Torero. *‹Soy el Uno!›* Also ich ... *‹Soy la Una!›* ... die erste! Die einzige!»

Er biegt sich vor Lachen und winkt ihr mit einer kleinen freundschaftlichen Abschiedsgeste zu.

«Auf Wiedersehen, Madame Einzige!»

«Auf Wiedersehen, Monsieur Macho!»

Weg ist er.

Sie bricht auf dem Kopfkissen, von dem noch sein Geruch aufsteigt, in Tränen aus. Sie weiß, daß er sie nach seiner Rückkehr nicht anrufen wird.

Er tut es auch nicht.

Clara hält sie auf dem laufenden. Er ist nach Paris zurückgekehrt, weggefahren, erneut zurückgekehrt.

Sie kauft sich einen Hund.

Denn wie der Zufall – der eine große Rolle in ihrem Leben spielen wird – es so will, wohnt er in der Straße direkt hinter der ihrigen. Und jeden Morgen und jeden Abend führt sie nun Rocky an seinem Haus vorbei spazieren. Der dritte Monat geht vorbei. Sie verbeißt sich wie eine Spielerin, die sich an die Roulettekugel klammert. Einmal wird ihre Nummer kommen.

Sie kommt.

Eines Morgens taucht Alexander endlich aus seinem Haus auf und sieht sie verblüfft an. Er trägt einen schwarzen vietnamesischen Schlafanzug.

«Was machen Sie denn hier?»

«Ich lasse meinen Hund an Ihre Eingangstür pinkeln, er liebt das», erklärt sie fröhlich.

Alexander lächelt sie an. (Und wieder schmilzt ihr Herz wie Vanilleeis in der Sonne.) Er hatte sie offensichtlich vergessen. Scheint sich aber zu freuen, sie wiederzusehen.

«Haben Sie schon gefrühstückt?»

«Nein», lügt sie eifrig.

«Also gehen wir!»

Er schleift sie in das Bistro um die Ecke, wo der Chef über den schwarzen Schlafanzug keineswegs überrascht zu sein scheint. Sie verspeist ungehemmt ein solides zweites Frühstück. Und das Wunder geschieht: Der Mann ihres Lebens – wie sollte es auch anders sein – beginnt mit Inbrunst von seiner letzten Reportage im Goldenen Dreieck zu erzählen. Sie trinkt förmlich seine Worte. Für sie zählt nichts anderes mehr als diese Stimme, diese Augen, dieser Körper, der ihr soviel Freude zu schenken versteht.

Sie ist verrückt vor Liebe.

Eine Stunde vergeht. Dann zwei. Alexander redet noch immer. Sie hat nicht einmal mit der Wimper gezuckt, aus lauter Angst, den Zauber zu durchbrechen. Zum Teufel mit dem Büro und mit den Kunden, die auf sie warten. Sie gibt vor, eine Autokarambolage ... hm ... mit einem Fahrer gehabt zu haben, der wegen des Protokolls ein Riesentrara veranstaltet hat.

Mit einemmal springt Alexander auf und guckt auf die Uhr.

«Was? Jetzt quassele ich schon länger als zwei Stunden vor mich hin und Sie schenken mir so verständnisvoll Ihre Aufmerksamkeit. Oh! Oh! Bei Ihnen muß ich mich vorsehen. Eine Frau, die zuhören kann, ist für ein armes Mannsbild sehr gefährlich ...»

«Das kommt, weil man mich in einem Harem dressiert hat», erklärt sie ernsthaft.

Er zeigt sich erstaunt. (Punkt für sie.)

«In einem Harem?»

Sie erfindet auf der Stelle, wie sie von einem Emir aus Yemen entführt wurde, dort zur Favoritin aufstieg und so die Regeln der Verführung erlernte, bevor es ihr gelang, mit Hilfe eines verliebten und nach ihr verrückten Eunuchen zu fliehen ...

Mit großen Augen sieht der Mann ihres Lebens sie an.

Dann bricht er in Lachen aus.

«Sie verarschen mich.»

«Ja, aber es war doch eine hübsche Geschichte, nicht? Im übrigen wäre mir das wirklich vor Jahren fast in einem Flugzeug nach Sana passiert, wo ich neben einem Emir und all seinen Frauen die einzige Europäerin war und er mir vorschlug, seine achtundachtzigste Frau zu werden . . .»

Er hüllt sich in Schweigen. Sie wartet. Sie weiß noch nicht, daß sie ihr Leben damit verbringen wird, auf diesen Mann zu warten.

«Na gut, Madame Scheherazade, wie wär's, wenn wir das Wochenende zusammen in Honfleur verbringen würden?»

Sie entscheidet sich in wenigen Sekunden. Für ihr Büro wird sich ihre Autokarambolage in einen echten Unfall verwandeln, der die Aufnahme und Beobachtung in einem Krankenhaus erforderlich macht. Ihre Mutter ist bestimmt entzückt, Pauline übers Wochenende zu nehmen. (Seit sie sich um ihre Enkelin kümmert, haben ihre Depressionen die Tendenz, sich zu verflüchtigen, und sie erweist sich als bessere Großmutter denn als Mutter.) Ah! Bloß nicht vergessen, das Abendessen mit Marlène abzusagen und den Kinobesuch mit Julie . . .

Das Wochenende in Honfleur ist unbeschreiblich.

Alexander setzt sie am Sonntagabend bei ihr zu Hause ab und murmelt ihr einfach zu:

«Danke, Madame. Dank Ihnen habe ich drei wundervolle Tage verbracht.»

Sie deutet eine spöttische Verbeugung an.

«Ganz meinerseits, Monsieur.»

Er umarmt sie flüchtig. Sie steigt aus dem Auto. Er fährt mit seiner gewohnten kleinen Abschiedsgeste davon.

Er hat ihr wieder nicht gesagt, wann er sie anrufen wird. Auch nicht, ob er es überhaupt tun will.

Ich hasse dich, mein Liebling.

Vierzehn Tage ohne Lebenszeichen. Jeden Abend hat sie in der Nähe des Telefons gelauert und nicht gewagt, auszugehen. Stündlich hat sie geprüft, ob der Apparat auch in Ordnung war. Peter hat sie angebrüllt: «Du führst dich auf wie ein sechzehnjähriger Backfisch.»

Sie hat nicht geantwortet. Er hat recht. Sie aber auch.

Der Riesenhalunke und sie sind zwei Hälften derselben Orange.

Schließlich ruft er sie im Büro an. Seine Stimme ist alles andere als warmherzig.

«Haben Sie heute abend Zeit?»

«Ja.»

Armer Idiot. Der noch nicht erraten hat, daß sie immer Zeit für ihn haben wird und bereit ist, selbst den Papst zu versetzen.

«Um acht Uhr im Petit Bedon?»

Sowie sie ihn sieht, weiß sie, daß ein Sturm droht. Seine Miene ist düster. Er hat schon zuviel getrunken. Mit lauter Stimme erklärt er ihr, daß er gerade von einer Reportage aus Afrika kommt, wo er entsetzliche Dinge gesehen hat. Er hat genug von diesem verfluchten Job. Er hat die Nase voll von dieser Scheißwelt voller Gewalttätigkeit. Er wird allmählich zu alt für alle diese Gräßlichkeiten.

Da betritt eine Gruppe das Restaurant, aus der sich eine sehr schöne, elegante junge Frau löst und auf Alexander zustrebt. Ihre Augen blitzen vor Wut, als sie sich auf seine Begleiterin heften. Sie legt ihre Hand mit den langen roten Fingernägeln auf den Nacken Alexanders. Die spanische Eifersucht beginnt zu kochen. «Alexander, mein Herz, wie geht es dir? Du hast mich nicht, wie verabredet, wieder angerufen, du mieser Kerl.»

Der Mann ihres Lebens wendet ihr sein verdüstertes Gesicht zu. Der Sturm bricht los. Er enttäuscht sie nicht.

«Madame, wenn Sie mir die Ehre gegeben haben, ein- oder zweimal mit mir zu schlafen, gibt Ihnen das noch lange nicht das Recht, mich ‹mein Herz› zu nennen», erklärt er frostig. Die Dame ist wie versteinert vor Scham und Wut. Ihr fällt nicht einmal eine Antwort ein, sie macht auf dem Absatz kehrt und geht wieder zu ihren Freunden.

Alexander kippt in einem Zug ein großes Glas Bordeaux hinunter, fixiert seine eigene Begleiterin voller Aggressivität. Na gut! Der Wirbelsturm nimmt nun Richtung auf sie. Sie schrumpft auf ihrer Bank zusammen.

«Ich hasse diese besitzergreifenden Weiber und ihr mamahaftes Getue. Dieses ‹mein Herz› und ‹ich liebe dich› und ‹für immer› . . . scheinheilige Romantik, die ihnen von den Frauenzeitschriften eingebleut wird . . .!»

Sie antwortet nicht. Er mustert sie argwöhnisch.

«Und Sie, he, Sie haben doch nicht vor, sich über mich Illusionen zu machen? Ich ertrage die Sentimentalität unserer verweichlichten Epoche nicht. Ich bin ein Misanthrop und stolz darauf.»

«So, so», murmelt sie feige.

Er beschuldigt sie:

«Ihr westlichen Weiber, ihr seid zum Kotzen! Ihr braucht die Selbständigkeit, die Gleichberechtigung mit den Männern und gleichzeitig die Unterwürfigkeit der höfischen Liebe. Jedenfalls könnt ihr in Herzensdingen den asiatischen Frauen nicht das Wasser reichen.»

Der leichte Schatten Maïs, der Indochinesin, schwebt vorüber. Niedergeschlagenheit befällt sie. Wie kann sie gegen die strahlende Erinnerung an eine geliebte Frau ankämpfen, die gestorben ist? Es bricht aus ihr hervor:

«Sie ... (STOP! Sie wollte schon das verbotene Wort ‹lieben› in den Mund nehmen) ... hat Ihnen Maï viel bedeutet?»

«Ja.»

Er schüttet ein weiteres Glas Rotwein hinunter. Trunkenheit beginnt seinen Scharfsinn zu vernebeln und seine Abwehr zu schwächen. Sie erkühnt sich:

«Was hatte sie denn den anderen voraus?» (Nein. Sie hat nicht gesagt mir.)

«Egal, wie spät es war, wenn ich nach Hause kam, empfing mich Maï mit einem Lächeln ... und zog mir die Schuhe aus.»

Die Fragerin ist wie versteinert. Trotz der schwachsinnigen Leidenschaft, die sie für diesen halb betrunkenen, in sich zusammengesunkenen Mann ihr gegenüber empfindet, sieht sie sich kaum auf den Knien an ihrer Eingangstür, um ihm seine Straßenschuhe gegen die Hausschuhe einzutauschen.

Er fügt voller Groll hinzu:

«Eine asiatische Frau vermittelt dem Mann immer das Gefühl, daß er der hinreißendste Mann der Welt ist.»

Dieses Mal kommt die Botschaft an.

In diesem Großmaul steckt ein ängstlicher Junge, der eine Mama ganz für sich allein braucht, die ihn uneingeschränkt liebt und bewundert. Mit Ausnahme der Stunden, wo sie sich in eine wollüstige Geliebte verwandeln muß. Immer und ewig die Mama und die Nutte. Und die asiatische Frau ist Expertin in diesem kleinen Spiel. Bis eines Tages ...

Sie erzählt Alexander nicht die Geschichte von P., einem französischen Zeitungskorrespondenten in Tokio. Der nicht aufhörte, in seinen Artikeln die japanische Kultur und vor allem die japanischen Frauen zu preisen, deren Sanftheit, ewiges Lächeln, Unterwürfigkeit und Zerbrechlichkeit die grobschlächtigen und ordinären Weibsbilder des Westens so richtig wie dicke Elefantinnen im Porzellanladen aussehen ließen. Seine fanatische Begeisterung war ihr schließlich auf die Nerven gegangen. Und bei einer ihrer Reisen nach Japan nahm sie sich vor, ihn zu diesem Thema zu befragen. Sie hatte sich mit ihm für den späten Abend in seinem Büro auf der Ginza verabredet. Sie verirrte sich in den verlassenen Gängen. Bis sie ein Schluchzen hörte. Sie ging dem Geräusch nach und entdeckte einen in Tränen aufgelösten und in seinem Sessel zusammengesunkenen P. Sie eilte herbei. Über den armen Mann mußte eine Tragödie hereingebrochen sein. Ja. Seine wunderbare kleine japanische Frau betrog ihn und ließ ihn ungerührt wegen seines Chefs sitzen. Voller Schadenfreude und zufrieden, weil sie erfahren hatte, daß diese so lieben, sanften asiatischen Püppchen genau solche Weibsstücke sein können wie alle anderen, ist sie nach Paris zurückgefahren.

Am Ende des Essens ist Alexander vollständig betrunken. Er ist gerade noch so weit bei Sinnen, daß er einer kleinen Alten, die mit ihrem Korb ins Restaurant gekommen ist, die ganze Ladung Rosen für seine Begleiterin abkauft. Sie hatte sich jedoch ablehnend gezeigt. Alexander hatte das keineswegs gefallen.

«Warum willst du nicht, daß ich dir Blumen schenke? Alle Frauen lieben Blumen.»

Sieh mal an! Er duzt sie, wenn er betrunken ist.

«Ich mag auch Blumen. Aber der Einfall, den ganzen Rosenkorb im Restaurant zu kaufen . . . das kommt mir vor, als wäre ich in einem Vorkriegsfilm!»

«Ich begreife nichts, weder von dem, was du bist, noch was du von mir willst», lallt er mit schwerer Zunge. «Jedenfalls kaufe ich die Rosen nicht für dich, sondern damit die arme Alte endlich ins Bett gehen kann.»

«Na gut, einverstanden!»

Er fällt fast hin. Von ihren Baccara-Rosen halb erdrückt, schafft sie es dennoch, ihn nach Hause zu bringen, ihn auszuziehen und ins Bett zu bugsieren. Und sie kuschelt sich in seinem Bett neben ihn und lauscht seinem Geschnarche wie einem göttlichen Beethovenkonzert. Eine verliebte Frau ist wirklich zu dämlich!

Am nächsten Morgen schläft der Mann ihres Lebens immer noch mit offenem Mund. Selbst so findet sie ihn schön. Sie bereitet ihm sein Frühstück (wie Maï es sicherlich gemacht hätte) und dekoriert das Tablett mit einer ihrer Rosen und ein paar Zeilen: «Sei gegrüßt, o mein schöner trunkener Ritter! Möge der Tag dir gewogen sein!»

Abends erwartet sie bei ihrer Heimkehr ein umwerfender Orchideenstrauß mit einer Karte: «Der trunkene Ritter bittet die schöne Dame, deren er nicht würdig ist, um Verzeihung.»

Sie stürzt zum Telefon, um ihm zu danken. Er macht seine Witze und erzählt ihr seinen Tagesablauf. Sie freut sich wahnsinnig, seine Stimme zu hören, und ist zugleich erschöpft von der Anstrengung, sich zurückzuhalten und nicht zu fragen: «Wann sehen wir uns?» Nein. Eher die

Guillotine ihrer Urahninnen. Sie hat sogar den unerhörten Mut, ihm fröhlich einen «schönen Abend» zu wünschen.

O Wunder! Am anderen Ende der Schnur überschlägt sich die Stimme vor Überraschung.

«Du kommst nicht?»

«Wohin?»

«Na ja . . . zu mir!»

«Werden wir schlimme Dinge treiben?» fragt sie erwartungsvoll.

Er lacht.

«Viel schlimmere.»

«Also: Dann komme ich.»

Sie möchte vor Freude tanzen. Das wilde Tier fängt an, sich zähmen zu lassen. Aber sie spürt es genau. Bei der geringsten falschen Bewegung flüchtet es in den Wald. Sie bewahrt also eine liebevolle, doch etwas distanzierte Haltung bei und verbirgt hartnäckig ihren geheimen Hang, besitzergreifend zu sein. Sie sagt einfach «gute Reise» zu ihm, wenn er aufbricht.

Da plötzlich sagt er ihr schon vorher Bescheid und gibt sogar preis, wohin er fährt. Wenn er zurückkommt, ist sie für ihn da. In der Zwischenzeit hat sie sich über das Land informiert, in dem er gearbeitet hat. Denn er bespricht seine Reportagen gerne mit ihr, zeigt sich aber niemals erstaunt, daß sie so auf dem laufenden ist. Sie ist immer zum Lachen aufgelegt, wenn er es will. Sie wird sanft, wenn er düsterer Stimmung ist. Sie bleibt gelassen, wenn er sich mit der ganzen Welt anlegt.

Sie ist der Ansicht, daß sie den Preis für hervorragende Leistungen als beste Geisha von Paris verdient.

Ihr Verhalten bringt den «Bund der Amazonen» in Harnisch. Die Freundinnen drohen, sie zu erschießen. Sie führt an, daß es normal sei, wenn eine Frau sich genausoviel Mühe gibt, den von ihr erwählten Mann zu verführen, wie wenn sie eine Affäre beenden will. Oder etwa nicht? Das Argument wird gerade noch gelten gelassen. Um sich reinzuwaschen, vertritt sie ausgesprochen feministische Theorien in ihrer Kolumne . . . Hoffentlich liest er sie nicht! Sie wäre glücklich, wäre da nicht die ewige Angst, die wie ein Fuchs in ihrem Magen lauert. Jedesmal, wenn er um die Straßenecke verschwindet, befürchtet sie, ihn niemals wiederzusehen. Er hat ihr nie gesagt, daß er sie liebt. Nicht einmal, daß sie ihm wichtig ist. Sie würde dafür durch die Hölle gehen. Für ein winziges Mal. Vor allen Dingen darf sie ihn nicht darum bitten. Sie kennt das Schicksal von Blaubarts Frau.

So gut sie kann, macht sie ihre beiden Jobs weiter. Unter der zusätzlichen Schwierigkeit, immer griffbereit für *ihn* zu sein. Sie schreibt zu wahnwitzigen Zeiten. Sie schläft nicht genug. Sie ist durcheinander.

Eines Tages macht sie einen Fehler.

Es ist ja ganz nett, daß sie in der Straße vor der seinen wohnt, aber es stört sie, daß sie unentwegt ihre Zahnbürste hin und her schleppen muß. Es entfährt ihr die ungeschickte Frage: Könnte sie sie nicht bei ihm lassen?

«Nein», erwidert er frostig. «Ich finde es entsetzlich, wenn Weibersachen in meiner Hütte herumliegen.»

Zum erstenmal geht sie, ohne ihn zu küssen und türenschlagend, davon. Sie wird mit diesem Mistkerl brechen. Für wen hält er sich eigentlich! Soll er es doch mit seiner geliebten Freiheit treiben!

Als sie am Abend aus dem Büro kommt, findet sie neunzig rote Rosen vor (überall stehen welche): «Pardon,

Madame! Aber so bin ich nun einmal.» Sie stürzt ans Telefon, um ihn ihrerseits um Verzeihung zu bitten. Ja. Ja. Sie mit ihrer Zahnbürste ist die Nervtöterin . . .

Sie zieht sich schnell um und rennt los, um zu ihrem Riesenhalunken zu kommen. Und sie schleppt ihren kleinen Kulturbeutel weiter hin und her.

Eine Liebeskranke – ja, das ist sie.

Die Chefredakteurin von ‹Elodie› ruft bei ihr an. Ein Freund von ihr, ein Fernsehproduzent und dessen Frau, die ihre Kolumnen liest, möchten sie gern kennenlernen und ihr vorschlagen, Serien zu schreiben. Die Chefredakteurin organisiert ein Mittagessen. Der Produzent macht einen seriösen Eindruck (was, weiß Gott, nicht jeder Produzent tut), und er sucht jemanden, der eine Unterhaltungsserie schreiben kann. Drei Jahre Arbeit, gut bezahlt, Ganztagsjob. Sie muß ihre andere Arbeit aufgeben, die Kolumne kann sie beibehalten. Sie wendet ein, daß sie so etwas noch nie gemacht und daß sie keine Ahnung von Serien hat. Mit einer Handbewegung fegt er das Argument beiseite: Er hat volles Vertrauen zu ihr. Er ist bereit, ihr einen phantastischen Vertrag zu geben, gleich hier, auf der Stelle, auf dem Restauranttischtuch.

Sie zögert. Er drängt.

«Aber was passiert mit mir nach drei Jahren?» fragt sie.

Er scheint überrascht.

«Sie schreiben eine neue Serie.»

Denn er ist sicher, daß die erste ein Erfolg werden wird. Sie bittet um 48 Stunden Bedenkzeit.

Die Entscheidung, die sie treffen muß, versetzt sie in Panik. Natürlich begeistert sie der Gedanke, fürs Fernsehen zu arbeiten, und sie verläßt mit Freuden die Werbeabteilung, die ihr zuwider ist. Aber sie hat dort eine sichere Stelle. Und an jedem Monatsende ein sicheres Gehalt. Dagegen riskiert sie, wenn das mit der Serie schiefgeht, gar keine Arbeit mehr zu haben. Vor allem in diesem Milieu, wo sie niemanden kennt. Sie könnte sich ohne Geld für Paulinchen, Mariette und sich selbst auf der Straße wiederfinden – ein Gedanke, bei dem ihr ganz schlecht wird.

Sie hat nicht einmal mehr Spaß an der Liebe. Alexander ist verwirrt.

«Ein Problem?»

Sie ist so verstört, daß sie ihm ihre Ängste anvertraut. Er versteht sie völlig. Als Sohn von Kleinbauern aus der Auvergne kennt er genau das Fast-Elend, die Einsamkeit in der Stadt, die Sorge um das tägliche Stück Fleisch und Löcher in den Schuhen. Angefangen hat er als Laufbursche. Seinen Job, den er liebt, hat er bekommen, weil er sich mit wütender Hartnäckigkeit, rasender Arbeitswut und – das sagt er zwar nicht – Mut dahintergeklemmt hat. Aber sie weiß, daß er bei seinen Reportagen kein Risiko ausläßt.

Ja, er findet es normal, daß sie Angst hat, die Sicherheit des Gehalts für die Unbeständigkeit des Künstlerdaseins aufzugeben. Vor allem mit einem Kind.

Auf der anderen Seite gibt er ihr zu bedenken: Wenn man sich mit Haut und Haaren einem geliebten Beruf verschreibt, heißt das, daß man einen Großteil seines Lebens mit Erfolg meistert. Sie ist jung . . . Sie ist begabt (sie ist so fassungslos, daß sie dieses ungeheuerliche Kompliment nicht einmal mitbekommt) . . . an ihrer Stelle würde er ins kalte Wasser springen.

Sie springt ins kalte Wasser. Mit zusammengebissenen Zähnen. Und angstverkrampftem Magen.

Von Anfang an begeistert ihre neue Tätigkeit sie. Geschichten zu erfinden, Personen zu erschaffen, Dialoge zusammenzustellen, all das macht ihr einen Heidenspaß. Etwas in ihr beginnt aufzublühen. Sie schätzt auch die freie Arbeitszeit. Adieu, schreckliche Stechuhr! Sie verwandelt ihr Eßzimmer in ein Arbeitszimmer. Und sie entdeckt die Vor- und Nachteile des Zu-Hause-Arbeitens.

Endlich lernt sie das Glück kennen, eine Mutter zu sein, die zu Hause ist, wenn Pauline, den Ranzen falsch herum auf dem Rücken und mit dem Zeugnis in der Hand, nach Hause kommt. Sie muß es ihrer Mutter sofort zeigen und hat keinerlei Hemmungen, sie zu stören. Von da an klopft sie ohne jeglichen Vorwand an die doch geschlossene Tür der Mutter unter souveräner Mißachtung ihrer Anweisung: «Man stört Mama nicht bei der Arbeit.» Es kommt noch schlimmer. Mariette, die es seit Jahren schaffte, den Haushalt praktisch allein zu führen, ruft nun lautstark – immer hinter der geschlossenen Tür – beim geringsten Haushaltsproblem:

«Madame, es sind keine Staubsaugerbeutel mehr da...»

«Ja und? Gehen Sie und kaufen Sie welche!»

«Wo?»

«Wo Sie es sonst auch getan haben ...»

Unwirsch geht Mariette davon, ihre Inspiration auch.

Noch ein Schatten auf dem Bild. Schwerwiegender. Nachdem Alexander sie ermutigt hat, mit dem Schreiben einer «publikumsnahen» Fernsehserie zu beginnen, hat er entschieden, daß es sich um «Zeug für Weiber» handle und seines Interesses nicht würdig sei. Sie verzichtet darauf, mit ihm darüber zu reden. Manchmal wurmt es sie.

An einem Samstagmorgen ist sie gerade dabei, mit Alexander zu frühstücken. In seinem Bett. Einer ihrer Lieblingsmomente, wie man weiß. Seine Concierge, die ihm als Putzfrau und als Amme dient, hat ihm schon zu früher Morgenstunde frische Croissants und zwei Zeitungen vor die Tür gelegt, eine für ihn und eine für sie, seit sie sie als Gefährtin ihres Halbgotts zugelassen hat (sie hat sie mit Pralinenschachteln und handgemalten Seidenschals bestochen).

Der Mann ihres Lebens liebt es, beim Erwachen klassische Musik zu hören. Mit einemmal sagt er bei einem Hornkonzert von Haydn im Hintergrund, die Nase in die Zeitung gesteckt, mit ruhiger Stimme:

«Ich möchte ein Kind haben. Kannst du?»

Die Nase in die eigene Zeitung gesteckt, ist sie wie erstarrt vor Verblüffung. Ob der Unbekümmertheit, mit der die Frage gestellt wurde.

Nachdem der erste Schock sich gelegt hat, möchte sie am liebsten vor Freude in Ohnmacht fallen. Ein Kind von *ihm* zu bekommen – das hätte sie nie zu träumen gewagt. Wenn er ein Baby von ihr will, heißt das doch, daß er sie liebt?

Achtung, Achtung, Mädchen! Er hat nicht gesagt: «Ich will ein Kind von *dir.*» Er möchte ganz einfach ein Kind. Wahrscheinlich einen Sohn. Er kommt allmählich in das Alter, da ein Mann sich einem Sohn zuwenden möchte. Wie auch immer! Wenn sie ihm diesen Sohn schenkt, wird das Band zwischen ihnen ewig halten. Und ist das nicht genau das, was sie sich seit drei Jahren so sehnlich wünscht?

Sie antwortet ebenso ruhig (jetzt ist nicht der Moment, alles zu verderben, indem sie die sentimentale zukünftige Mutter herauskehrt):

«Ja.»

«Gut. Na, dann los.»

«Nein.»

«Warum nicht?»

«Weil ich nicht geschieden bin.»

«Wie das? Du bist von deinem miesen Papasohn nicht geschieden?»

Entzückt fällt ihr nebenbei eine gewisse Eifersucht in Alexanders Stimme auf.

«Hm, nein ... irgendwie waren wir, Jean-Louis und ich, seit unserer Trennung immer zu faul, um all diese bürokratischen Formalitäten in Gang zu setzen.»

Der Mann ihres Lebens packt das Telefon.

«Ruf ihn an und regle das Problem sofort!»

«Wenn du nichts dagegen hast, würde ich das Problem lieber in aller Ruhe und unter vier Augen mit ihm regeln.»

«Einverstanden, aber sofort!»

Sie weckt Jean-Louis auf, der darüber, daß sie ihn dringendst sehen muß, ein wenig überrascht zu sein scheint.

«Stimmt was nicht mit unserer Tochter?» zeigt er sich besorgt.

«Doch. Doch. Ich habe ein Anliegen an dich.»

Er ist einverstanden, sich aus dem Bett zu erheben und sie in zwanzig Minuten in einem Café zu treffen. Wo er unrasiert, einen Mantel über den Schlafanzug geworfen und vor Neugierde platzend, erscheint. Sie legt ihm ehrlich die Situation dar. Sie wünscht die sofortige Scheidung, um ein zweites Kind zu bekommen.

«Du willst ein Baby ...! Das ist ja wunderbar!» ruft er freudig aus. «Kenne ich den Vater?»

«Ich glaube nicht.»

«Ist es wenigstens ein guter Typ?»

«Ja.»

«Wenn nämlich nicht, lasse ich mich nicht scheiden. Ich möchte, daß du glücklich bist, Liebling.»

Eine nicht gerade alltägliche Situation. Ihr Ex-Mann nennt sie liebevoll «Liebling», während ihr Zukünftiger sie weiter zeremoniell mit «Madame» anredet.

«Es gibt ein Problem. Alexander hat es sehr eilig.»

Jean-Louis zeigt sich immer erfreuter. Nachdem er bei Morgengrauen aus dem Bett gezerrt worden ist, um zu erfahren, daß ein Mann mit aller Dringlichkeit seiner Frau ein Kind zu machen wünscht, ist das eine Situation, die diesen großen Phantasten entzückt.

«In diesem Fall können wir uns an meinen Freund Patrick wenden, der Anwalt ist. Er wird das in Nullkommanix für uns erledigen.»

Aber Patrick – der seinerseits aus dem Schlaf hochgeschreckt wird und ihnen ebenfalls im Schlafanzug die Tür öffnet – wirft die Arme gen Himmel.

«Ihr Herzchen, ihr seid verrückt. Selbst wenn ihr euch beide einig seid, so funktioniert eine Scheidung nicht. Zumindest noch nicht. Ich muß Ehebruch, böswilliges Verlassen geltend machen.»

«Aber wir leben doch schon acht Jahre nicht mehr zusammen!»

«Das wird uns helfen», räumt der Anwalt ein. «Aber es wird notwendig sein, den Tatbestand festzustellen. Die Freunde um falsche Aussagen zu bitten. Und du, Jean-Louis, schreibst einen schönen Brief an . . . hm . . . deine Frau, um ihr mitzuteilen, daß du nicht gedenkst, nach Hause zurückzukehren, weder morgen noch sonstwann. Füge ein paar Beleidigungen hinzu, um es überzeugender zu machen. Ich werde mich bemühen, das Verfahren voranzutreiben, aber es wird trotzdem ein Jahr dauern . . .»

«Ein Jahr!» ruft sie voll Entsetzen. Wird Alexander ein Jahr auf sie warten?

«Nein! Nur drei Monate», erklärt er ihr, als sie niedergeschlagen nach Hause kommt. «Ich habe mich auch erkundigt. Mit ein paar politischen Drähten kann man das Verfahren beschleunigen. Und die Frist bis zur Wiederverheiratung unter den Tisch fallenlassen, indem man deinen Arzt einen Test machen läßt, um zu beweisen, daß du nicht schwanger bist . . . Und dann verschaffe ich Ihnen einen dicken Bauch, Madame!»

Sie hält es für überflüssig, ihm mitzuteilen, daß sie sich um ein Haar überhaupt nicht hätte scheiden lassen können . . .

Als sie den Anwalt verlassen hatten, schleppte Jean-Louis sie mit zu sich, damit er auf der Stelle den schönen Beleidigungsbrief schreiben könne, den die französische Justiz forderte.

Jean-Louis fand immer mehr Spaß an der Sache.

«Gut! Was soll ich schreiben? ‹Schlampe›? Das ist's: ‹Schlampe›. Oder: ‹Lebende Schande! Nutzlos, mich anzuflehen, nach Hause zurückzukommen! Wenn ich vor acht Jahren abgehauen bin, dann wegen deines Megären-Charakters und wegen deiner krankhaften Eifersucht . . .›»

Sein Ton mißfällt ihr. Ihr kommt der Verdacht, er könnte es ernst meinen. Sie ist eingeschnappt.

«Wie bitte? Mein Megären-Charakter? Meine krankhafte Eifersucht? Man könnte meinen, alles sei meine

Schuld! Dabei bist du es, du Miststück, der mich betrogen hat . . .»

«Gut, und du auch . . . mit Alain!»

«Du hast immerhin angefangen: mit Muriel! Und danach hast du mich praktisch gezwungen, dich noch einmal zu heiraten . . . und drei Monate später hast du mich wegen Béatrice fallenlassen! Schlimmer hätte man es nicht treiben können!»

«Doch! Als wir uns wiederverheiratet haben, hast du nicht aufgehört, deinem Alain nachzutrauern. Selbst wenn du es nicht gezeigt hast, ich habe es wohl gespürt. Und das hat mich krank gemacht.»

«Erzähl mir jetzt nicht, daß du mich wirklich geliebt hast. Du hast dich einfach wie ein verwöhntes Kind aufgeführt, das es nicht ertrug, daß ihm seine Frau durch die Lappen ging . . .»

Die Szene, die sie einander vor acht Jahren nicht gemacht hatten, kommt jetzt zum Ausbruch. Sie rasen beide vor Wut. Alte Vorwürfe kommen hervor wie Krabben aus ihren Löchern, wo sie sich tief vergraben hatten. Sie beleidigen einander. Dann brüllt Jean-Louis:

«Da du das so siehst, werde ich dir wegen deiner Scheidung die Hölle heiß machen, du wirst schon sehen! Du wirst sie nicht kriegen, bevor du weiße Haare hast und im Rollstuhl sitzt . . .»

Sie schreit ihrerseits:

«Ah! Du willst mich erpressen! Na gut, ich kann dich auch erpressen.»

«Ah! Ah! Und wie das?»

«Indem ich aufhöre, deiner Tochter zu sagen, daß du der netteste Vater auf Erden bist, und ihr erzähle, du seist ein armseliger, verbitterter Versager.»

Jean-Louis wird blaß. Sie hat ihn in dem, was er am meisten auf der Welt liebt, getroffen: Paulinchen.

«So etwas Widerwärtiges würdest du doch nicht tun?» fragt er mit gebrochener Stimme.

«Du weißt ganz genau, daß ich das nicht tun würde», gesteht sie matt.

Sie blicken einander an. Sie sind wieder Freunde.

«Was ist nur in uns gefahren?» fragt Jean-Louis.

«Vielleicht war es dieses Mal die echte Scheidung.»

Drei Monate später erreicht sie nach großen Anstrengungen ihre endgültige Scheidung.

«Endlich!» ruft Alexander. «Gut. Wir fahren nach Borobudur!»

«Warum nach Borobudur?»

«Weil das ein erhabener Ort der buddhistischen Kultur ist. Alle Kinder sollten an erhabenen magischen Orten gezeugt werden.»

Sie antwortet nicht, daß ein einfaches Bett, in dem sie zusammen sind, für sie erhabener und magischer Ort genug ist. Dieser Mann braucht die epische Poesie.

«Einverstanden mit Borobudur. Aber es gibt noch ein Problem zu regeln.»

«Und das wäre?»

«Es wird nötig sein, daß du mich heiratest.»

«Niemals!»

Das Wort klatscht wie ein Peitschenhieb und zerreißt ihr die Herzwand. Sie hatte doch geglaubt, daß dieser Mann sie liebte. Arme Törin! Er will nicht sie, sondern ihren Bauch, aus dem ein Sohn herauskommen soll.

Sie erhebt sich.

«Wenn das so ist, adieu!» sagt sie mit vor Kummer und Wut zitternder Stimme.

Er erhebt sich ebenfalls. Er sieht sie nicht an. Er hat begriffen, daß er sie entsetzlich verletzt hat.

«Ich *kann* nicht heiraten. Du weißt ganz genau, daß ich nicht fähig bin, tagaus, tagein mit einer Frau zu leben! Geht's uns denn nicht gut so, wie es ist?»

«Uns ja. Und mir geht es nicht darum, vor den Herrn Bürgermeister zu treten, wenn es das ist, was du meinst. Aber die Gesetze sind nun einmal so – wenn dieses Kind außerehelich geboren wird, wird es als unehelich, illegitim und ich weiß nicht was bezeichnet werden. Ein kleiner Bastard ...»

«Aber das ist doch wunderbar, ein kleiner Bastard! Ein Kind der Liebe! Es hat doch sehr berühmte Bastarde gegeben ...»

Sie explodiert.

«Du denkst nur an dich, du elender Miesling, nicht an das Kind! Ich habe schon eine Tochter. Ich möchte, daß beide Kinder vor der Gesellschaft auf der gleichen Stufe stehen. Also lehne ich deinen kleinen Bastard ab. Um seinetwillen!»

«Ich mach ihn dir trotzdem», tobt er, «und wenn ich dich vergewaltigen müßte!»

«Dann los!» brüllt sie nun. «Aber es wird ein echter Bastard werden. Ich werde erklären: Vater unbekannt, und er wird meinen Namen tragen. Das wird meinen Vater freuen, der keinen Sohn hat.»

Sie stieren einander an wie zwei wutentbrannte wilde Tiere. Schreckliches Spiel: Entweder aus und vorbei oder den Einsatz verdoppeln. Sie läuft Gefahr, ihn für immer zu verlieren, *ihn*, den Mann, den sie anbetet.

Aber etwas ist ihr im tiefsten Innern ihrer Eingeweide noch wichtiger: ein kleines Kind, das noch nicht einmal gezeugt ist.

Alexander hat begonnen, wie eine Raubkatze quer durchs Zimmer zu laufen. Er atmet geräuschvoll. Er beschließt:

«Gut. Da nun einmal Ihre Bedingung so lautet, Madame, nehme ich sie an. Wenn Sie nur die Liebenswürdigkeit hätten, mir rechtzeitig zu sagen, an welchem Tag ich mich gefesselt im Rathaus präsentieren soll.»

«Hör mal», bringt sie in beruhigendem Ton vor, «ich habe keine Lust, dich anzuketten oder mit dir um jeden Preis wie ein normales Ehepaar zu leben. Ich weiß genau, daß du das nicht kannst. Und ich im übrigen vielleicht auch nicht. Wir werden weitermachen wie bisher. Du bei dir. Ich bei mir mit dem Baby. Du kommst es besuchen, wann immer du möchtest. Aber ich lehne es ab, daß mein Kind schon mit einem auf die Stirn geklebten Etikett ins Leben tritt.»

Alexander legt die Hände auf ihre Schultern.

«O weise Frau! O Löwenmutter. Sie haben recht. Ich werde Sie vor dem Bürgermeister meines Dorfes ehelichen, und ich werde Sie dazu bringen, zu den Akkordeonklängen eines Postboten die ganze Nacht durchzutanzen.»

Er nimmt sie in die Arme und küßt sie zart, fast scheu. Er ist bewegt. Sie weiß, daß es ihm entsetzlich ist, die kleinste Spur von Verletzlichkeit durchscheinen zu lassen und daß er es sie möglicherweise bezahlen läßt. Sie löst sich fröhlich:

«Was anderes . . .»

«Was denn noch?»

«Ich glaube, es ist Zeit, daß ich dich meiner Tochter vorstelle.»

Er zeigt sein hinreißendes Lächeln.

«Was für eine wunderbare Nachricht!»

11

Ein Manuskript mit vielen Streichungen und Korrekturen . . .

Wieder einmal schwanger, kommt sie aus Borobudur zurück. Ihre gewohnte Fruchtbarkeit hat sie nicht im Stich gelassen.

Alexander frohlockt:

«Bist du sicher?»

«Das Kaninchen hat es gesagt.»

«Nennen wir unseren Sohn Gaspard?»

«Und wenn es ein Mädchen ist?»

Alexander scheint überrascht. Diese Möglichkeit, die eines männlichen Geschöpfes, wie er eines darstellt, nicht würdig ist, hatte er nicht ins Auge gefaßt. Aber warum nicht? Das kann niedlich sein, eine kleine Tochter . . . Alizée, Tochter des Windes? Also Alizée.

Um das große Ereignis zu feiern, beschließt er, sie ausnahmsweise mit nach Pamplona zu nehmen, wo er den Auftrag für eine Reportage über die *Feria* hat.

Sie durchqueren Frankreich im Porsche bei Höchstgeschwindigkeit und fröhlicher Musik. Sie singen. Sie lachen. Sie lärmen wie die Backfische.

Sie halten in M., einer kleinen Stadt in den Pyrenäen, um dort zu übernachten.

Nachts wird sie von heftigen Schmerzen geweckt. Überall Blut. Ein Ambulanzwagen, den der verschlafene Portier herbeigerufen hat, bringt sie in eine kleine Klinik, deren Operationssaal ihretwegen geöffnet wird. Sie wehrt sich, will nicht hinein. Sie schluchzt: «Nein! Nein!» Man gibt ihr eine Spritze zum Einschlafen. Als sie wieder aufwacht, laufen ihr noch immer die Tränen über die Wangen. Eine Nonne hält ihre Hand und versucht sie zu trösten. Nutzlos. Sie wird nie über dieses verlorene Kind hinwegkommen.

Mit verschlossenem Gesicht sitzt Alexander aufrecht am Fußende ihres Bettes, doch seine Stimme ist sanft.

«Beruhige dich! Ich mache dir ein anderes Baby.»

«Es wird Gaspard nicht ersetzen.»

Alexander bleibt gleichmütig.

«Es ist alles organisiert. Du wirst dich hier noch zwei Tage erholen, und am Samstag bringt dich ein Taxi zum Flughafen. Du wirst nach Paris zurückkehren, wo ich dich erwarten werde.»

Sie kann sich nicht enthalten zu wimmern:

«Wieso? Fährst du weg?»

«Du weißt sehr wohl, daß ich für die Reportage nach Pamplona muß.»

Sie lehnt sich auf. Dieser Mann kann sie nicht in dieser unbekannten Klinik allein lassen, allein mit ihrem Kummer.

«Kannst du nicht ein einziges Mal absagen, nein?»

«Und wozu bin ich nutze, wenn ich mich in diesem Zimmer im Kreise bewege?»

Ihr die Hand zu halten. Sie zu trösten. Sie zu beruhigen. Aber Sentimentalität gehört nicht zum Wesen des

Mannes, den sie liebt. Das weiß sie. Sie ist ihm jedoch deswegen böse.

Er küßt sie sanft auf die Stirn und geht.

Eine Mischung aus Groll und Haß wallt in ihr auf. Schuft! Feigling! Armseliger Wicht! Sie wird ihm niemals ein anderes Kind schenken. Er verdient es nicht.

Sie steht auf und schleppt sich zum Fenster. Die Morgendämmerung bricht an. Auf dem Platz ist ein Zirkus dabei, zusammenzupacken. Die Budenbesitzer bewegen sich schweigend wie Schatten. Von diesem Schauspiel geht eine Melancholie aus, die zu ihrer Traurigkeit paßt.

Alexander taucht auf und steigt in seinen Wagen. Dann legt er die Stirn aufs Lenkrad, eine unerwartete Geste der Niederlage. Ihr Groll verfliegt ein wenig. Letztlich teilt er hinter einer unbewegten Miene doch ihren Kummer. Sie wird ihm ein anderes Gaspard-Baby schenken.

•

Sechs Monate später ist sie erneut schwanger. Mit einem kleinen Balthasar, auf den Höhen der Pyramide von Chichen Itzá, dem erhabenen Ort der Maya-Kultur in Yucatán, gezeugt.

In der Zwischenzeit hätte sie fast einen Arzt der Sozialversicherung erschlagen.

Sie wird niemals erfahren, wer sie angezeigt hat. Ihr geht ohne weitere Erklärung eine Aufforderung der Sozialversicherung zu, sich zu einem Gespräch mit einem Vertrauensarzt zur Verfügung zu stellen.

Ein winziges Büro, in dem ein Arzt, grau wie eine alte Ratte, ihr Fragen stellt, auf die sie ein wenig überrascht antwortet. Woher das plötzliche Interesse der Sozialversicherung an ihrer Gesundheit?

Mit einemmal geht ihr ein Licht auf.

Die alte graue Ratte versucht herauszufinden, ob ihre Fehlgeburt nicht eine bewußt in die Wege geleitete Abtreibung war ... vom Gesetz verboten ... mit Gefängnis zu bestrafen ... Ein Schmerz- und Wutschrei entfährt ihr. Sie stürzt sich auf die alte graue Ratte und versucht, sie zu erwürgen. Der Mann verteidigt sich schlecht und recht, indem er mit seinen Akten auf sie losgeht. Er stammelt Entschuldigungen.

«Sie sind ein widerwärtiger Aasgeier», schreit sie.

Tränenüberströmt läuft sie davon.

Sie hört nie wieder etwas über ihn oder die Kontrolle durch die Sozialversicherung.

Sie schließt sich einer feministischen Bewegung an, die sich für freie Empfängnisverhütung und Abtreibung einsetzt.

Ihre Schwangerschaft erweist sich als schwierig. Der Gynäkologe verordnet ihr striktes Liegen, sonst wird sie das Baby verlieren. Sie erfährt das, als sie gerade mit einer neuen Fernsehserie loslegt. In dieser Hinsicht entwickeln sich die Dinge gut. Sie hat sich einen gewissen Ruf erworben. Es mangelt ihr nicht an Arbeit. Auch nicht an Geld. Der Regisseur kommt ans Fußende des Bettes, um mit ihr zu arbeiten, und da sie ihm, abergläubisch wie sie ist, ihren eigentlichen Zustand nicht enthüllen will, glaubt er, sie hätte Krebs und überschüttet sie mit liebevollen Aufmerksamkeiten, die einer Sterbenden gebühren.

Seitdem wohnt Alexander offiziell die Hälfte der Zeit bei ihr. Seine Begegnung mit Pauline ist gut verlaufen. Die Mutter hatte vorher ein langes Gespräch mit der Tochter. Ihr schwülstiger Ton hat das Kind sehr amüsiert. Und die Vorstellung, einen kleinen Bruder zu bekommen, begeistert sie. Den zukünftigen Vater hat sie mit der Würde einer jungen Königin willkommen geheißen, die die Aufwartung eines Vasallen entgegennimmt. Um so mehr, als besagter Vasall ihr – auf den Rat der Mutter hin – ein Häufchen in Papier eingewickelte und in Kneipen stibitzte Zuckerstückchen zu Füßen gelegt hat. Die sammelt Paulinchen mit Leidenschaft. Danach hat Alexander unter ihren entzückten Augen eine Pyramide aus Streichhölzern gebaut. Die Mutter entdeckt ganz gerührt, daß ihr Macho in der Lage ist, sich sehr viel mehr Mühe zu geben, ein kleines Mädchen zu verführen als ein Mannequin von Saint-Laurent.

Dagegen wirkt – was sie nicht vorausgesehen hat – sein Charme überhaupt nicht auf Mariette. Diese gibt keinen Kommentar ab, aber man hat den Verdacht, daß sie ihn schlichtweg verabscheut. Oder vielmehr den Einbruch einer männlichen Gegenwart in ihren Frauenhaushalt nicht erträgt. Mariette hatte sich im Laufe des gemeinsamen Lebens daran gewöhnt, dem Trio vorzustehen: die Herrin der Vater, Mariette die Mutter, Pauline das Kind. Der Einbruch eines starken männlichen Geschöpfs in ihre Höhle bringt sie durcheinander. Sie schimpft: «Noch ein Baby? Wo sollen wir das hintun? Wer wird sich darum kümmern? Ich jedenfalls nicht bei alldem, was ich so schon zu tun habe . . .»

Zu allem Überdruß ist die Schwangere noch immer nicht verheiratet. Sie lebt im Konkubinat. Und das ist noch nicht modern. Empört zündet Mariette für das Seelenheil ihrer Herrin in der Pfarrkirche, wo diese nicht mehr hingeht, eine Menge Kerzen an.

Die Haltung Mariettes, die zum wandelnden stummen Vorwurf geworden ist, beeinträchtigt die Stimmung der

Schwangeren. Sie beklagt sich bei Alexander. Er bricht in röhrendes Gelächter aus. Nichtsdestotrotz ist er mit der Heirat einverstanden, damit sie ihren häuslichen Frieden wiederfindet. Da es bei ihrem Gesundheitszustand nicht in Frage kommt, in die Auvergne zu fahren und zu den Akkordeonklängen des Briefträgers zu tanzen, schleppt er sie und ihren dicken Bauch zum Bezirksrathaus, wo die Sache innerhalb einer Viertelstunde erledigt ist.

Sie hat Mariette als Trauzeugin genommen und er Madame Ledoux, seine liebe Concierge und Amme, die unentwegt scheußlich gelbe Babyjäckchen für den Erben ihres Helden strickt.

Sie hat sich in einer der besten Frauenkliniken von Paris ein Zimmer reservieren lassen, denn dieses Mal wird sie, wie sie es sich geschworen hat, eine Reichen-Entbindung haben. Genau in der Nacht, die der Gynäkologe vorausgesagt hat, wecken sie die wohlbekannten Wehen. Sie rüttelt den zukünftigen Vater wach.

«Wir müssen los!»

Halb verschlafen fragt er ein wenig unwirsch:

«Wohin?»

«In die Klinik, du Idiot. Nicht nach Tetah Tikwa.»

Und der stolze Alexander, der große Reporter vor dem Herrn, der die schlimmsten Abenteuer in der ganzen Welt erlebt hat, verliert die Nerven. Seine Hose ist weg. Er findet den kleinen Koffer mit ihren Toilettensachen nicht mehr. Er schafft es nicht, sein Auto zu starten. Seine Panik ist so groß, daß sie es für klüger hält, ein Taxi zu rufen, denn die Abstände zwischen den Wehen werden immer kürzer.

Der Taxifahrer rast schneller als ein Rennfahrer ins Krankenhaus. Gekrümmt läutet sie an der Tür. Die sich öffnet.

Ihr entfährt ein Schrei des Entsetzens. In dem dunklen Gang ist ein Geist erschienen. Es ist nicht Lady Macbeth, sondern eine pechschwarze senegalesische Krankenschwester in ihrer weißen Tracht. «Haben keine Angst, arm Madame, Doktor warten.»

Mit einem Glas Champagner in der Hand ist der nebst seiner ganzen Mannschaft gerade dabei, fröhlich Vierlinge zu feiern. Sie haben kaum Zeit, in den Entbindungsraum zu kommen, und schon ist Balthasar da.

Der Papa, in einem zweiten Taxi hinterhergeeilt, hatte keine Gelegenheit mehr, die Geburt seines Sohnes mitzuerleben. Im übrigen hatte er auch gar nicht die Absicht. Kinderkriegen und alle dazugehörigen Unannehmlichkeiten sind für ihn Sache der Frau. Dann übermannen den Vater Müdigkeit und Rührung. Er sackt auf dem Fliesenfußboden ihres Zimmers zusammen. Das überrascht sie nicht. Sie weiß, daß es bei den Papuas und den Schwarzen in Afrika Brauch ist, sich in ihren Hütten schlafen zu legen, während ihre Frauen, kaum daß sie entbunden haben, auf die Felder zurückkehren.

Eine Woche später kehrt sie mit Balthasar im Arm heim, wo in allen Zimmern Blumen auf sie warten. Und ein Geschenk auf ihrem Bett.

Sie hatte Alexander vorsichtig erklärt, daß es für einen Vater Tradition sei, seiner Frau ein Geschenk zu machen und damit die Geburt ihres Kindes zu feiern. Meistens sei es ein Ring! Mit einem schönen Brillanten zum Beispiel (lupenrein, wenn's geht!).

Der Mann ihres Lebens hatte ausgerufen: «Ein Ring!» Ihr einen Ring schenken. Niemals! Er erträgt weder den Anblick noch den Gedanken daran (er hindert sie übrigens daran, den von Jean-Louis zu tragen). Dennoch hat er ein Kästchen auf ihr Kopfkissen gelegt. Ihr Herz macht einen Sprung. Hat sich ihr Macho vielleicht durch ihre weibliche Eitelkeit rühren lassen?

Nein! In dem Kästchen findet sie das Kreuz der Ehrenlegion eines Empire-Marschalls. Authentisch. Bei einem Antiquitätenhändler teuer erstanden. Um einen kleinen Brummbären zu belohnen, erklärt ihr Napoleon, entzückt von seiner Idee. Sie betrachtet das ehrenvolle Objekt wie ein Huhn den Bratentopf. Was soll sie damit anfangen? Sie sieht sich kaum mit dem Kreuz der Ehrenlegion eines Empire-Marschalls an die linke Brust gesteckt auf den Pariser Cocktails herumstehen. Ganz abgesehen davon, daß das illegale Tragen von Orden mit Gefängnis bestraft wird. Sie wagt nicht, sich vorzustellen, wie sie mitten auf einem Empfang ihrer Filmgesellschaft verhaftet wird. Schließlich läßt sie den Orden rahmen und hängt ihn ihrem Bett gegenüber an die Wand.

Zur großen Verblüffung von Nanny.

Nanny ist die diplomierte Schweizer Krankenschwester, die Alexander engagiert hat, damit sie sich in den ersten Monaten um den Sohn kümmert. Zunächst hat die frischgebackene Mutter protestiert. Sie ist sehr gut mit Mariette gefahren, als es darum ging, Paulinchen großzuziehen. Eine diplomierte Schweizer Kinderschwester wird sie ein Schweinegeld kosten. Wirklich. Alexander läßt nicht locker. Er verdient genügend Geld, um sich für seinen Erben und dessen Mutter diesen Luxus leisten zu können. Denn sie ist erschöpft, und sie muß um jeden

Preis ihre Fernsehserie beenden. Außerdem traut er Mariette nicht so recht, denn sie mag ihn nicht und wird sich vielleicht nicht mit der gleichen Inbrunst um seinen Sohn kümmern, wie sie es mit Pauline tut. Und wenn man Freud und den Untersuchungen von Konrad Lorenz über die Gänse Glauben schenkt, wird Balthasar dadurch vielleicht für sein ganzes Leben ein Trauma behalten. Im übrigen ist Nanny so klein, daß man sie gar nicht sehen, gar nicht hören wird.

Absoluter Irrtum. Das Geschöpf ist wirklich nur einen Meter fünfzig groß, aber auch ebenso breit. Sie wirkt wie eine Kugel, die in der Wohnung mit höllischem Lärm in alle Richtungen rollt. Denn Nanny ist mit einer Donnerstimme gesegnet, und sie plappert pausenlos.

Von nun an arbeitet die junge Mutter mit Ohropax.

Nanny ist immer mit einer untadeligen hellblauen Schwesterntracht bekleidet, über der sie im Haus eine blau-weiß gestreifte Schürze trägt. Auf dem Schädel oben ist ein kleiner Knoten aus weißen Haaren fest zusammengezurrt, und in dieser Aufmachung hat sie eine Unzahl von Kindern aus der feinsten Gesellschaft großgezogen, deren Namen sie stolz aufzählt: den Sohn des Marquis de P., die Zwillinge des arabischen Prinzen Abdul ben Abdul, den Letztgeborenen des Ministers Dingsda usw. Als freien Tag hat sie sich den Mittwoch erbeten, um mit Bonbontüten bei *ihren* Ex-Kindern (einige dieser «Kinder» haben bereits die Elite-Universitäten Frankreichs absolviert) die Runde zu machen.

Sie hat lange gezögert, bis sie bei Balthasar zusagte. Der soziale Status der Familie erschien ihrer Dienste nicht würdig. Sie half sich damit, daß sie die Eltern ihres Schützlings als «ihre Künstler» bezeichnete. Vor allem seit sie die Serie seiner Mutter im Fernsehen gesehen hat. Verzeiht ihr aber nur mit Mühe, daß kein Butler vorhanden ist. Und zuckt jedesmal schmerzlich zusammen, wenn Mariette bäurisch-grob den Suppentopf, platsch, mitten auf den Tisch knallt. Denn Nanny nimmt natürlich ihre Mahlzeiten mit der Familie ein und neigt leider dazu, das Gespräch an sich zu reißen. Wenn Gäste da sind, ißt sie allein von einem Tablett auf ihrem Zimmer, aber keinesfalls in der Küche . . . «mit dem Dienstmädchen».

Mariette haßt sie.

Und rächt sich, indem sie ihr zur geheiligten Stunde von Balthasars Gemüsesuppe den Zugang zum Gasherd verwehrt. Hysterischer Wortwechsel zwischen den beiden Frauen, die dann ins Arbeitszimmer ihrer Chefin gestürzt kommen, um sich zu beschweren. Diese sieht sich gezwungen, ihre Küche in aller Eile mit Hilfe einer Glaswand zu teilen, damit jede ihren eigenen kleinen Bereich hat.

Einen größeren Snob als Nanny gibt es nicht. Als Umgang für Balthasar kommen nur die Neugeborenen aus der besten Gesellschaft in Frage. Jeden Nachmittag schiebt sie, ihren dunkelblauen Hut tief ins Gesicht gezogen, in einem unglaublichen Tempo, das man ihr bei ihren Winzlingsfüßen nicht zutrauen würde, den Kinderwagen bis in den Bois de Boulogne. Dort trifft sie sich mit anderen Nannys und schwatzt mit ihnen über ihre jeweiligen kostbaren Babys und deren illustre Eltern.

Die gegenseitige Beziehung von Nanny und Balthasars Mutter ist durchwachsen. Wenn die Mutter Balthasar in die Arme nimmt, gibt Nannys beunruhigte Miene ihr zu verstehen, daß sie nur ein Tolpatsch ist, der ihr Baby bei der erstbesten Gelegenheit fallen lassen wird. Nanny hat versucht zu verhindern, daß die Mutter es stillt. Mit dem Argument, eine Flasche von Nanny sei sicherer als dubiose Muttermilch. Hat aber vor der Entrüstung des Kinderarztes klein beigegeben, den sie wie einen Medizinstudenten zu behandeln pflegt, weil er weniger Ahnung habe als sie. Was vielleicht sogar stimmt. Und sie hat Balthasars Mutter vorgewarnt: Als Hauptverantwortliche für Balthasars Gesundheit wird sie mit ihm im Winter für einen Monat in die Berge fahren, ins Luxushotel von Villars-sur-Ollon in der Schweiz – wo sie sich wie zu Hause fühlt und den Küchenchef mit der berühmten Gemüsesuppe für *ihr* Baby terrorisiert (in dieser Zeit warten die Rothschilds auf ihr Steak). Im Sommer ist eine prächtige Villa in Arcachon anzumieten (und nicht in Korsika in der Nähe von Porto Vecchio, das Balthasars Mutter so liebt. Nanny hat kein Vertrauen zu den korsischen Krankenhäusern für den etwaigen Notfall). Die Mutter schleppt also sämtliche Sachen des Erben nach Arcachon. Vom Reisebett bis zur faltbaren Badewanne. Ihr Peugeot-Kombi ist so vollgestopft, daß die Polizei sie garantiert wegen Überladung anhalten wird.

Aber sie verzeiht Nanny diesen beängstigenden Luxus und ihre beengende Gegenwart, da sie sich so total und so freudig-hingebungsvoll um den Sohn kümmert.

Und weil sie Paulinchen liebt.

Damit ist deren Mutter von einer großen Sorge befreit. Denn sie hatte sich gefragt, wie die Tochter auf den Eindringling reagieren würde, der sie als absolute Herrscherin vom Thron stürzte.

Dank Nanny scheint alles gutzugehen. Pauline verbringt ihre heiterste Zeit im Kinderzimmer, während sie Balthasars Hinterteil mit dicken gelben Cremeschichten beschmiert und unentwegt die spärlichen Härchen auf seinem Kopf bürstet.

Doch dann passiert das Drama! Wild vor Eifersucht, schmeißt Mariette ihrer Herrin die Schürze vor die Füße. Diese kann sie noch so sehr anflehen, doch zu bleiben. Bretonisch-dickköpfig antwortet Mariette ihr immer wieder: «Madame, ich habe Pauline wie meine eigene Tochter großgezogen, und jetzt widersetzt sie sich mir. Das ist die Schuld der Schweizerin . . .»

Ihre Herrin führt die altbekannte Undankbarkeit von Kindern ins Feld, die unverbrüchliche Zuneigung, die sie selbst und Mariette verbindet nach all den manchmal so schweren Jahren, die sie miteinander verbracht haben, die Tatsache, daß Nanny nur ein Zugvogel in ihrem Leben ist – Mariette bleibt unerschütterlich. Alexander wiederum wehrt sich mit aller Macht gegen die Kündigung der Kinderschwester seines Sohnes. Verbittert steigt Mariette in den Zug Richtung Bretagne. Ihre Herrin grämt sich deswegen sehr.

Sie ersetzt Mariette durch Carmen, eine Spanierin mit fünfjährigem Sohn, der mit den beiden Kindern aufwachsen wird (das heißt, auch er rennt brüllend durch die ganze Wohnung). Seitdem gibt es in ihrem Zuhause ein irrsinniges Gewimmel, das durcheinanderquasselt, schreit, heult, lacht, einander umarmt und bellt (Hund Rocky ist immer mittendrin).

Die Hausherrin läßt ihr Arbeitszimmer gegen den Lärm abdichten.

Wenn er nicht arbeitet – bei sich – oder nicht auf Reisen ist, verbringt der Mann ihres Lebens seine schönsten Stunden bei ihr. Majestätisch wie ein Pascha in seinem Harem betrachtet er seinen Sohn mit einer Ekstase, die ihrer Meinung nach von Schwachsinn nicht allzuweit entfernt ist, spielt mit Paulinchen und Luisito, klopft der vor Freude errötenden Nanny auf den Po (sie ist von seinem Charme ganz verzaubert), macht Carmen wegen ihrer Paella Komplimente, kurz, auch er scheint glücklich.

Natürlich sagt er es seiner Partnerin nicht. Das wäre für diesen Menschenfeind zuviel.

Aber er trifft eine ungeheure Entscheidung. Er wechselt den Beruf.

Er ist es leid, in Flugzeuge zu springen, um in die entferntesten Gegenden der Welt zu rasen. Dort überall die gleichen Kriege, die gleiche Gewalttätigkeit vorzufinden, die gleiche Armut festzustellen und den gleichen verkommenen Politikern zu begegnen. Er nimmt seinen Abschied als großer Reporter und steigt bei einem befreundeten Verleger als Leiter einer Buchreihe über die großen Themen unserer Zeit ein. Er hat vor, einige davon selbst in Angriff zu nehmen.

Da taucht ein unerwartetes Problem auf.

Alexander kann nur in der Stille der Nacht arbeiten. Seine Partnerin dagegen nur in der Heiterkeit des frühen Morgens. Er geht schlafen, wenn sie sich erhebt.

Nachdem sie ihre Zeitpläne verglichen und mehrere Lösungen ausprobiert haben, gelangen sie schließlich zu folgendem Entschluß: Alexander kommt seinen Harem von sieben bis neun Uhr abends besuchen, um mit den Kindern und ihr zu essen. Danach geht er zu sich nach Hause und setzt sich an seine Schreibmaschine. Sie legt sich um zehn Uhr schlafen, um am nächsten Morgen gegen fünf Uhr aufzustehen und sich vor ihrer eigenen Olivetti niederzulassen. Zu diesem Zeitpunkt sinkt Alexander in den Schlaf. Mittags hüpft sie zu ihrem Liebhaber und Ehemann, um die Intimität seines Erwachens zu nutzen. Danach ißt jeder für sich zu Mittag, sei es mit Freunden, sei es mit beruflichen Verabredungen. Getreu ihrem Versprechen, stellt sie ihm nie irgendwelche Fragen. Und umgekehrt ebensowenig. Das Wochenende ist den Kindern und Familienfreuden gewidmet. Alexander kommt mit seinem kleinen Koffer voll schmutziger Wäsche zu ihr. Er hat seine eigene Zahnbürste in ihrem Badezimmer. *Und sie eine bei ihm.* Man müßte den Weg, der im Verlauf ihrer Beziehung zurückgelegt wurde, einmal messen.

Es kommt noch besser: Er hat zwischen ihren beiden Wohnungen (dreihundert Meter voneinander entfernt) eine Telefonleitung legen lassen, deren Geheimnummer nur für sie beide gedacht ist und die es ihnen ermöglicht, zu jedem Zeitpunkt miteinander zu sprechen.

Sie ist dabei, den Traum, den sie mit sechzehn hatte, mehr oder weniger zu verwirklichen: Ein Mann, mit dem sie ein sicherlich seltsames, doch leidenschaftliches Leben führt, Kinder, eine Arbeit. Sozusagen das Glück. So ruhig, daß die Jahre verfliegen, ohne daß sie es merkt.

Aber die Götter sind neidisch.

Eines Tages hat sie die unglückselige Idee, auf das Angebot einzugehen und einen Roman zu schreiben. Sie ist es leid, jahraus, jahrein Serien zu verfassen, die eine ganze Mannschaft hinter ihrem Rücken dann umarbeitet. Die Produzenten, um sie billiger zu machen. Die Regisseure, weil sie sich für verkannte Schriftsteller halten. Die Schauspieler, weil sie meinen, die Personen besser zu kennen als die Autorin selbst.

Als dann H., ein großer Verleger, ihr schwört, daß er keine Zeile ihres Romans verändern werde, willigt sie ein. Außerdem hat sie einen Stoff. Der feministische Krieg ist in vollem Gang, und sie möchte vor dem Hintergrund heißer Erotik ihr dramatisches kalabrisches Abenteuer erzählen. Durch einen unglaublichen Zufall (der gar keiner ist, wie sie später feststellen wird) beschließt Alexander ebenfalls, sich auf einen Roman zu stürzen. Im selben Verlag. Über Indochina. Und Maï.

Sofort erwacht ihre spanische Eifersucht.

Obwohl sie sich seltsamerweise all die Jahre hatte einlullen lassen und trotz der bei beiden selbstverständlichen Unabhängigkeit hatte sie nie ernsthaft befürchtet, daß Alexander sie betrügen könnte. Oder vielleicht doch mal eine Nacht, um sich zu beweisen, daß er noch immer der große Verführer Alexander V. ist? Nichts an seinem Verhalten jedoch hat jemals auf einen solchen Verrat hingedeutet. Auch wenn sie sich immer wieder sagt, daß Männer von Natur aus lügen wie gedruckt und daß diese Ruhe vielleicht täuscht – es gelingt ihr nicht, sich zu beunruhigen.

Sie ihrerseits denkt nicht einmal daran, einen anderen Mann auch nur anzuschauen, und ist baff vor Erstaunen, wenn einer ihr den Hof zu machen beginnt. Ihr ist, als leuchte in Neonbuchstaben auf ihrer Stirn: «Alexanders Eigentum».

Und da taucht der Schatten von Maï wieder auf. Sie hatte geglaubt, ihn mit ihrer Wahnsinnsliebe ausgelöscht zu haben. Ist sie nicht seit Jahren Alexanders Lebensgefährtin, die Mutter seines Sohnes, die Geliebte, deren Zärtlichkeiten ihn noch immer erfreuen?

Aber wird er von der richtigen Maï sprechen? Man weiß doch sehr gut, daß ein Schriftsteller niemals die Wahrheit erzählt. Er kann nicht umhin, seine Personen neu zu schaffen, Situationen zu erfinden und seine Dialoge auszuschmücken. Was tut sie denn anderes mit Arturo, dem Kalabrier? Über den sie mit Alexander nicht spricht. Nicht mehr, als er ihr von seinem eigenen Roman verrät.

Als der Verleger ihr Manuskript liest, scheint er zufrieden. Er läßt sogar durchblicken, daß er es für so gut hält, daß es einen großen literarischen Preis erhalten könnte. Durch ein weiteres zufälliges Zusammentreffen (das auch keines ist) erscheint Alexanders Buch praktisch zur selben Zeit wie das ihre. Sie überreichen sich förmlich jeweils ihr erstes Exemplar. Sie fürchtet sich vor seinem harten Urteil über die Werke von «Weibern», die, wie er behauptet, die französische Literatur belasten. Vor allem hat sie Angst, daß sie ihr sentimentales Kleinmädchenherz nicht genügend versteckt hat. Sie weiß, daß er ihr das vorhalten wird.

Sie verbringt die Nacht damit, sein Buch zu verschlingen. Maï ist ein Schatten geblieben, der leichtfüßig inmitten von stolzen Kriegern auftaucht. Sie hat die Erinnerung an Maï besiegt. Friede kehrt wieder bei ihr ein.

Am nächsten Tag erscheint wie jeden Abend Alexander in der Tür zum Salon, wo sie ihn in einem arabischen Hausgewand, auf dem Sofa ausgestreckt und Zeitung lesend, erwartet. Ihr liegt ironischerweise viel an dieser Haremsinszenierung, die Alexander entzückt, der beim Eintreten auszurufen pflegt:

«Ah! Meine Frau ist an ihrem Platz!»

Aber heute abend zeigt der Mann ihres Lebens ein düsteres, wutverzerrtes Gesicht. Entsetzen packt sie. Er mag ihren Roman nicht!

Nein. Er mag ihn nicht.

Nein, wirklich überhaupt nicht ...

Mit einer unerwarteten theatralischen Geste schleudert er den Wohnungsschlüssel durchs Zimmer.

«Madame, Sie sind eine Schlampe. Ich werde nie wieder einen Fuß über Ihre Schwelle setzen!»

«Aber was habe ich denn getan?» stottert sie verschreckt.

«... ein Pornobuch geschrieben!»

«Du bist verrückt!»

«Nein, ich bin nicht verrückt. Ich werde es niemals ertragen, daß die Mutter meines Sohnes einen solchen Schweinekram verfaßt, den er vielleicht eines Tages liest. Adieu!»

Er knallt die Tür zu und geht zu sich nach Hause zurück.

Sie liegt wie vom Blitz getroffen in ihrem arabischen Gewand auf dem Sofa. Raubt die Eifersucht ihm den Verstand? Oder ist es das plötzliche Aufwallen eines Schamgefühls, das sie bei der Intimität unter Liebenden nie vermutet hätte? Sie muß ihm alles erklären. Die Phantasie des Schriftstellers beschwören, die er doch kennt. Ihn dazu bringen, daß er mit ihr darüber lacht.

Sein Telefon ist ausgehängt, auch die Privatleitung. Sie läuft zu ihm. Seine Wohnung ist von innen verriegelt. Ohne jeden Stolz hämmert sie an seine Tür und fleht ihn an, ihr doch aufzumachen. Er antwortet nicht. Stunden, Tage und Wochen vergehen. Er kommt nicht einmal seinen Sohn besuchen.

Wovor sie schon vor Jahren solche Angst hatte und was sie schließlich vergessen hatte, ist eingetreten: Er hat sie verlassen.

Sie schleppt sich zu seinem besten Freund, damit er ein

gutes Wort für sie einlegt. Alexander läßt ihr antworten, daß er ihr nichts mehr zu sagen hat. Sein Anwalt wird sich wegen aller Balthasar betreffenden Fragen mit dem ihren in Verbindung setzen.

Das schlimmste ist, daß ihr Buch Erfolg hat. Viele Kritiker sind voll des Lobes und heben, Gott sei's geklagt, besonders die erotischen Passagen hervor. Ach, wenn sie doch nur diese unglücklichen Seiten herausreißen könnte! Zu spät! Das Buch verkauft sich gut. Der Verleger reibt sich die Hände. Ihr Name steht auf der Kandidatenliste für den jährlichen großen Literaturpreis.

Sensation! Der von Alexander auch!

Der Verleger zeigt sich nun in seiner ganzen Heimtücke und tut den Journalisten kund, daß die beiden bei ihm erscheinenden Konkurrenten in der Realität verheiratet sind. Aufruhr in den Medien. In Interviews nimmt man kein Blatt vor den Mund:

«Was empfindet eine Romanschriftstellerin, wenn sie in Konkurrenz zum eigenen Ehemann steht?»

«Mir wäre es lieb, wenn er der Sieger würde.»

Die Schriftstellerin in ihr denkt allerdings nicht ganz so. Die Schriftstellerin in ihr hat Anwandlungen von Eitelkeit. Aber die Frau würde auf den Knien durch die Hölle kriechen, um den Mann ihres Lebens wiederzufinden.

Alexander antwortet auf dieselbe Frage frostig:

«Ich habe mit dieser Dame nichts mehr zu tun.»

Sie erhält den Preis.

Sie ist am Boden zerstört. Das wird Alexander ihr nie verzeihen. Er wird niemals zurückkommen. Und sie wird es nicht überleben, von ihm verlassen zu sein. Sie will in die Wüste fliehen. Sich in den Fluß stürzen, sich aufhängen. Sie flüchtet sich in ihr Bett, um niemals wieder aufzustehen. Der Verleger – mit einem Herzen ohne Mitgefühl, die Augen auf die Verkaufszahlen gerichtet – kommt und zerrt sie mit eiserner Faust wieder heraus und schleift sie – verhärmt, mit vom Weinen geschwollenen Augen und ungekämmt, in ihren Kummer versunken – durch ganz Paris. Die Journalisten haben allmählich den Verdacht, daß ihr erotisches Buch von einem Ghostwriter geschrieben ist.

Eines Nachts legt sie sich auf die Türmatte des Mannes ihres Lebens. Sie wird dort sterben wie ein alter kranker Hund. Am frühen Morgen erbarmt sich die Concierge ihrer und setzt sich über die Weisungen Alexanders hinweg: Er hat Paris mit unbekanntem Ziel verlassen.

Selbst ihr Verleger – dem sie androht, ihre Signierstunden einzustellen – kennt es nicht. Weiß nicht, wann er zurückkommt. Ob er zurückkommt.

Sie setzt Himmel und Hölle in Bewegung, um herauszufinden, wo er ist. Sie setzt den Amazonenbund auf seine Spur. Alexander hat wieder einen großen Reportageauftrag angenommen . . . in Afghanistan, wo der Krieg in vollem Gange ist. Die letzten Nachrichten waren aus Pakistan gekommen. Wahrscheinlich hat er es geschafft, sich über die verbotene Grenze zu schmuggeln und zu Fuß zu den Mudschaheddins zu stoßen. Seitdem kein Lebenszeichen mehr. Vielleicht ist er im sowjetischen Bombenhagel umgekommen? Oder auf eine Mine getreten? Sie bricht zusammen.

Depression. Sie fällt in ein schwarzes Loch. Entsetzliche Angstgefühle bis zum Erbrechen. Die kleinste Bewegung fordert eine unglaubliche Energie von ihr, die sie oft einfach nicht hat. Sie begibt sich zu Verabredungen und macht, kaum dort angekommen, gleich wieder kehrt. Manchmal ist es ihr unmöglich, eine Straße zu überqueren. Sie leidet so, daß sie in bestimmten Augenblicken fürchtet, nicht mehr die Kraft zu haben, es noch eine Minute länger auszuhalten. Möchte sich umbringen. Psychiater.

Der erste, den sie zu Rate zieht, legt ihr dar, ihre Traurigkeit rühre von ihrer Eifersucht auf ihre kleinen Halbschwestern in der Jugendzeit her. Sie verläßt diesen großmäuligen Quatschkopf und geht zu einem anderen Psychodoktor, der ihr eine sieben Jahre dauernde Psychoanalyse mit drei Sitzungen pro Woche anrät. Dazu hat sie weder Zeit noch Lust. Der dritte verschafft ihr ein Zimmer in einer dieser Kliniken, die ihre Mutter so schätzt. Sie geht nicht hin. Lieber stopft sie sich mit Pillen von einem vierten Doktor voll, dem sie nicht gesteht, daß sie schon zuviel Alkohol trinkt. Stumpfsinnig lebt sie tagelang so vor sich hin, als ob sie sich in einem Schattentheater bewegte.

Von einem Tag zum anderen gibt sie den Alkohol auf. Die Therapie beginnt ihr gutzutun. Langsam fängt sie wieder an zu arbeiten und läßt ihre Kinder eine vage mütterliche Gegenwart spüren.

Nach vier Monaten kommt Alexander heil und gesund aus Afghanistan zurück. Er ruft weder sie noch seinen Sohn an.

Eine Woge rasender Wut erfaßt sie. Wenn er sie verläßt, das weiß sie, wird sie für immer gebrochen zurückbleiben, aber schließlich ist sie erwachsen und hat sich ihr Schicksal selbst ausgesucht. Daß er aber seinen Sohn im Stich läßt, das ertragen ihre mütterlichen Gefühle nicht.

Sie schmiert einen zehnseitigen Brief voller Beleidigungen hin – eine einzige absolute Bosheit. Er wird darüber blutige Tränen weinen, der Riesenhalunke!

Sie geht selbst zu ihm und schiebt ihr Meisterwerk an Grausamkeit unter seiner Tür durch.

Eine Stunde später läutet es an der ihren.

Sie öffnet.

Alexander steht auf der Matte.

Sie betrachtet ihn haßerfüllt.

Er sieht gealtert und müde aus.

Schreckliches Schweigen.

«Pardon, Madame!» murmelt er schließlich, «ich bin ein echter Scheißkerl.»

Die eiserne Umklammerung ihres Herzens löst sich.

«Ja, du bist ein echter Scheißkerl!» seufzt sie.

Und sie läßt ihn herein.

Der Krieg ist aus.

Vorläufig.

Die Bestandsaufnahme

12

Ein treuer Begleiter von Anfang an . . .

Die CNAVTS hat recht, denn sie bringt sie dazu, ihre persönliche kleine Bestandsaufnahme zu machen. Wer ist sie? Was ist aus ihr geworden? Immer hat sie alle bewundert, die erklären: «Ich, ich kenne mich durch und durch . . .» Sie dagegen bleibt sich selbst leider Gottes ein Buch mit sieben Siegeln. An bestimmten Tagen findet sie sich einfach umwerfend! An anderen zu überhaupt nichts nütze! Ihr ist zumute, als säße sie auf dem Dach einer Lokomotive, die in den Nebel hineinfährt und von der sie nicht weiß, wie sie funktioniert. Sie weiß nur, daß sie eine merkwürdige Strecke zurückgelegt hat.

Was hat sie nun mit neunundfünfzig Jahren im Gepäck?

Zumindest einen treuen Begleiter von Anfang an: ihren Körper.

Man muß es ehrlich zugeben: Er beginnt sich abzunutzen. Das ist so schleichend vor sich gegangen, daß sie es anfangs gar nicht gemerkt hat.

Erstes ganz, ganz zartes Anzeichen: die Brille.

Eines schönen Morgens fiel ihr auf, daß sie Mühe hatte, die kleingedruckten Anmerkungen unten auf einem Versicherungsvertrag zu entziffern (das, was man nie liest und demzufolge es der Versicherung gelingt, nie auch nur einen Pfennig rauszurücken, selbst wenn das Haus abgebrannt ist). Der berühmte Optiker Monsieur M. hat ihr daraufhin wunderbare halbmondförmige Gläser verkauft, die ihr rundes Gesicht auf eine drollige Weise zierten.

Dann kam der Tag, an dem sie den Präsidenten der Republik im Fernsehen nur verschwommen sah. Verblüffung. Monsieur M. schlägt ihr etwas Neues und Aufregendes vor: Gläser, mit denen sie zugleich in die Nähe und in die Ferne sehen kann, mit einem sehr eleganten Gestell, das auch Sophia Loren trägt. Er setzt ihr das Gestell auf die Nase. Aber da die tollen Gläser noch nicht drin sind, sieht sie nicht, was für eine Visage sie damit hat. Das tut sie später und beschwert sich deswegen bei Monsieur M. Den kümmert das nicht. Schließlich ist sie kein Filmstar. Er versichert ihr aber, daß sie göttlich aussieht. Entzückt glaubt sie ihm.

Dieses so modische Modell besteht aus durchsichtigem Plastik. Unsichtbar. Wenn sie es absetzt, um zum Beispiel ein Bad zu nehmen und es irgendwo hinlegt (denn sie ist nicht nur kurzsichtig, sondern auch zerstreut), braucht sie eine Unmenge Zeit, um die Brille wiederzufinden. Das ist an sich normal. Aber wie findet man eine Brille ohne Brille wieder? Pausenlos ruft sie nun: «Wo ist meine Brille?» Eines Tages hob Alexander den eigenen bebrillten Blick und antwortete ruhig: «Auf deiner Nase!»

Seitdem trägt sie die Brille an einer soliden Kette um

den Hals, und die Brille ist zu einem Teil ihrer selbst geworden – so wie ihr rechter Arm oder ihr linker Fuß.

Rückenschmerzen machten sich bemerkbar. Aber wer hat keine Rückenschmerzen in einer Zeit, da alle Welt im Sitzen und dabei in schlechter Haltung arbeitet? Sie war immer davon ausgegangen, daß ihr treuer Körper-Gefährte, durch den sie zu dem Spitznamen «Bulldozer» gelangte, mit einer eisernen Gesundheit ausgestattet war. Sie hatte nicht wahrhaben wollen, daß er zu ermüden anfing ... Bis ihr eines Tages bewußt wurde, daß sie und ihr Körper von einem Haufen Ärzte umgeben waren, die mit seiner Wartung und Wiederinstandsetzung beauftragt waren wie Automechaniker, die an einem teuren Oldtimer herumbasteln. Um es genauer zu sagen, nicht eine Ärzte-Mannschaft, sondern eine Meute von Spezialisten, die ihre einzelnen, voneinander losgelösten Teile behandelten.

Jeder weiß, daß die Spezies der Hausärzte zusammen mit den Dinosauriern ausgestorben ist. Es gibt nur noch wenige Allgemeinärzte. Übriggeblieben sind Spezialisten, die sich nicht einmal vom Fleck rühren, wenn man die Cholera hat, die einen mit vierzig Grad Fieber drei Stunden im Wartezimmer schmoren lassen und ihren verdammten Anrufbeantworter einschalten, sobald die Dämmerung einsetzt. In Notfällen werden sie durch nette Notärzte ersetzt, die man nicht kennt und die, wenn sie festgestellt haben, daß man des Rettungswagens nicht würdig ist, einem zerstreut irgendein Rezept ausstellen, währenddessen sie über die Bilder quasseln, die der Sohn der Patientin gemalt hat. Um ihrer manchmal geradezu kränkenden Kunstkritik zu entgehen, vermeidet man es besser, Grippe zu kriegen, indem man sich gleich zu Anfang des Herbstes impfen läßt.

Für alles andere zieht man die Hohepriester des Medizinertempels zu Rate: die Spezialisten.

Aber Vorsicht: Einen guten Spezialisten zu finden, ist keine leichte Sache. Die Herren Professoren fordern von einem glatt, daß man zwei Monate wartet, bis sie einem einen Termin geben. Wenn man am Telefon herumjammert, es sei dringend (man habe solche Schmerzen), läßt sich die Sprechstundenhilfe erweichen: «Dann kommen Sie halt sofort. Ich habe eine Schweizer Patientin, deren Flugzeug Verspätung hat.» Man läßt alles stehen und liegen, einschließlich des Mittagessens mit dem Präsidenten der Fernsehstation, und sprintet mit dem Ausruf: «Meine Gesundheit geht vor!» zu dem Professor ... und verbringt dann den ganzen Nachmittag in einem Wartezimmer, das seinen Namen zu Recht hat.

Unsere Patientin hat feststellen können, daß es mehrere Arten von Wartezimmern gibt. Die der ersten Klasse, mit alten Möbeln und Stichen aus dem achtzehnten Jahrhundert ausgestattet. Daneben hängen merkwürdigerweise moderne Bilder, bei denen sie argwöhnt, daß sie mit dem Schwarzgeld barzahlender Patienten gekauft worden sind. Oft gehört noch ein Klavier dazu und immer ein Stapel einwandfreier neuer Zeitschriften. Die der zweiten Klasse, ebenfalls mit alten Möbeln vollgestopft, diesmal aber Imitationen und in allen Stilarten und mit Zeitschriften, die man schon gelesen hat. Die der dritten Klasse, in denen unangenehm weiche Sofas (auf dem Flohmarkt erstanden?) stehen – besonders bei den Orthopäden, die einem immer empfehlen, hart zu sitzen. Dazu ein runder Ikea-Tisch, «Habitat»-Rohrsessel. Hier sind die Zeitschriften zerfleddert. Eventuell gibt es noch ein paar düstere Plakate über Aids an den Wänden.

Die ersten Spezialisten, die an die Stelle des Kinderarztes treten und sie seit ihrer Pubertät begleiten, sind die Gynäkologen. Es gibt die verschiedensten Arten davon. Die schlimmsten aber sind die Operationsbesessenen.

Einer war dabei, ein Meister seiner Profession, zu dem sie mit schrecklichen Bauchschmerzen und hohem Fieber gekommen war. «Oje! Oje!» murmelte der Hippokrates mit besorgter Miene. Und bat sie, umgehend in seine Klinik zu kommen. Als sie einwandte: zu teuer, war er einen Augenblick ob ihrer finanziellen Probleme aus der Fassung gebracht, forderte sie aber auf, sich sofort in ihr eigenes Bett zu legen. Einer seiner Assistenten werde jeden Morgen vorbeikommen und ihr eine intramuskuläre Spritze verpassen (schlicht mit «schmerzhafter Spritze» zu übersetzen). Und weswegen diese Spritze? Sie wagt nicht einmal zu fragen. Nebenbei gibt er ihr zu verstehen, daß er nicht vorhat, sich um sie zu kümmern, weil er mit ihrer Ex-Schwiegermutter (der Mutter von Jean-Louis) Bridge spielt.

Nach einer Woche hat sich die Situation nicht gebessert. Sie erhebt sich von ihrem Lager und, dem Schatten von Lazarus gleich, sucht sie ihn erneut auf. Ihre liebe Cousine Isabelle bringt sie im Auto hin. Der große Professor untersucht sie noch einmal.

«Oh! Oh!» läßt er mit düsterer Miene verlauten. «Ich sehe nur eine Lösung: Operieren.»

«Mich an was operieren?»

«Na ja! Ihnen die Gebärmutter herausnehmen.»

«Ja, aber ... Dann kann ich doch keine Kinder mehr kriegen.»

«Nein. Selbstverständlich nicht.»

Ein Schrei aus ihrem tiefsten Innern.

«Niemals! Ich möchte noch Kinder haben. Lieber sterbe ich!»

«Wie Sie meinen!» läßt der große Professor von oben herab und gleichgültig verlauten.

Tränenüberströmt verläßt sie die Praxis. Ihre liebe Cousine Isabelle fällt angesichts ihrer Verzweiflung eine Entscheidung: Sie bringt sie direkt zu ihrem eigenen alten Frauenarzt, der sie mit einer weißen Mütze auf dem Kopf zwischen zwei Entbindungen drannimmt. Er untersucht sie von neuem.

«Wer behandelt Sie?»

«Professor B.»

Er lächelt breit.

«Ha! Ich widerspreche meinem hervorragenden Kollegen nur ungern, aber ich befürchte, Sie haben nichts als eine einfache Blasenentzündung.»

Fünf Tage später ist sie gesund.

Professor B. ist inzwischen gestorben, nicht jedoch ihr Groll. Sie hofft, daß er in der Hölle schmort.

Orthopäden hat sie nicht nur einen. Sie hat mehrere.

Zunächst einmal einen weltbekannten Professor, der Spezialist für die Wirbelsäule ist. Der ihre Halswirbel mit einer erschreckenden Energie behandelt: Krack, krack, krack (sie stirbt vor Angst, er könnte einen falschen Griff tun und ihr das Genick brechen). Bei ordinären Ischiasgeschichten schickt er sie zu einer Assistentin, Spezialistin für Lendenwirbelspritzen, die ihr obendrein eine Wirbelsäulenstütze verschreibt, die sie tragen soll, wenn sie mehrere Stunden hintereinander maschineschreibt oder wenn sie reist. Sie hat einen Riesenerfolg auf den Flughäfen, wo ein Pfeifen ertönt, wenn sie unter dem Metalldetektor durchgeht. Alle Zollbeamten stürzen sich auf sie, als schleppte sie eine Handgranate in ihrem Höschen mit sich herum.

In schmerzlichem Ton murmelt sie:

«Ich trage ein Eisenkorsett.»

Die Beamten schütteln mitleidig den Kopf. Und überprüfen es zu ihrer großen Überraschung nie. Sie sieht also ganz wie eine biedere Oma aus, die zu alt ist, um eine Handgranate in ihrem Höschen tragen zu können.

Ihre Spezialistin für Lendenwirbelspritzen behandelt keine Schultern.

Also mußte sie sich zu einem anderen Orthopäden begeben, einem Rheumaspezialisten für die linke Schulter, wo sie über die heftigen Schmerzen beim An- und Ausziehen klagt.

«Oje, oje!» brummelt der Rheumaspezialist für die linke Schulter. «Sie müssen sofort eine Arthroskopie in Bagnolet machen lassen.»

«Warum in Bagnolet?» Hat sie nie gehört, daß dieser charmante Vorort von Paris (sie weiß es nicht einmal, wo der liegt) auf Arthroskopien spezialisiert ist? Warum kann sie nicht bei ihr um die Ecke in das sehr bekannte Röntgeninstitut gehen, wo sich sogar, wie sie gehört zu haben meint, Einwohner aus Bagnolet behandeln lassen?

Der Rheumaspezialist für die linke Schulter fegt ihre Argumente mit einer Geste beiseite. Nach Bagnolet muß sie fahren, weil sein Kollege Dr. X., den er persönlich kennt und dem er voll vertraut, dort solche Arthroskopien vornimmt . . . in den grünlichen Untergeschossen einer düsteren Klinik.

Alexander fährt sie hin. Weigert sich aber, mit hineinzugehen. Er wartet vor der Tür auf sie. Er ist «gegen die verkommene Medizin der aufgeblähten Hohlköpfe – und genau das sind diese heuchlerischen modernen Hippokratesse . . .!» Tja! Nicht gerade ermutigend.

«Oje, oje!» meint der Arthroskopie-Spezialist für die linke Schulter. Ich werde wohl eine Luft-Arthroskopie bei Ihnen vornehmen müssen.»

Und schwupp! versenkt er eine riesige mit Luft gefüllte Spritze in ihre pralle Schulter, die sich wie ein Fußball aufzublähen beginnt. Und zu blubbern.

Sie brüllt vor Schmerz und Angst.

«Woher kommt denn das Geräusch?»

«Es ist nichts! Nichts! Nur die Luft, die sich in Ihrer Schulter verteilt.»

Hilfe! Hat sie nicht in zahlreichen Kriminalgeschichten gelesen, daß man jemanden still und heimlich umbringen kann, wenn man ihm Luft in eine Vene spritzt? Und wenn dieser Schwachkopf sie nun hier in Bagnolet töten will?

Ihr Henker verkündet ihr daraufhin kühl, daß er ihr mit Hilfe einer weiteren Riesenspritze und eines Video-Bildschirms Kortison in das linke Schultergelenk injizieren wird. Es wird zwar etwas weh tun . . . Aber in vierzehn Tagen ist alles vorbei. Toll, nicht? Inzwischen verfehlt er den richtigen Einstich, piekst in ihren Rücken, und der Schmerz ist so groß, daß sie fast in Ohnmacht fällt.

«Ich weiß. Es ist nicht angenehm», vermerkt daraufhin das Monstrum ruhig, «aber seien Sie unbesorgt . . . Sie haben eine einfache Chondrokalzinose (sprechen Sie das Wort zehnmal hintereinander in unterschiedlichen Geschwindigkeiten – kleine Sprachübung). Und Sie zu operieren wäre wahrscheinlich zwecklos.»

Wieso operieren? Das stand niemals zur Debatte! Und vor allem was operieren? Diese Wahnsinnigen sind fähig, ihr die Arme abzuschneiden.

Sie flüchtet aus Bagnolet und setzt nie wieder einen Fuß dorthin.

Was ihre stechenden Schmerzen in der Schulter angeht (eine Woche lang blubbert sie noch), hat sie beschlossen, «damit zu leben», wie Mariette mit ihrem bäuerlich-gesunden Menschenverstand zu sagen pflegte.

Ein neuer heftiger Schmerz macht sich beim Gehen in ihrem rechten Fuß bemerkbar. Dieses Rheuma soll doch die Pest holen! Sie begibt sich hinkend zu einem Spezialisten für den rechten Fuß.

«Oje, oje!» läßt er mit ernster Miene verlauten, «schlimme Arthrose. Der Fuß muß geröntgt werden, und ich werde Ihnen Einlagen verschreiben. Vorher müssen Sie eine Kostenübernahmeerklärung Ihrer Kasse einholen.»

Jetzt also Papierkrieg.

«Ich sehe nichts . . . also wirklich, nichts!» verkündet der Röntgenologe ratlos.

Noch immer hinkend, kommt sie demoralisiert nach Hause zurück.

Jetzt hat sie schon Sachen, die man nicht einmal mehr auf dem Röntgenbild sieht! Ob man Krebs unter den Füßen haben kann?

Plötzlich regt sich in ihrem Hinterkopf ein Gedanke. Sie stürzt sich auf ihre guten alten Stiefel, in denen sie seit Jahren herumläuft (es sind die einzigen, in denen sie keine Fußschmerzen hat): Da haben wir's!

Ein großes Loch in der Einlegesohle!

Sie läßt ihre Stiefel von innen reparieren, und ihre «schlimme Arthrose» ist verschwunden.

Einmal im Jahr sucht sie auch – immer im Zuge der Instandhaltung ihres lieben alten Körperkumpels – eine bezaubernde Magen-Darm-Spezialistin auf (Wartezimmer dritter Klasse): Die empfängt sie mit entzücktem Lächeln, ist aber leider mit ihrem Gedärm gar nicht zufrieden. Sie schlägt vor, daß sie sich «zum Besserfühlen» ein Stück herausschneiden läßt. Die Patientin lehnt strikt ab.

«Gut! Gut! Warten wir's ab!» sagt die Spezialistin beleidigt. Und knallt ihr ein zwei Seiten langes Rezept hin.

Ätsch!

Das ist das Drama mit den Spezialisten! Jeder schwört auf seine eigene Verordnung und will keinesfalls etwas von den Kollegen wissen.

«Wie bitte? Dr. Z. gibt Ihnen all das? Aber Sie sind ja eine richtige Chemiefabrik! Tun Sie mir die Liebe, und schmeißen Sie den ganzen Mist in den Abfalleimer. Nehmen Sie dafür das!»

Am Anfang glaubt sie ihren Ohren nicht zu trauen. Sie war überzeugt, daß die Mediziner eine geheime Sekte bilden wie die Freimaurer. Ganz falsch. Sie haben keinerlei Scheu, sich gegenseitig herunterzumachen.

«Diese Untersuchung macht man schon seit zwanzig Jahren nicht mehr.»

«Das Medikament kenne ich nicht. Hat Ihnen das jemand aus der Provinz verschrieben?»

Aber wenn auch die Spezialisten keinerlei Sympathie

füreinander bezeugen, so hegen sie doch alle gemeinsam einen echten Abscheu gegen die Psychiater (und ihre kleinen blauen Pillen).

Wie schon erwähnt, hat sie sich in Augenblicken der Depression an die Spezialisten für schlechte Stimmung gewandt. Sie ist zu der Schlußfolgerung gelangt, daß die meisten von ihnen schlichtweg verrückt sind. Sie hat ihre Sammlung um den Freudianer erweitert, der sich eine Stunde lang weigert, das Wort an sie zu richten, außer um zu murmeln: «Das macht 500 Francs.» Um den Besessenen, der sich ausschließlich für die Verstopfung während ihrer Kindheit interessiert, an die sie selbst sich gar nicht erinnern kann. Nicht zu vergessen den Verbitterten, der alle seine Patienten verabscheut (passiert häufiger, als man glaubt), im besonderen die Frauen, und vor allem sie selbst! Er wirft ihr haßerfüllte Blicke zu und spricht mit ihr in schroffem Ton. Als sie von ihm weggeht, ist sie kränker als vorher.

Es hat Jahre gedauert, bis sie endlich den Seelendoktor gefunden hat, dem sie wirklich vertraut. Unsortiert wirft sie ihm den Packen all ihrer Ängste, Sorgen und perfiden Gedanken auf den Schreibtisch. Er hört ihr aufmerksam zu, nennt sie «mein armes kleines Mädchen», und sie hüpft jedesmal erleichtert, beschwingt und fröhlich wie eine Gemse von dannen. Leider Gottes hat auch er einen Nachteil: Er ist genauso alt wie sie selbst. Sie wagt sich gar nicht auszudenken, was aus ihr wird, wenn die CNAVTS beschließen sollte, auch ihn pensionieren zu lassen.

Eine solche Mannschaft von Spezialisten zusammenzubekommen, damit ihr alter Weggefährte Körper instand gehalten werden kann, das hat sie eine ungeheure Menge sehr teurer Versuche mit vielen Ärzten gekostet, die alle möglichen merkwürdigen Praktiken anwenden.

Auf diese Art hat sie – abgesehen von der Akupunktur – noch folgende Therapien ausprobiert: die Mesotherapie (durch die ihre Oberschenkel ganz dick wurden), die Auriculotherapie (die Nadel, die man ihr ins Ohr gesetzt hat, ist herausgefallen), die Magnetotherapie (sie hat ihre beiden Magnetscheiben mit der Plus-Minus- bzw. Minus-Seite nie auseinanderhalten können), die Phytotherapie (die keinerlei Wirkung hatte, außer daß sie unentwegt Pipi machen mußte), die Thalassotherapie (danach war sie hundertmal erschossener, als wenn sie die Alpen zu Fuß überquert hätte).

Schließlich hatte sie die Nase voll und gab auf.

Sogar einen Geistheiler auf dem Lande zog sie einmal zu Rate. Wegen einer Verstauchung. Er flüsterte Gebete, beschmierte ihren armen Knöchel mit seinem widerlichen Speichel, wozu er seinen großen schmutzigen Daumen benutzte, und schickte sie mit dem Versprechen nach Hause, sie werde morgen wieder wie ein Rehlein springen. Nachdem sich tagelang keinerlei wunderbare Heilung ankündigte, sondern der Knöchel eher schlimmer wurde, eilte sie ins Krankenhaus, wo man sie schlicht röntgte und bandagierte.

Dank dieser ganzen Truppe (die Zahnärzte, die Apotheker und Physiotherapeuten nicht zu vergessen) hofft sie, ihren wackeren alten Weggefährten noch lange bei guter Gesundheit zu erhalten.

Wenn sie den Mann ihres Lebens aus dem Konzept bringen will, braucht sie sich nur ins Bett zu legen. Mit sorgenvoll gerunzelter Stirn schlottert er am Fußende ihres Bettes.

«Was hast du nur?»

«Nichts! Nichts! ... Eine kleine Grippe!»

Alexander tastet mit seiner Hand nach ihrer Stirn:

«Hast du Fieber?»

«Ja. Aber ich habe schon Aspirin genommen.»

Das ist etwas, was er ganz und gar nicht billigt. Er verabscheut die «modernen» Medikamente (sie nimmt die ihren heimlich) und ist für Aderlaß und Klistier.

Schweigen. Alexander betrachtet sie wie ein verschrecktes Kaninchen, das mitten auf dem Feld einen Roboter entdeckt hat.

«Ich fühle mich auch gar nicht wohl», verkündet er schließlich. Und enthüllt ihr, daß er unter Sodbrennen, Ohrensausen, schweren Gliedern und den Kriegsverletzungen leidet, die sich wieder bemerkbar machen.

Wenn er mit seiner Aufzählung fertig ist, ist *er* der Kranke.

Und legt sich seinerseits ins Bett.

Sie aber erhebt sich, um ihn zu pflegen.

Mit den Kindern ist es noch schlimmer. Für sie ist sie weiterhin der «Bulldozer». Wenn das Unglück es will und sie funktionsuntüchtig wird, geraten die Kinder in Panik. Balthasar will sie auf der Stelle auf seinem Motorroller zur Notaufnahme ins Krankenhaus schaffen. Pauline bringt ihr die drei Kleinen, damit die Großmutter sie segne, bevor sie stirbt.

Deshalb hat sie sich immer gehütet, ihre Familie davon in Kenntnis zu setzen, wenn sie gerade von einem neuen Leiden heimgesucht wird.

Langsam läßt auch ihr Gedächtnis sie im Stich.

Zu Anfang hat sie dem keinerlei Aufmerksamkeit geschenkt. Zerstreut war sie ja schon immer. Es passierte ihr, daß sie Paulinchen in der Schule vergaß (was diese ihr heute noch vorwirft). Oder daß sie auf der Straße eine Dame nicht erkannte, bei der sie erst letzte Woche noch zu Abend gegessen hatte (worauf diese sie natürlich nie wieder einlud). Oder daß sie die Metzgersfrau mit Alain Delons Modeberaterin verwechselte. (Seitdem ißt sie zähes Fleisch, und Alain Delon kommt nicht mehr ans Telefon, wenn sie ihn sprechen will.)

Aber aus ihrer früheren Tätigkeit als Sekretärin hat sie die gesunde Angewohnheit beibehalten, Listen anzufertigen. Leider vergißt sie nur nach einiger Zeit, wo sie diese Listen hingelegt hat. Nach sechs Monaten findet sie sie wieder, manchmal an so unglaublichen Stellen wie in dem Koffer mit den Wintersachen oder im Gesundheitslexikon.

Nutzlos, das abzustreiten. Dieser Zustand verschlimmert sich. Manchmal verläßt sie eilenden Schrittes ihr Arbeitszimmer, um sich in die Küche zu begeben. Und dort erinnert sie sich nicht mehr, was sie eigentlich so Dringendes zu erledigen hatte. Wie behämmert bleibt sie vor dem Eisschrank stehen, den Kopf so leer wie eine Seifenblase. Sie muß an den Ausgangspunkt zurückgehen und versuchen, den Gedankenfaden zurückzuspulen, und ... ha! Da ist es wieder: Sie wollte die Kartoffeln fürs Mittagessen aufsetzen.

Während sie darauf wartet, einen Erinnerungsspezialisten zu finden, stopft sie sich mit Schokolade voll, für ihren Fall das beste Mittel, wie es heißt. Wegen des Magnesiums. Vom Magnesium merkt sie nichts. Von der Schokolade viel. Sie legt weitere Kilos zu.

Das gibt eine Tragödie! Wenn der Zeitgeist einen *jung-jung-jung* bis zur Bahre will, muß man gleichzeitig auch *dünn-dünn-dünn* sein. Pech für die Dicken! Die ganze Werbung, all die Fotos von den Mannequins in den teuren Zeitschriften, all die Filme bleuen es ihr ein. Im übrigen gibt es die Größen über 42 ganz einfach nicht mehr. Sie muß in Spezialgeschäfte am anderen Ende der Welt oder auf die Wochenmärkte in der Provinz gehen.

Das gehört mit zu den Dingen, die sie seit langem bedrücken. Sie hat ihre Jungmädchenfigur verloren. Obwohl sie alle Diäten der Hölle versucht hat: nichts essen, was man mag ... essen, was man nicht mag ... gar nichts essen (manchmal ist es ihr gelungen, ein Pfund runterzukriegen, das sie dann schon vom Blick in ein Konditoreifenster wieder draufhatte). Einmal hat sie sogar volle zehn Tage gefastet (wirklich gefastet wie Christus in der Wüste. Sie hat ein Diplom bekommen), und zwar in einer berühmten Klinik in Spanien (sehr teuer. Je weniger man ißt, um so teurer ist es!). Vier Kilo sind abgeschmolzen. Und gleich hatte sie sie dank einiger Geschäftsessen wieder drauf. Sie hätte besser dran getan, sich statt der teuren Klinik einen Zobel zu gönnen, um damit ihre Rundungen zu verbergen.

«Treib Sport!» raten ihre Freundinnen im Chor – die selbst keinen betreiben.

Was für einen Sport? Tennis? Sie hat Rheuma in der linken Schulter. Das in der rechten Schulter will sie mit so was lieber nicht aufwecken. Schwimmen? Sie hat die anderen Schwimmer im Verdacht, ins Wasser zu pinkeln. Igitt! Spazierengehen? In Paris? Mit all den Boutiquen, wo man nicht umhin kann, mal reinzugehen, zu gucken, zu kaufen ... Gymnastik? Wie Jane Fonda mit ihrem aufreizend triumphierenden Lächeln? Sie hat es versucht – in einer Menge fettleibiger, keuchender Damen. Das hat ihr die Laune verdorben. Trotzdem hat sie nicht aufgegeben. Mit einem Hindu, einem Yoga-Lehrer, der seine schlangengleiche Wirbelsäule auf ihrem Teppich aufrollte und dabei *Raraaraaraas* herunterleierte. Sie hat sich als unfähig erwiesen, Kopfstand zu machen (das Gewicht ihres rundlichen Bauches und ihrer beträchtlichen Schenkel zieht sie einmal nach hinten, einmal nach vorne). Angewidert ist der Schlangenmensch gegangen.

Da hat sie's gelassen. Adieu Diät! Ihr Bäuchlein einer im sechsten Monat Schwangeren verbirgt sie unter riesigen Männerpullovern, trägt Hosen mit Gummizug und überschlägt die Modeseiten in ihren geliebten Frauenzeitschriften. Und tut so, als ob ihr Doppelkinn sie wie ein kleines Mädchen aussehen lasse. So hat sie bis jetzt als fröhliches Dickerchen gelebt.

Vorbei! Dieser Brief der CNAVTS wirkt auf sie wie ein Elektroschock. Es ist höchste Zeit, daß sie dünner wird und sich verjüngt.

Um wieviel und wie?

Wieder einmal stellt sie sich vor ihren dreiflügligen Spiegel, um sich vorurteilsfrei zu prüfen.

Wie alt sieht sie mit ihren neunundfünfzig aus?

Noch immer alterslos.

Lügnerin! Sie hat jetzt außer der Wampe eines alten Oberst zwei fette Hängebacken, Watschelfüße, einige Falten mehr (so schlimm aber auch wieder nicht: die wohlgerundeten Dickerchen haben da Glück), zusätzliche Friedhofsblumen auf den Händen, viele weiße Strähnen im Haar.

Sie beschließt, es diesmal wirklich anzupacken ...

Totales Lifting ist angesagt.

Sie meldet sich sofort bei den (laut «Bund der Amazonen») besten Schönheitschirurgen von Paris an. Sie geht dem aus dem Weg, der die zu großen Brüste einer Freundin zusammengestutzt hat. Die Narben sind so zerfranst wie schlecht genähte Säume. Jetzt muß sie sich im Dunkeln lieben lassen.

Der Empfang ist umwerfend. Sehr aufgeräumte Professoren. Fotos werden gemacht, aus allen Blickwinkeln, von erstklassigen Assistentinnen!

Der erste Chirurg teilt ihr mit, er werde sie in Vollnarkose operieren. (Einfach eine Spritze – hopp! –, und sie wacht um fünfzehn Jahre verjüngt auf.) Der zweite lehnt die Vollnarkose ab: Noch immer riskant, wie er meint (also doch!). Ihre Ängste erwachen von neuem. Lieber macht er eine Lokalanästhesie (die Aussicht, daß sie das Skalpell in ihr Fleisch eindringen, die Haut sich wie einen nassen Waschlappen ablösen sehen wird, jagt ihr einen Schauder über den Rücken).

Seltsamerweise stellen beide Medizinergrößen ihr dieselbe Frage:

«Was macht Ihr Mann?»

Sie sagt es ihnen ohne Umschweife.

«Bist du blöd!» ruft später ihre Freundin Clara aus, «sie haben sofort ihre Honorare um einen Tausender erhöht.» Man hätte antworten müssen, daß er gerade arbeitslos ist.

Natürlich kostet die Operation ein Vermögen. Genau das, was einer ihrer Träume kostet, nämlich drei Monate ganz allein mit ihrer Reiseschreibmaschine, zwei Strandkleidchen und ohne Bibel die pazifischen Inseln zu durchstreifen. Sie zögert. Um so mehr, als ihr aufgefallen ist, daß einige Schauspielerinnen nach einer solchen Operation nicht mehr ihr altes Gesicht haben, und zwar so ausgeprägt, daß man sie manchmal gar nicht mehr wiedererkennen kann. (Sie nennt keine Namen.) Sie beschließt, für den nächsten Sonntag zum Mittagessen einen Familienrat einzuberufen.

Zu ihrer Verblüffung bricht eine Meuterei aus.

«Wir untersagen dir, dir das Gesicht verschandeln zu lassen», schreit Pauline, «damit du hinterher wie eine Mumie aussiehst mit einem Lächeln wie ein Hühnerpopo.»

«Ich mag deine gute alte Visage so wie sie ist», brummelt der Mann ihres Lebens (was ihr aus seinem Mund wie ein wunderbares Kompliment vorkommt).

«Also gut – seid ihr aber wenigstens einverstanden, wenn ich mir die Wampe absaugen lasse?» jammert sie.

«Du bist wohl verrückt! Das bringt dir überhaupt nichts», kreischt ihre Älteste. «Statt eines hübschen kleinen Bäuchleins, rund und weich, kriegst du ein Gebirge voller Löcher und Hubbel mit Hängehaut. Igitt!»

«Ich liebe die Omi doch gerade, *weil* sie dick ist!» erklärt ihr zweiter Enkel. «Die dicken Omis sind viel lustiger als die mageren. Alle meine Kumpel in der Schule sagen das auch.» Er fügt hinzu, daß er bereit sei, sie zu heiraten, so wie sie ist. Rundlich, sauber, schön nach Parfum riechend. (Seitdem ruiniert sie ihre Finanzen durch «Diorissimo».)

«Dann laßt mich wenigstens die Haare platinblond färben!» fleht sie.

«Nein!» schimpft Balthasar, der noch nichts gesagt hat. «Ich habe die Nase voll von den kuhschwanzgleichen gelben Schmierereien dieses Friseurs. Deine weißen Strähnen sind viel schicker.»

Auf die Art hat sie eine der wichtigsten Entscheidungen ihres Lebens getroffen.

Zum einen wird sie ihre neunundfünfzigjährige Visage beibehalten, zum andern wird sie trotz allem mit dem Aussehen und dem Körper altern, die die Natur ihr geschenkt hat. Sie wird in Gemütsruhe ihr Wabbelbäuchlein vor sich hertragen, über ihrem Doppel- und Dreifachkinn lächeln, es sich in ihren Männerpullovern und ihren Tuniken für schwedische Riesinnen bequem machen. Sich beim Auftauchen neuer Falten nicht aufregen und keine Angst vor einem schneeweißen Haupt haben. In Frieden mit sich und der Umgebung.

Muß sie die CNAVTS und die Sozialversicherung von diesem Entschluß in Kenntnis setzen?

13

Der Mann ihres Lebens . . .

Zur allgemeinen Verblüffung und der ihrigen im besondern ist Alexander noch immer da, nach dreißig Jahren.

Dreißig Jahre.

Dreißig Jahre lang leben sie nun schon ein seltsames, zugleich gemeinsames und getrenntes Leben miteinander. In dem sie weiterhin unablässig miteinander reden, miteinander lachen, miteinander schlafen, miteinander streiten. Gemeinsam haben sie zwei Kinder großgezogen. Und gemeinsam bestimmte Gewohnheiten entwickelt, die ihnen lieb und teuer geworden sind, obwohl an sich Gewohnheiten in den Beziehungen zwischen Mann und Frau nicht gut angeschrieben sind, weil sie Routine bedeuten. Für sie jedoch bedeuten Gewohnheiten Ruhe und Frieden.

Jedenfalls mehr oder weniger.

Dennoch hat Alexander ihr immer noch nicht gesagt, daß er sie liebt.

Sie schon. Ein einziges Mal. Er hat gebrummt wie ein aufgestörter Bär.

Eines Nachts jedoch mußte er gestehen.

«Ich liebe – ich mag Sie, Madame», murmelte er. Und

betroffen über diesen Schwächeanfall hat er schnell hinzugefügt: «. . . trotz Ihres Dickschädels!»

Sein Lockenkopf ist nun schneeweiß. Sie findet ihn noch schöner als früher. Dreißig Jahre lang hat sie ihn nicht ein einziges Mal betrogen. Sie hat einen anderen Mann nicht einmal angesehen. Und warum? Weil sie weiß, daß er der Mann ihres Lebens ist und immer bleiben wird.

Was sie nicht daran hindert, sich bei Peter, der immer zur Stelle ist, zu beschweren.

«Ich habe die Nase voll von diesem Typen! Niemals ein zärtliches Wort. Wo ich, wenn ich wollte, hm . . . immer noch einen anderen Kerl verführen könnte . . . ganz bestimmt.»

«Nur zu, meine Beste», witzelt Peter.

Sie hat gar keine Lust dazu.

Einmal allerdings hat ein unvorsichtiger Regisseur, als er sie immer allein sah, angefangen, ihr den Hof zu machen. Lange Telefongespräche. Mittagessen bei Fouquet's. Komplimente und so weiter. Sie hat es herrlich gefunden. Bis Alexander ihn eines Tages unter dem Vorwand, mit ihm über ein Drehbuch reden zu wollen, aufforderte, in seinem Büro vorbeizukommen. Sie hatte damals keine Ahnung, was die beiden miteinander besprachen. Anschließend drehte ihr charmanter Regisseur nicht nur den Film nicht, er verschwand auch völlig von der Bildfläche. Erst Jahre später wird sie bei einer zufälligen Begegnung erfahren, daß Alexander ihm in aller Ruhe versichert hatte, er werde ihm die Fresse einschlagen, wenn er sich weiterhin für seine Frau interessiere.

Gegenfrage, die sie sich manchmal stellt, so ganz nebenbei: Hat der Mann ihres Lebens sie betrogen? Die bösen Zungen ihrer Gefährtinnen behaupten, es gebe kein männliches Wesen, daß in dreißig Jahren seine Frau *nicht* betrüge. Außer vielleicht dem Erzbischof von Canterbury. Jedenfalls hat keinerlei Anzeichen jemals ihre spanische Eifersucht geweckt.

Doch! Einmal.

Eine junge weibliche Stimme nahm unter ihrer beider Privatnummer den Hörer ab. Die Ehefrau hängte sofort ein. Und wälzte sich, heisere Schreie ausstoßend, auf dem Teppich.

Als Alexander abends so ruhig wie gewöhnlich bei ihr eintraf, fand er eine Furie vor.

Sie macht ihm eine entsetzliche Szene.

Das Ungeheuer hat gewagt, sich eine Nutte ins Nest zu setzen. Die auch noch an das für sie selbst reservierte Telefon geht! Ihre Wut ist so gewaltig, daß sie sich überlegt, ob sie ihre italienische Porzellanlampe auf seinem Schädel zertrümmern soll. Die Angst, er könnte zurückschlagen, hält sie zurück.

Nun fängt Alexander an zu brüllen. Sie sei nur eine Nervensäge und so blöde, daß es auf keine Kuhhaut gehe. Die Stimme gehöre einer jungen Sekretärin, die gekommen sei, um Ordnung in seine Papiere zu bringen.

Sie kreischt, daß sie diese Sekretärinnen-Masche kenne. Der Elende lügt, das ist ganz offensichtlich.

«Blöde Idiotin!» schimpft darauf die zärtliche Liebe ihres Lebens.

«Schuft! Schuft! Hau ab!» brüllt sie.

«. . . mit dem Vergnügen, Sie niemals wiederzusehen, Madame!»

Er schlägt die Tür hinter sich zu und geht zu sich nach Hause.

Ihr Geburtstag naht. Ein prächtiger Azaleenstrauch, der nicht in den Fahrstuhl hineinpaßt, wird ihr von einem keuchenden Boten gebracht, der sauer ist, daß er dieses Ungetüm in seinen Armen die Treppen hinaufschleppen muß. Keine Karte begleitet den gewaltigen Busch.

Sie weiß genau, daß er von *ihm* kommt.

Sie beschließt, so zu tun, als ob sie es nicht wüßte, und ihre Bitterkeit geht so weit, daß sie sich sogar weigert, die armen Blumen anzuschauen und zu gießen. So welken sie, in einen dunklen Gang verbannt, traurig vor sich hin.

Drei Wochen später schreibt Alexander ihr und hält ihr ihre fehlende Kinderstube vor. Wenn man einen halben Blumengarten sehr schöner, sehr teurer Azaleen bekomme, dann müsse man wenigstens die Höflichkeit haben, sich dafür zu bedanken.

Sie stürzt auf der Stelle an ihren Schreibtisch und antwortet:

Erstens, daß sie nicht eine Sekunde Zweifel daran gehegt habe, von wem diese gewissen Blumen ohne Karte kamen. Sie habe zehn anderen Bewunderern gedankt;

zweitens, daß sie Azaleen verabscheue;

drittens, daß sie nichts mehr mit einem Mann zu tun haben wolle, der so vulgär sei, daß er auf den Preis der Blumen anspiele, die er schickt. Da nun dieser schreckliche Azaleenpott sein Budget derart belastet habe, wolle sie ihn der *anderen* – derjenigen, die bei ihm ans Telefon geht – nicht vorenthalten und schicke ihm das Ganze zurück.

Sie ruft eine Mini-Car-Firma an und läßt ihr Handschreiben, am Skelett des unglückseligen vertrockneten Strauchs befestigt, ins Büro des Riesenhalunken im Verlag schicken (wo sie begründeterweise mit einem kleinen Skandal rechnen kann).

Noch am selben Abend läutet es an der Tür.

Sie lugt durchs Guckloch, bevor sie öffnet.

Es ist Alexander, der etwas hinter seinem Rücken versteckt hält. Eine Achtunddreißiger, um sie niederzustrekken?

Sie ergreift ihren Regenschirm (sie wird nicht sterben, ohne sich zu verteidigen) und öffnet tollkühn die Tür. Alexander hält ihr eine große Kaviarbüchse hin.

«Hier, du Dickschädel», murmelt er zärtlich.

«Dreckskerl!» säuselt sie liebevoll.

«Friedenspfeife?»

«Friedenspfeife.»

Ihr Herz ist von Glück durchflutet, und sie läßt ihn herein. Inzwischen hatte sie genaue Erkundigungen bei seiner Concierge, der lieben Madame Ledoux, eingezogen, die ihr bestätigte, daß die junge Sekretärin wirklich eine junge Sekretärin war, die in Alexanders Abwesenheit Arbeiten erledigt hatte. Sie sei niemals wieder aufgetaucht.

Und ihr «Eheleben» nahm wieder friedlich seinen Lauf.

Weiterhin nimmt sie bei ihm zu Hause an des Königs Erwachen und seinem Frühstück teil. Jeden Abend um sieben kommt er zum Essen zu ihr. Sie lehnt alle Verabredungen zu dieser Zeit ab, um ihn in ihrer seidenen Dschellabah, den Anschein erweckend, als läse sie Zeitung, auf dem Sofa zu erwarten. In Wirklichkeit lauscht sie mit klopfendem Herzen auf das Geräusch seines Schlüssels in der Tür und auf seinen Schritt in der Diele. Er bleibt auf der Schwelle zum Salon stehen, und sie sehen einander an.

Sie betet ihn an.

Er scheint sich zu freuen, daß sie da ist. Er spricht den rituellen Satz: «Ah! Meine Frau ist an ihrem Platz.»

Dann wirft er sich in seinen Sessel, greift gierig nach

ihrer Zeitung und beginnt sie durchzublättern, wobei er die Frage stellt:

«Was gibt es heute abend zu berichten?»

Nun, da die Kinder aus dem Haus sind, essen sie beide allein. Sie ist noch immer die gleiche schlechte Köchin. Nie beschwert er sich. Sie ist ihm dankbar dafür. Mit den Worten, er habe es schrecklich eilig, geht er, läßt sich aber noch zehn Minuten Zeit auf dem Treppenabsatz, wo sie sich ungestüm küssen.

Und wo sie miteinander streiten.

Zum größten Vergnügen der Nachbarn.

Sie haben mehrere Themen zum Streiten. Immer dieselben. Man hat Gewohnheiten, oder man hat keine.

Vor allem und unermüdlich über die Kinder.

Der Macho ihres Lebens war immer der Überzeugung, daß die Kindererziehung zu ihrem Aufgabenbereich als Frau gehöre. Mit dem Ergebnis allerdings ist er nicht zufrieden und läßt sie das ohne Umschweife wissen. Sie reagiert heftig, indem sie das väterliche Versagen ins Feld führt. «Du hättest dich ja nur ein wenig zu kümmern brauchen . . .»

Paulinchen ist mit einem brillanten Absolventen einer der französischen Eliteschulen, der École Polytechnique, verheiratet. Seine Ausbildung hat ihn nicht gehindert, ihr drei Kinder zu machen, um die sie sich mit großer Inbrunst kümmert. Gleichzeitig betreibt sie eine Klamottenboutique. Das läßt ihr wenig Zeit, zu Besuch zu kommen. Ihre Mutter muß sich mit langen Telefongesprächen und sonntäglichen Mittagessen begnügen. Leider hat Alexander mit Polytechnikern, und seien sie noch so brillant, nicht viel im Sinn.

«Bin ich wirklich verpflichtet, diesen Schwachkopf von Beamten zu ertragen, der ich weiß nicht was bei der ‹industriellen Mobilisierung› macht und der niemals ein Buch außer dem Telefonbuch liest?»

Was Balthasar angeht, ist es noch schlimmer. Für Alexander ist mit seinem Sohn etwas schiefgelaufen.

Der malt.

Sein schriftstellernder Vater, von dem man hätte annehmen können, daß er Verständnis für eine künstlerische Berufung des Sohnes zeigen würde, kann das nicht ertragen.

«So wird er nie seinen Lebensunterhalt verdienen! Das ist deine Schuld! Du ermutigst ihn auch noch!»

«Du hast die kleinbürgerliche Gesinnung der Gattin von Van Gogh», schnappt sie zurück.

Der Vater beschuldigt sie dann wütend, seinem Sohn heimlich Geld zuzustecken. Womit er recht hat. Natürlich streitet sie es ab. Sie hilft Balthasar, damit er in einer Galerie ausstellen kann. Was sogar ein gewisser Erfolg wird. Alexander ist verblüfft. Wer kann nur solche Scheußlichkeiten kaufen?

«Du verstehst nichts von der Kunst der ‹neuen Wilden›», triumphiert sie. Lieber würde sie sich umbringen lassen, als zuzugeben, daß auch sie diese gräßlichen Gebilde ablehnt, die ihr reizender Balthasar aus seinem Unterbewußtsein hervorholt.

Ein weiteres großes Diskussionsthema auf dem Treppenabsatz ist die Politik. Der Mann ihres Lebens und sie haben nicht die gleichen Ansichten. Die Alexanders ist einfach: Die Welt ist korrupt und mit Schwachköpfen bevölkert. Alles läuft schief. Und die Zukunft sieht noch düsterer aus. Seine Partei ist die der rabiaten Menschenfeinde. Je älter er wird, um so apokalyptischer wird sein Pessimismus.

Aus reinem Widerspruchsgeist heraus vertritt sie optimistische Thesen. In Wirklichkeit hat sie keine festumrissene Weltanschauung. Lediglich instinktive Reaktionen.

Am Tag der Niederlage von Dien Pien Phu – als ihr Vater verwundet wurde – hat sie geweint.

Als die russischen Panzer in Budapest einrollten, ist sie auf die Straße gestürzt und mit einer demonstrierenden Menge um den Étoile marschiert. Plötzlich schrie jemand:

«Alle zur Kommunistischen Partei!»

Und auf ging's – sie an der Spitze eines riesigen Zuges – zur Kossuth-Kreuzung.

Nach einigen Kilometern tun ihr die Füße weh. Es ist ja ihre erste Demonstration, und sie hat keine Turnschuhe an. Die Turnschuhmode bei Demos existiert noch nicht. Sie grölt aus vollem Hals die Marseillaise. Die Nationalhymne erhebt sie heute noch (was zu ihrer großen Entrüstung bei den Enkelkindern brüllendes Gelächter hervorruft). Sie bewegt sich – humpelnd und singend – energisch vorwärts.

Busse voller Bullen rollen an. Da kriegt sie Angst. Sie war so stolz, daß sie die Menge anführte – sie hat schon immer die Manie gehabt, mit der Geschwindigkeit eines Feldwebels im Dienst zu marschieren –, aber jetzt riskiert sie, von der weiter vorwärtsdrängenden und brüllenden Menschenflut gegen die Polizeibusse gedrückt und zermalmt zu werden. Aber auch wenn sie noch so laut kreischt: «Hilfe! Ich ersticke ...» – niemand hört ihr dünnes Stimmchen. Zum Glück erbarmt sich ein Bulle und läßt sie zwischen zwei Wagen durchschlüpfen. Sie findet sich auf einem ruhigen Platz wieder und bemerkt, daß sie in einem schlimmen Zustand ist – mit aufgeschürftem Knie und blutender Nase. Sie schwört, nie wieder im Leben eine Demonstration mitzumachen. Sie hat zu große Angst vor außer Rand und Band geratenden Massen, ganz gleich welcher Coleur.

Sie hält sich nicht an diesen Schwur.

Bei der Studentenrevolution im Mai 1968 steigt sie, dieses Mal mit Alexander, auf die Barrikaden. Feuer und Flamme. Laßt doch die alte Gesellschaft zugrunde gehen und eine neue Welt erstehen! Sie bildet Straßenketten mit den Studenten. Bis zu dem Moment, da diese auf dem Boulevard St. Michel die Bäume abzuholzen beginnen. Mit allen Kräften versucht sie das zu verhindern. Wieder einmal hört die Menge nicht auf sie.

Auf der Stelle eilt sie nach Hause. Dieses Mal ist sie wirklich geheilt von den Demos und selbst von der Politik.

Sie kann jedoch nicht umhin, sich am feministischen Kampf zu beteiligen. Sie verfaßt Flugblätter über Empfängnisverhütung und Abtreibung und verbreitet sie zusammen mit einigen Freundinnen an den Ausgängen der Métro-Stationen. Man beschimpft sie als «Hexe», als «schlecht gebumst» und als «Lesbierin». Von einer katholischen Dame, die sich durch besondere Nächstenliebe auszeichnet, erhält sie eine Ohrfeige.

Später setzt sie sich für die Befreiung der Moslem-Frauen ein, die verschleiert und eingesperrt leben, gedemütigt vom fundamentalistischen Islam. Für die beschnittenen und verstümmelten Afrikanerinnen. Für die Inderinnen, die wegen ihrer fehlenden Mitgift verbrannt werden. Für die kleinen Chinesinnen, die bei der Geburt erstickt werden, weil sie das Pech haben, keine Jungen zu sein.

Alexander höhnt auf dem Treppenabsatz:

«Den Leuten ist das piepegal! Du bist nur eine übriggebliebene Feministin!»

Von der ersten Treppenstufe redet sie auf ihn ein.

Einmal ist er beleidigt, als sie sagt:

«Alter ekelhafter Phallo!»

Da ist es ihm herausgerutscht:

«Schlecht gebumste Zicke!»

«Schlecht gebumst von *wem*?» hat sie gebrüllt (das ganze Haus hörte zu).

Er hat sich aus dem Staub gemacht. Und vermeidet seitdem die kleinste Anspielung auf dieses heikle Thema.

Aber die alltäglichsten und lebhaftesten Dispute mit dem Mann ihres Lebens betreffen die Maschinen. Alexander ist verrückt nach allen modernen Geräten. Sobald etwas Neues auf dem Markt ist, läuft er los und kauft ihr den funktionstüchtigsten Apparat, das heißt den kompliziertesten. Sie – Gott sei's geklagt – ist eine Technik-Behinderte. Hat ein Gerät mehr als zwei Knöpfe (Ein/Aus), ist sie wie vernagelt.

Was ihren Gatten rasend macht.

«Das ist doch nicht zu glauben! Ein zweijähriges Kind wüßte, wie dieses Ding zu bedienen ist!»

Sie senkt den Kopf. Er hat recht. Ihre Enkelkinder finden sich meisterhaft damit zurecht. Sie nicht.

Das Auto war die erste Maschine, an der sie die heimtückische Bosheit der Technik kennengelernt hat und durch die ihre Unfähigkeit, sie in den Griff zu bekommen, zutage getreten ist.

An die Autos ihrer Kindheit erinnert sie sich jedoch gern. An den riesigen Minerva, auf dessen wohlriechender Lederbank sich ihr Großvater und ihre Großmutter majestätisch niederließen. Mademoiselle – ihre Gouvernante – und sie selbst setzten sich ihnen gegenüber auf die breiten Klappsitze. Hinter dem Lenkrad – durch eine Glasscheibe getrennt – thronte der Chauffeur Paul, der mit dem Großvater durch ein Horn kommunizierte, neben ihm seine Gattin Madeleine, Großmutters Zimmermädchen. Riesige Koffer mit Kleidern für den ganzen Sommer und das Familiensilber waren auf dem Dach aufgetürmt. Hochmütig, schweigend und königlich rollte der Minerva auf der Straße dahin, die in die Ferien und zum Familienschloß führte. Ihre Freude war grenzenlos. Nicht im Traum wäre ihr in den Sinn gekommen, wie viele Unannehmlichkeiten sie in ihrem Leben wegen der Automobile noch haben würde.

Das erste Mal, als Jean-Louis sie bat, den Führerschein zu machen – mit dem Hinweis, eine junge Frau sollte Auto fahren können. Blauäugig stimmte sie zu. Und mußte zu ihrer Schande doppelt soviel Stunden nehmen wie eine Gruppe spanischer Bäuerinnen, die kaum des Französischen mächtig waren. In der Fahrschule sah man sie als einen Sonderfall an.

Dennoch kam der Tag der Prüfung. Sie hört voller Entsetzen, wie der Prüfer sie bittet, rückwärts einzuparken. Nun hat sie es aber nie geschafft – und schafft es bis heute nicht –, dieses Manöver zu bewerkstelligen, ohne wie betrunken in Schlangenlinien zu fahren und nacheinander die Stoßstangen der Autos vor und hinter ihr anzurempeln. Krach-bum!

An jenem Tag hatte sie mildernde Umstände. Sie war im achteinhalbten Monat schwanger. Sie machte geltend, daß ihr riesiger Bauch sie beim Umdrehen behindere und daß großer Ärger – wie zum Beispiel die Verweigerung des Führerscheins – sie dazu treiben könnte, in den Armen ihres Prüfers auf ihrem Sitz niederzukommen. Verschreckt schob er ihr das Dokument hin und flüchtete.

Seitdem mußte sie sich mit einer Kohorte halsstarriger Autos auseinandersetzen:

... mit einem Panhard junior, dessen Motor sie mitten auf einer normannischen Wiese mit Apfelbäumen und verblüfften Kühen zum Explodieren brachte. Wenigstens schickte der Automechaniker, der sich den Vorfall nicht erklären konnte, den Wagen an die Firma zurück.

... mit einer Dauphine, einem Gelegenheitskauf von einem Papasohn, der dann ein bekannter Minister wurde, was ihn nicht daran hinderte, sie damals reinzulegen. Es war ein falscher Benzintank eingesetzt (daher die vielen Pannen, die sie hysterisch werden ließen). Die verrostete Karosserie brach auseinander, und eines Tages fuhr sie damit zu einem sehr eleganten Empfang im Crillon und saß statt auf einem Sitz auf einem Kopfkissen, das seine Federn verlor, während die Autotür mit einem Eisendraht festgemacht war. Der sehr snobistische Portier vom Crillon schämte sich fast zu Tode.

... mit einem riesigen dunkelgrünen Renault Kombi, der sich weigerte, zum Wochenende Paris zu verlassen. Immer streikte er Freitagabend im Tunnel der Brücke von Saint-Cloud, wenn sie die Kinder, Nanny, Carmen und

Luisito samt dem ganzen Haufen Taschen, Pakete, Kartons aufs Land transportierte. Sie verursachte derartige Staus und damit Wutausbrüche und Flüche Hunderter von Autofahrern, daß die Gendarmerie sie schließlich ausfindig machte und ihr jedesmal zwei Motorradfahrer zum Abschleppen schickte.

... mit einem Deux Chevaux, an dem sie schließlich hing, dessen Vordertüren jedoch bei achtzig Stundenkilometern plötzlich wie Libellenflügel aufgingen.

Als ihre Kinder dann alt genug waren und selber fuhren und jede Gelegenheit nutzten, um sich den Wagen bei ihr auszuleihen – ihn ihr allerdings nicht zurückbrachten –, war sie insgeheim entzückt. Sie spielte die Komödie der mütterlichen Glucke, der die Sprößlinge den teuren kleinen Citroën entreißen, aber sie nahm nur zu gern ein Taxi. Das war zwar teuer, aber sie sparte das bei den Beruhigungsmitteln wieder ein.

Auch ans Telefon hatte sie köstliche Kindheitserinnerungen. Mit großem Vergnügen beobachtete sie, wie ihr Großvater die Telefonkurbel drehte, und lauschte dann, wie er mit dem Postfräulein des Dorfes redete und sie nach ihrem Befinden und dem der ganzen Familie befragte, und wie er sie dann zu unterhalten suchte, indem er Waldhorn spielte, während sie die Verbindung mit Paris herzustellen trachtete. Jahrelang hat sie das Telefon geliebt. Sie ist durchaus in der Lage, zwei Stunden lang ohne Unterbrechung mit ihren Kindern und ihren Freundinnen zu telefonieren.

Leider hat Alexander drei Apparate bei ihr installieren lassen, die allerdings nicht richtig miteinander gekoppelt sind, und immer der Apparat läutet, der am weitesten von dem Zimmer entfernt ist, wo sie sich gerade aufhält, so daß sie wie gejagt durch die ganze Wohnung rasen muß.

Eine moderne Frau ist es sich außerdem schuldig, einen Anrufbeantworter zu haben. Alexander hat ihr einen geschenkt. Ein raffiniertes Ungeheuer, das die Nachrichten nicht nur aufzeichnete, man konnte sie auch noch von außerhalb abrufen. Mit einem gewissen Codesignal, das in den Hörer gepfiffen werden mußte, verbrachte sie lange Augenblicke in oft übelriechenden Telefonkabinen der Pariser Cafés und flötete zur großen Überraschung der Klofrauen nebendran wie eine Amsel in den Hörer. Ohne Erfolg – ihre Vorderzähne hindern sie am richtigen Pfeifen.

Am meisten mäkelte ihr Gatte an ihrer eigenen Ansage herum. Entweder fand er sie zu triste oder zu blöde. Oder einfach langweilig: «Um alles in der Welt, verändere deinen Text etwas . . .!»

Sie nahm an, daß ein Anrufbeantworter zwei Dinge bezwecke: Nachrichten in ihrer Abwesenheit oder wenn sie nicht an den Apparat gehen will aufzuzeichnen. Da gibt es drei Möglichkeiten: Entweder findet sie nach einem langen Einkaufsnachmittag bei ihrer Rückkehr überhaupt keinen Anruf vor. Was sie deprimiert: Keine Menschenseele hat an sie gedacht. Oder zehn Leute haben angerufen, und sie fühlt sich bei dem bloßen Gedanken daran, sie alle rückrufen zu müssen, schon erschöpft. Oder – die häufigste und ärgerlichste Möglichkeit – die Anrufer haben eingehängt, ohne eine Nachricht oder ihren Namen zu hinterlassen. Den ganzen Abend zerbricht sie sich nun den Kopf, wer diese schlecht erzogenen Menschen wohl sein könnten. Oder ruft Freundinnen an, ob sie etwa am Nachmittag . . .?

In ihrem Salon thront ein sehr schöner Farbfernseher, und sie – das gibt sie zu – schaut auch gern hinein. Aber unfehlbar, wenn Sendungen sie interessieren, läutet das Telefon. Irgend jemand quatscht dann fröhlich auf sie ein, obwohl sie nur mit bärenhaftem Grunzen antwortet, die Augen auf den Bildschirm geheftet. Bis sie dann endlich den Mut findet zu erklären: «Ich schaue gerade die Nachrichten, ich rufe dich in einer halben Stunde wieder an.»

Vom Gebrauch ihres japanischen Videogerätes hat sie Abstand genommen. Es dient nur noch als Dekoration ihres Salons und nicht einmal mehr als Zeitanzeiger. Sie ist unfähig, mit den Knöpfen zu Rande zu kommen, und sieht sich nun gezwungen, eine Reihe von 888888888 zu ertragen, die wie verrückt Tag für Tag vor sich hinflakkern.

Alexander hat ihr auch den ersten Computer in die Diele gestellt. Dessen Nutzen sie nicht im mindesten begriff. Die Kinder ja. Die Telefonrechnung schnellte wundersam in die Höhe. Sie rief bei der Post an, um sich zu beschweren, und erfuhr, daß Pauline stundenlang «Präsident» und andere Computerspiele spielte und Balthasar erotische Botschaften auf den Weg brachte, während sie selbst friedlich schlief.

Sie schloß dieses blödsinnige Ding zu den elektronischen Schreibmaschinen in den Schrank.

Letzte Woche bekam sie einen Brief von ihrer Bank mit der Aufforderung, einen «Bildschirmservice über Computer zur Zeitersparnis» zu abonnieren. Mit Hilfe dessen sie dann anfing, Zeit zu verlieren, indem sie ein riesiges vierseitiges Faltblatt las, einen Abonnementsauftrag in drei Exemplaren ausfüllte und monatlich einen Scheck von 32 Franc abschickte (nachdem sie eine Viertelstunde ihr Scheckheft gesucht und eine halbe Stunde im Postamt wegen einer Briefmarke gewartet hatte). Daraufhin sandte ihr die Bank eine geheime Codenummer von acht Ziffern (acht!), die sie sorgfältig aufbewahren sollte (eine Stunde brauchte sie, um sie in einem obskuren Ordner wiederzufinden). Sie mußte ein persönliches Kennwort hinzufügen, und somit war sie, «durch eine doppelte Sicherung geschützt», permanent an ihr Bankkonto angeschlossen.

Sie hat nicht den geringsten Wunsch, permanent an ihr Bankkonto angeschlossen zu sein. Alles, was sich um die Moneten dreht, ist sowieso schon nervend genug. Sie versucht im Gegenteil so wenig wie möglich daran zu denken. Es reicht ihr völlig, wenn sie einmal im Monat ein paar Scheine für solche Käufe abhebt, die sie nicht mit Kreditkarte bezahlt, und den Kontostand prüft. Das verschafft ihr die Gelegenheit zu einem Spaziergang und einem kurzen Schwatz mit der charmanten Dame, die sich um ihr Konto kümmert und mit der sie telefoniert, wenn es in die roten Zahlen rutscht. Mit zartester Stimme versichert die ihr dann, daß das nichts mache. Würde ein Computer so nett ihre finanziellen Eskapaden akzeptieren? Bestimmt nicht. Also läßt sie ihn endgültig im Schrank bei den Schreibmaschinen verschwinden.

Ach ja! Ihre Schreibmaschinen! Welche Dramen haben sie schon auf dem Treppenabsatz zwischen dem Mann ihres Lebens und ihr hervorgerufen! Er hat sie ihr alle geschenkt. Oder damit gedroht, es zu tun. Die elektrischen, die elektronischen, die mit Computer, die mit Drucker, die mit Bildschirm, die mit Laser, die mit einem eingebauten Wörterbuch usw. usw. Sie kann aber nur auf den kleinen mechanischen Reiseschreibmaschinen schreiben, die so höllischen Lärm machen. Sie bricht sich dabei die Fingernägel auf den Tasten ab, und jedesmal, wenn sie das Farbband wechseln muß, stößt sie vulgäre Flüche aus. Ihre Lieblingsmaschine ist die rote Valentine von Olivetti, die mittlerweile in New York im Museum steht.

Alexander, der auf einem MacIntosh schreibt, hat geschworen, niemals wieder seinen Fuß in ihr Arbeitszimmer zu setzen. Er will das prähistorische Werkzeug nicht sehen, auf dem sie wie eine Blöde schreibt – ein eklatanter Beweis dafür, daß seine Frau eine in moderner Technologie Zurückgebliebene ist.

Letzter *Casus belli*:

«Alle Welt hat inzwischen einen Fax», ist ihr Mann explodiert, «das ist unerläßlich, wenn man schnell Kontakt haben will – zum Beispiel mit den Kindern oder auch mit mir . . .»

Da hat sie sich strikt geweigert. Nicht wegen ihres hinderlichen Ungeschicks. Sondern aus Prinzip.

Das Telefon ersetzt schon die Besuche und das traute Beisammensein mit den Kindern. Es bleiben ihr wenigstens die Stimmen. Hell und vibrierend die von Pauline. Warm und zärtlich die von Balthasar. Und das Gelächter ihrer Freundinnen. Oder im Gegenteil der abgehackte Ton ihres «Hallo?», der ihr sofort zu verstehen gibt, daß die Mannsbilder sie mal wieder fallengelassen haben . . . Mit einem Fax geht der letzte kleine Rest menschlichen Kontakts verloren. Maschinen sprechen mit Maschinen. Schluß damit!

Aber das gewichtigste Thema zwischen dem Mann ihres Lebens und ihr bleibt – und wird es immer bleiben – das, was sie schreibt. Er stellt ihr keine Fragen. Sie spricht nie mit ihm darüber. Seit seiner Flucht nach Afghanistan vermeidet sie ungezügelte Erotik. Der Hausfrieden geht allem anderen vor!

Dann kommt unaufhaltsam der entsetzliche Tag, an dem ihr Werk in den Buchhandlungen erscheint und es kein Zurück mehr gibt: Sie überreicht ihm das erste Exemplar. Er gibt keinen Kommentar von sich. Außer, wie gewöhnlich, beim Weggehen auf der Treppe:

«Sag mal, was mache *ich* eigentlich in deinem letzten Œuvre?»

«Was heißt das? Ich rede doch gar nicht von dir!!!»

«Und wer ist dann der Mann deines Lebens darin?»

«Hm ... das ist nur so eine Floskel. Irgendeiner halt!»

«Ah ja! Wer ...? Ich will ihm die Fresse einschlagen!»

Sie versucht, seinen Zorn zu besänftigen. Schließlich schreibt er ja auch. Leider nie mehr Romane.

Er steigt verärgert die Treppe hinunter.

Sie aber erträgt es immer weniger, mit Alexander Streit zu haben. Das ist ihre Riesenschwäche geworden.

Im Laufe der Jahre verändert der Mann ihres Lebens die Art, wie er sein Mißvergnügen zeigt. Er produziert nicht mehr große Wutanfälle auf dem Treppenabsatz, sondern geht nach der ersten, ein wenig lebhaften Diskussion nach Hause und schmollt für sich allein.

Sie erfährt es dadurch, daß sie ihn am nächsten Tag nicht sieht. Der Riegel an seiner Tür ist vorgeschoben. Niemand geht ans Telefon.

Das macht sie wahnsinnig.

Sie gerät in Wut gegen diesen Brummbären, der sich dreihundert Meter von ihr entfernt in seinen Käfig eingeschlossen hat.

Die Tage vergehen. Ihre Wut schwillt mit dem Gefühl ihrer Ohnmacht weiter an. Statt zu arbeiten, macht sie unermüdlich lange, sehr lange Listen mit seinen Fehlern. Wie konnte sie dreißig Jahre lang mit einem solchen Riesenhalunken zusammenbleiben! Der sie derart unverfroren behandelt. Der sie nicht liebt, das sieht man doch! Der sie nie geliebt hat, das ist sicher. Aber jetzt reicht's! Sie hat die Nase bis obenhin voll! Sie läßt sich scheiden. Genau! Scheidung, das ist es! Sie greift zum Hörer und informiert mit schmerzerfüllter Stimme ihre Kinder und ihre Freundinnen über ihren schrecklichen Entschluß.

Pauline und Balthasar nehmen sie nicht ernst.

«Aber Mama, das verkündest du uns alle vier Wochen! Du weißt ganz genau, daß Alexander dich anbetet und daß du ihn anbetest . . .»

Was ihre Freundinnen angeht, so spotten diese frei heraus:

«Hört doch endlich auf, das dramatische Liebespaar zu spielen! In eurem Alter ist das lächerlich.»

Einige Tage vergehen. Alexander schmollt noch immer in seinem Loch. Sie wütet in dem ihren. Nein, nein, sie tut nicht den ersten Schritt. Schließlich ist der Riesenhalunke im Unrecht, stimmt's?

Dann wirft sie das Handtuch. Von einer Sekunde zur anderen. Immer als erste (was, darin wird man ihr zustimmen, ungemein entnervend für ihren Stolz ist). Denn wenn er sie wirklich verläßt? Sie ertrüge es nicht.

Sie braucht ihn. Seine Stimme, seine Komplizenschaft. Sein Lachen. Seine Hände. Seinen weiß gewordenen Lokkenkopf. Sie scheut auch keine Kriecherei, um ihn zurückzukriegen. Erklärt sich für schuldig, obwohl doch er es ist, der einen widerwärtigen Charakter hat (sie natürlich ist eine Heilige, doch, doch!).

Und außerdem – man kann ja nie wissen – vielleicht schmollt er gar nicht und liegt krank und ganz allein und verlassen zu Hause im Bett . . .? Oder hat einen Unfall gehabt und stirbt im Krankenhaus, ohne sie?

Schnell, sie muß es wissen . . .

Es gibt mehrere Möglichkeiten. Zunächst einmal anrufen – aber nicht auf ihrer Privatleitung, wo er nicht antwortet –, sondern auf der allgemeinen und in beiläufigem Ton:

«Hallo? Geht's dir gut?»

«Ja, warum?»

Aua! Seine Stimme ist kalt. Sie tut so, als bemerke sie es nicht, und macht tapfer weiter.

«Da ich nichts von dir gehört habe, hatte ich Angst, dir könnte etwas fehlen . . .»

Feige! Wie ist sie feige! Von einer ekelhaften Feigheit. Schande über sie! Schande!

«Nein. Ich arbeite. Das ist alles.»

Gut. Wenn sie ihm jetzt sagt: «Verreck doch!» was im Moment ihr größter Wunsch ist, und einhängt, ist er fähig, weiter tagelang zu schmollen, und *sie* schmort dann auf kleiner Flamme. Also noch ein Versuch!

«Wollen wir aufhören zu streiten?»

«Ich streite doch gar nicht. Ich sitze still in meiner Ecke, wo ich niemandem auf den Wecker falle.»

Wie gut täte es ihr, ihm mit dem Taschenmesser die

Ohren anzuschneiden. Statt dessen sagt sie mit honigsüßer Stimme:

«Kommst du heute abend zum Essen? Es gibt Schokoladencreme . . .»

Die liebt er.

«Wenn Sie wollen, Madame.»

Er kommt pünktlich, mit einem strahlenden Lächeln. Er küßt sie gierig. Sie lieben sich auf dem Teppich. Sie blüht wieder auf wie eine Seerose . . . Zur Entrüstung ihrer Freundinnen, denen sie ihre schändliche Niederlage nicht beizubringen wagt.

«Da haben wir's. Du hast dich wieder heimlich mit deinem Kerl versöhnt und sagst uns nichts.»

«Das nächste Mal, wenn du dich wieder wie eine Sechzehnjährige aufführst, spreche ich einen Monat lang nicht mit dir.»

Manchmal aber hat sie nicht den Mut, ihn anzurufen. Sie schreibt demütig: «Ich bin unglücklicher ohne dich als mit dir . . . Komm zurück!» Und auf Zehenspitzen schiebt sie ihr Briefchen unter seiner Tür durch.

Er taucht sofort wieder auf, jedesmal begeistert.

Einmal hat sie schließlich nach einem großen Sturm und langem Bösesein seinem Hund einen Brief geschrieben und den gebeten, ihr sein Herrchen zurückzubringen (an Monsieur Fax, zu Händen von Alexander V.) Das Schreiben hat Alexander ungemein amüsiert. Zur Abendessenszeit erschien er mit seiner riesigen schwarzen Dogge.

«Ich bin in Begleitung meines Hundes gekommen, der Ihnen für Ihre Botschaft danken wollte . . .»

Und so geht das schon dreißig Jahre lang. Alexander

spielt beharrlich seine Rolle als der dominierende Mann. Und sie liegt ihm – fluchend – zu Füßen.

Ob sie das noch dreißig Jahre lang so weitermacht?

14

Zeugnisse einer etwas ungewöhnlichen Familie ...

Sie liebt ihre Kinder leidenschaftlich.

Das ist schlecht, wenn man den Kinderpsychologen glauben will. Für die gibt es nur zwei Möglichkeiten von Müttern: eine erdrückende Persönlichkeit oder ein Monstrum an Gleichgültigkeit.

Ihre Kinder haben ihr viele egoistische Freuden verschafft, aber auch täglich Sorgen und schließlich unendlichen Kummer, als sie aus dem Haus gingen. Es war nicht leicht, sie zu erziehen.

Vor allem Paulinchen.

Mit teuflischer Vitalität und einem ständigen Widerspruchsgeist ausgestattet (ihre ersten Worte lauteten: «Das ist nicht gerecht!») verabscheute sie die Schule von klein auf. Und die hat ihr das heimgezahlt.

Paulinchens Zeugnisse – ihre Mutter hat sie alle säuberlich aufgehoben – sind eine einzige Folge von entrüsteten Kommentaren der Lehrer: «... blödelt während der Unterrichtsstunden herum ..., ... macht unentwegt Faxen bei den Klassenarbeiten ..., ... hindert die anderen am Arbeiten ..., ... ist nicht zur geringsten Disziplin bereit ...». Was die Leistungen angeht, so waren sie auch nicht gerade brillant: «. . . macht ihre Hausaufgaben nicht . . ., . . . lernt ihre Lektionen nicht . . ., . . . ihre Mitarbeit ist katastrophal . . .» und schlimmer noch: «. . . hat versucht zu spicken . . .». (Wenn Paulines Großvater, der General, das wüßte!)

Gelegentlich wurde die Mutter von einem Wutanfall gepackt, und sie rief in dramatischem Ton:

«Pauline, ich muß mit dir reden! Kommst du bitte in mein Arbeitszimmer.»

Und sie setzte sich feierlich wie ein englischer Richter hinter ihren Schreibtisch, während ihre Tochter ein bißchen blaß davor stand.

Daraufhin wedelte die Mutter mit dem Horrorzeugnis:

«Hast du deine Noten gesehen? Schämst du dich nicht?»

Pauline ließ sich nicht erschüttern. In ihren hinreißenden graugrünen Augen leuchtete ein falsches treuherziges Erstaunen auf.

«Zeig!»

«Hör schon auf. Du weißt genau Bescheid. Deine Noten sind fast alle miserabel. Manchmal wie durch ein Wunder eine Vier oder eine Drei. Ah, pardon, dort sehe ich eine Zwei in Französisch . . .»

«Aber die Lehrer benoten mit Absicht sehr streng. Eine Zwei in Französisch ist, ich versichere es dir, was ganz Tolles.»

«Und die Fünf in Englisch, ist die vielleicht auch was ganz Tolles? Nach drei Aufenthalten in Irland?»

«Der Englischlehrer haßt mich, eben weil ich einen irischen Akzent habe.»

«Und die Vier in Mathematik, die hast du ja wohl nicht, weil du einen irischen Akzent hast, oder?»

«Der Mathelehrer haßt mich auch . . .» Pauline mußte die von den Lehrern bestgehaßte Schülerin sein!

«. . . weil ich in Mathe nichts kapiere.» Mutter auch nicht. Sie geht schnell darüber weg.

«Und ich lese: ‹Unerträglich . . . stiftet überall Unruhe!› Pauline, so geht das nicht mehr. Du mußt dich entscheiden. Entweder du bist Klassenbeste und kannst . . . hm . . . es dir leisten, etwas auf die Pauke zu hauen . . . Oder du bist eine Null und verhältst dich besser ganz still. Aber gleichzeitig eine schlechte Schülerin und Unruhestifterin zu sein – was zuviel ist, ist zuviel. Wenn man dich aus der Schule wirft, schicke ich dich nach England ins Internat.»

«Ist mir völlig egal, ob ich nach England ins Internat komme!»

«Jetzt wirst du auch noch frech! Aber so wie ich dich kenne, hältst du es nicht aus, eingeschlossen zu sein.»

Pauline antwortet nicht. Sie weiß, daß das stimmt. Aber sie zeigt keinerlei Schwäche. Sie sieht ihre Mutter an, frech und ohne den Blick zu senken.

Mutter zögert mit der Strafe. Bis zum nächsten Zeugnis kein Kinobesuch mehr mit den Freundinnen? Zwei Wochen lang kein Fernsehen? In diesem Monat kein Taschengeld? Feigheit läßt sie schwanken. Denn sie weiß, daß Pauline schmollen wird. Und Paulines Schmollerei erträgt sie schlecht. Mit zusammengepreßten Lippen, Blitze schleudernden Augen und drückendem Schweigen hockt diese dann in ihrem Zimmer, Inbegriff eines von seiner sadistischen Mutter gequälten Kindes.

Diese seufzt.

«Verbot, mit deinen Freundinnen zu telefonieren, bis du deine Lektionen kannst und korrekt deine Hausaufgaben machst. Und du wirst mir einen Entschuldigungsbrief schreiben an die Schulaufsicht, die gehört hat, wie du sie als den ‹letzten Scheißdreck einer verstopften Ziege› bezeichnet hast.»

Pauline macht auf dem Absatz kehrt und, an der Tür angekommen, fragt sie ihre Mutter in frechem Ton:

«Soll ich jetzt etwa auch noch weinen?»

Eines Tages hat die Mutter es mit Zuckerbrot statt mit Peitsche versucht. Sie verspricht Pauline das blaue Fahrrad ihrer Träume, wenn sie Klassenbeste wird. Leider hat sie nicht genau gesagt, in welchem Fach. Triumphierend bringt Pauline die Siegesnachricht: Im Turnen hat sie eine Eins!

Die einzigen tröstlichen Papiere von der Schule stammten vom Schularzt: «Der Gesundheitszustand der Schülerin ist ausgezeichnet.»

Das war Balsam für das Herz der Mutter, denn sie gab sich eine unglaubliche Mühe, um Pauline wirklich bei eiserner Gesundheit zu halten. Das Leben hat sie gelehrt, daß ihre eigene Vitalität von entscheidenderer Bedeutung war als alles übrige. Also ist das zu einer Obsession bei ihr geworden: ausgewogene Ernährung, regelmäßige Mahlzeiten und alle Schulferien (und Gott weiß, daß die nicht selten sind) in guter Luft. Jeden Winter schickt sie Pauline in die Berge in ein Jugendlager, im Sommer ans Meer zu ihrem Vater, der sich mit seinen sechs Töchtern (von denen einige jünger sind als Pauline) an einen normannischen Strand zurückgezogen hat. Oder aufs Land zu ihrer eigenen Mutter oder ihrer Ex-Schwiegermutter, zu der sie weiterhin ein ausgezeichnetes Verhältnis hat.

Pauline wächst prächtig heran und wird mit Mutters Hilfe und mit Glück von Klasse zu Klasse geschleust bis zur Reifeprüfung, dem «Bac».

Diesmal kommt Pauline ganz freiwillig ins Arbeitszimmer der Mutter.

«Wenn ich die Prüfung auf Anhieb schaffe, kann ich dann ausziehen?»

Der Schock ist hart. Sie wußte wohl, daß ihre Tochter in einem Alter war, in dem es gärt. Aber sie hatte nicht geahnt, wie dringend Pauline von zu Hause weg will. Das schmerzt. Sie überlegt hin und her. Jedenfalls ist Pauline absolut in der Lage, mit oder ohne ihre Erlaubnis bis ans Ende der Welt zu fliehen, andererseits aber auch, die Gegenleistung, ihr «Bac», zu erbringen. Um so mehr, als sie mit ihrer Art von Werdegang wohl noch zwei oder drei Jahre brauchen wird, um an dieses berühmte Zeugnis zu kommen.

Mutter antwortet also:

«Ja.»

«Dann kannst du mich in die schlimmste Presse von Paris stecken.»

Zehn Monate später bestand Pauline ihr Bac mit Auszeichnung.

Am Morgen nach den Ergebnissen verließ sie mit ihrem Koffer und einer Unzahl von Plastiktüten die Wohnung. Und ließ sich mit der Liebe ihres Lebens in Valenciennes nieder: einem jungen polnischen Arbeiter, einem hinreißenden, blondschöpfigen und blauäugigen Vertreter der männlichen Rasse, der jedoch kaum lesen konnte, allenfalls die großen Überschriften der Boulevardblätter. Dazu versehen mit einer riesigen polnischen Familie, die dem Wodka zugetan war.

In aller Eile versammelt sich ein Familienrat, bestehend aus Jean-Louis, Alexander und ihr.

«Wo kommt dieser polnische Analphabet her?» schrie der Vater ihrer Tochter scharf und sah seine Ex-Frau anklagend an.

Sie antwortet nicht weniger beißend, daß sie persönlich keine Vorbehalte gegen junge polnische Analphabeten habe. Und daß es soweit nicht gekommen wäre (unschlagbares mütterliches Argument), wenn Jean-Louis sich aufmerksamer als Vater verhalten hätte.

«Gut, gut», brummelt dieser schuldbewußt, «schließlich ist sie ja noch nicht volljährig. Man braucht nur die Polizei zu ihr hinzuschicken und sie holen lassen.»

Diese Aussicht erfüllt die Mutter mit Entsetzen.

«Du hast dich nie um ihre Erziehung gekümmert, und jetzt verlangst du, daß das die Polizei in die Hand nimmt!» schreit sie ihren kleinbürgerlichen Ex-Macker an.

«Nun mal langsam! Streitet euch nicht!» meint Alexander und weidet sich insgeheim an ihrer Auseinandersetzung mit Jean-Louis, dem er mit Liebenswürdigkeit begegnet, den er aber hinter seinem Rücken als unfähigen Papasohn bezeichnet.

«Im übrigen wird sie dann gleich in der folgenden Nacht abhauen», versichert sie, «und sich ein Kind machen lassen, nur um sich an uns zu rächen, und wir werden den analphabetischen polnischen Arbeiter unser ganzes Leben lang nicht mehr los.»

«Was micht betrifft, ich kann diesem Ladislas die Fresse einschlagen», bietet Alexander an, den eine solche Aussicht immer entzückt.

Die Idee mißfällt ihr nicht, aber sie weiß, daß sich Pauline mit ihrem heftigen romantischen Temperament nur noch eigensinniger an die Seite des Märtyrers stellen wird, zu dem die Henker von Eltern ihn gemacht haben.

Der Familienrat trennt sich bedrückt, nachdem er übereingekommen ist, das Vordringlichste sei, abzuwarten. Das bedeutete: Die Mutter sollte abwarten. Es sind die Mütter, die warten.

Pauline schrieb, sie habe in Valenciennes eine so glückliche Familienatmosphäre vorgefunden, wie sie sie zu Hause nie erlebt habe. Über diese Bosheit weint die Mutter acht Tage ununterbrochen. Sie antwortet nicht. Weiße Strähnen erscheinen in ihrem Haar.

Drei Monate später klingelte es.

Es war Pauline mit ihrem Koffer und den Plastiktüten. Dürr wie eine verhungerte Katze mit schwarzumränderten Augen.

«Ladislas schlägt mich. Er betrügt mich mit der Metzgerstochter. Und seine Mutter ist ein mit Wodka gefüllter Sack. Kann ich nach Hause zurückkommen?»

«Komm herein!» sagt ihre Mutter im ruhigsten Ton der Welt.

Und sie stürzen einander in die Arme und küssen sich ungestüm.

Sechs Monate später heiratete Pauline in Weiß und mit großem Pomp ihren brillanten Polytechniker und nahm mit Freuden das bürgerliche Leben wieder auf.

Über das, was eine Mutter durchmachen muß, wenn ein Unbekannter offiziell in das Bett ihrer Tochter und in den Familienclan eindringt, kann man gar nicht genug sagen. Vor allem dann nicht, wenn – wie hier – die phlegmatische, asketische und schweigsame Persönlichkeit des Neuankömmlings im Gegensatz zu der lärmenden wuseligen Haltung der eigenen kleinen Gruppe steht. Mit Sicherheit weiß die Mutter lediglich eines: Ihre langen Telefongespräche mit Pauline sind ihm zuwider. Er argwöhnt – zu Recht –, daß Pauline bei der kleinsten ehelichen Auseinandersetzung zum Apparat stürzt, um der Mutter die Missetaten des Gatten zu enthüllen. Auf diese Weise erfährt sie, daß er zweimal erklärt hat: «Deine Mutter ist eine Nervensäge.»

Sie ist so klug, die Zähne zusammenzubeißen und nicht zu antworten: «Dein Mann ist ein armseliger Technokratenarsch.» Sie weiß ganz genau, daß die beiden sich auf dem Kopfkissen wieder versöhnen werden und daß der kleinste unvorsichtige Satz ihrerseits an ihn weitergegeben wird. Und von dem Technokraten nie vergessen wird.

Wenn sie dem «Bund der Amazonen» pausenlos doziert, vor allem anderen verlange sie vom Mann ihrer Tochter, daß er selbige glücklich mache (obwohl er sie als «Nervensäge» bezeichnet, was die Tochter ja nicht unbedingt glücklich machen kann, oder?), lautet die «wahre Wahrheit», wie ihre Enkelkinder das ausdrücken, daß sie vor allem von ihm fordert, sich nicht mit ihrer geliebten Pauline zu zerstreiten. Also ist sie weiter liebenswürdig zu diesem ungehobelten Kerl. Aber im Falle einer Scheidung – die sie nicht will – würde sie aus ihrem Herzen keine Mördergrube machen.

Balthasar war einfacher zu erziehen. Aber nur scheinbar. Er bezeugte schon sehr früh den gleichen Widerwillen gegen die Schule wie seine Schwester. Oder vielmehr gegen den Stoff, den dieselbe vermittelte. Jeden Morgen eilte er leichtfüßig in seine Klasse, um dort seine zahlreichen Freunde und Freundinnen zu treffen. Zeigte sich aber auf grandiose Weise desinteressiert an allem, was die Lehrer ihm beibringen wollten. Der einzige Preis, den er in seinem Schulleben je bekam, war – noch in der Vorschule – der Preis für das «schönste Lächeln».

Seine ersten Zeugniseintragungen lauteten: «Charmantes Kind . . . anziehende Persönlichkeit – schläft sehr gut während des Unterrichts . . .»

Ihr war ein weiterer Schulmuffel zugewachsen. Ein entzückender Schulmuffel, aber trotzdem ein Muffel. Der unentwegt in seinen Heften herumzeichnete und seine Lehrer mit bissigem Humor darstellte: den Mathepauker als Weiberheld trotz seines Toupets und mangelnden Kinns, das ihn wie einen Fasan aussehen ließ . . . den politisierten Pauker, der seine Schüler beschimpft: «Bande von Bürgersöhnchen! Ihr werdet draufgehen, und das ist gut so!» Den, der von seinen Eheproblemen erzählt und schließlich weinend über dem Tisch zusammenbricht . . . den betrunkenen Geschichtspauker mit Spitznamen Sir Whisky, der Azincourt und Waterloo durcheinanderbringt . . . den kranken, der seine Schüler schlägt (ja, wirklich! Ohrfeigen für die Mädchen, Fausthiebe für die Jungen!) . . . und nicht zu vergessen die Aufsichtslehrer: den supercoolen, der sich nie wäscht und mit nackten schmutzigen, in Pantoffeln steckenden Füßen die Aufgabenzeit überwacht . . . und den heißhungrigen mit den Taschen voller Zuckerstücke, auf denen er unentwegt herumknackt: krack, krack, krack . . .

Zu Anfang glaubte sie nicht an diese Galerie von Ungeheuern, die eines Hieronymus Bosch würdig waren, und sie beschimpfte ihren Sohn wegen seiner wahnwitzigen Phantasie. Sie war noch zu sehr im Respekt vor den Herren Lehrern erzogen worden. Deshalb war das Erwachen dann brutal, als ein Schulleiter ihr in einem Augenblick der Schwäche bestätigte: Die Hälfte seiner Lehrer sei verrückt.

Diese Erklärung hat sie umgeworfen. Sie beschließt, Balthasar selbst bei den Prüfungsarbeiten zu helfen. Eine echte Schülermutter zu werden. Und da entdeckt sie eine unbekannte Welt: die Schulpsychologen und ihre Tests. Ergebnis: Nach dem einen war ihr Sohn ein Zurückgebliebener, ein geistig Behinderter, der in eine Spezialklasse gehörte oder ein Handwerk, z. B. Schreiner, lernen sollte. Dann wieder hatte er entsprechend einem anderen Test einen beachtlichen IQ, der ihn für die Elite-Universität befähigen müßte. Balthasar verweigerte sich beiden Möglichkeiten vehement.

Sie lernt auch die Elternversammlungen kennen. Das erste Mal hat sie sich feierlich mit Alexander dorthin begeben. Es war ihr gelungen, ihn mitzuschleifen, nachdem sie ihm einen Teller überbackener Makkaroni versprochen hatte. Sie entdeckte, daß die anderen Eltern sie verabscheuten, weil sie der Vater und die Mutter eines schlechten Schülers waren, «der das Niveau der Klasse drückte». Ein Wirtschaftsboß mit Vuitton-Aktentasche, der davon sprach, seinem Sohn «alle Trümpfe einer ausgeklügelten Strategie für die Herausforderung eines Einser-Bac» zu verschaffen, hielt es ihnen beiden schneidend vor. Alexander bezeichnete ihn wütend als «faschistisches Arschloch» . . . (Hm! Ein wenig vulgär!) und drohte ihm, seiner lieben Gewohnheit gemäß, die Fresse einzuschlagen . . .

Eine Mutter beschwerte sich, ihre Tochter habe nicht genügend Hausaufgaben auf, wohingegen Balthasars

Mutter um Mitternacht noch mit ihrem Sohn über dessen Matheproblemen saß, von denen sie nichts verstand, und vor Müdigkeit umfiel. Balthasar sah sich dann gezwungen, sie liebevoll zu Bett zu bringen.

In eine Elternversammlung ist sie nie wieder gegangen. Dafür folgte sie artig den Einladungen der Lehrer, um eine «persönliche Beziehung Schule/Eltern» zu pflegen. Diese «persönliche Beziehung Schule/Eltern» entpuppte sich als Tortur. Inmitten von Müttern, die sie verstohlen wie eine Aussätzige musterten (ihre niedergeschlagenen Augen und ihre sorgenvolle Miene wiesen sie als die Mutter eines «schlechten Schülers» aus), mußte sie vor dem Zimmer eines jeden Lehrers unendlich lange Schlange stehen.

Wenn sie an der Reihe war, erblaßte der Lehrer, wühlte in seinen Papieren und brummelte: «Ach ja! Sie sind da, die Mutter von Balthasar ... Hm! Hm! ... nicht gerade brillant! Der tollste Versager in meiner gesamten Laufbahn ...!» Obwohl sie sich für diese Gelegenheit mit Beruhigungspillen vollgestopft hatte, suchte sie nicht einmal mehr den Mathepauker auf ... Sonst wäre sie für eine Überdosis Valium reif gewesen.

Auf diese Weise lernten Balthasar und sie sämtliche Schulen von Paris kennen.

Bei seinen jämmerlichen Zeugnissen sah sie sich häufig gezwungen, Beziehungen verschiedenster Art spielen zu lassen. Die zu ihrem Abgeordneten, dem Minister und stellvertretenden Kabinettschef, Cousin der Schwägerin ihres Buchhändlers. Die zu ihrer portugiesischen Putzfrau, die aus demselben Dorf kam wie die Putzfrau des Rektors der Pariser Akademie und so weiter.

Ihr Sohn schien immer entzückt zu sein, wenn er auf

eine neue Schule kam. Bis auf das eine Mal, als er sich fürchterlich mit einer Nonne anlegte, die den Katechismus unterrichtete und ihm versicherte, Tiere hätten keine Seele. Aufgebracht weigerte er sich von Stund an, weiter in den Katechismusunterricht zu gehen.

Das regte seine Mutter nicht weiter auf. Sie verstand die Terminologie des neuen Religionsunterrichts auch nicht besser als all die Lehrpläne, die jedes Jahr hektisch vom Erziehungsminister umgeändert wurden.

Mit der Zeit entwickelte sie eine echte Phobie gegenüber dem nationalen Ausbildungswesen, durch das sie in Berührung kam mit:

... der Ganzheitsmethode beim Lesen. Dank der Balthasar nach Gehör schreibt. Das heißt: Jedes Wort ein Fehler!

... der Diktatur der Matheanforderungen und dem Streß, wenn man Sätze wie: «Der Quotient aus dem natürlichen C durch das natürliche Nicht-Null-B ergibt das rationale q, mit dem man B multiplizieren muß, um C zu bekommen ...» einfach nicht verstand;

... der Mißachtung der historischen Chronologie (ihr Nachkömmling war lange Zeit davon überzeugt, daß Heinrich IV. der Sohn des Pharao Amenophis und der schwedischen Königin Christine war);

... den abstrakten Grammatikregeln, aus denen die ihr liebgewordenen Anhaltspunkte wie Subjekt, Prädikat oder Objekt verschwunden sind;

... der Lektüre von Corneille vier Jahre hintereinander. Anschließend der Lektüre von Zolas «Germinal» als «Zerstreuung» während der Herbstferien (sie hat diese «Zerstreuung» in die Ecke geworfen und sie durch Jack London ersetzt).

... den Polizeiformularen zu Anfang jeden Schuljahres: «Was sind deine Eltern von Beruf?» Balthasar antwortete unbekümmert: «Feuerwehrleute.» – «Wie stehst du zu ihnen?» Balthasars Antwort: «Sie schlagen mich.» – «Was hast du in den Ferien gemacht?» Balthasars Antwort: «Geschlafen.» – «Welchen Beruf möchtest du später ausüben?» Balthasars Antwort: «Gar keinen.»

Dann wurde eines Tages ein mit ihrer Hilfe entstandener Aufsatz mit der Bemerkung zurückgegeben: «Thema verfehlt. Flacher, schwerfälliger Stil.» Daraufhin hat sie sich der Realität gestellt: Der Schulversager war sie.

Also hat sie zur «Leistungsanhebung» die Lehrer von Balthasars Schule zu Nachhilfestunden angestellt, die zwar ausnehmend kostspielig waren, aber infolge der finanziellen Dankbarkeit der Pauker ihrem Sohn bessere Noten einbrachten.

Was Balthasar nicht daran hinderte, mit Pauken und Trompeten bei seinem Bac durchzufallen. Und das Drama begann.

Er weigerte sich energisch, sich nach einem weiteren Jahr erneut dem verfluchten Examen zu stellen.

Alexander tobte.

Ohne diesen unerläßlichen Wisch von Zeugnis hätte sein Sohn keinerlei Zukunftschancen. Außer als Straßenkehrer. Und selbst das wahrscheinlich nicht, denn Balthasar konnte ja weder Wolof, die Sprache der besenkundigen Senegalesen, noch sonst eine andere der einschlägigen Sprachen dieses Gewerbes.

Balthasar sollte Internatsschüler der Bac-Presse werden, die Pauline so gutgetan hatte.

Balthasar floh.

Eines Abends verschwand er schlicht und einfach und

mit ihm sein Hund Potiron. In drei Tagen war seine Mutter um zehn Jahre gealtert. Sie rief tausendmal in den Krankenhäusern, bei den Polizeirevieren und dem «Suchdienst im Interesse der Familien» an. Fragte alle Dealer in den *Halles* aus. Beschimpfte den in sich zusammengesunkenen Alexander, der nicht antwortete. Engagierte einen Privatdetektiv. Schwor unablässig überall, daß ihr Sohn weder drogensüchtig noch charakterlich schwierig noch ein Ausreißer sei. Schließlich wurde sie eines Besseren belehrt . . .

Man fand Balthasar in einem belgischen Gefängnis wieder. Dort war er samt Hund Potiron wegen Vagabundierens eingesperrt worden. Er weigerte sich standhaft, dem gereizten flämischen Gendarmen seine Identität und seine Nationalität – und die seines Hundes – zu enthüllen. Sein Vater raste wie ein Wahnsinniger mit dem Wagen los und schaffte es mit Hilfe französischer, wallonischer und flämischer Rechtsanwälte, die beiden Missetäter einem Genter Richter zu entreißen, der die beiden für Terroristen hielt.

Als ihr Sohn auf der Schwelle ihres Appartements erschien, ließ sie ihn beim Haupte Potirons schwören, daß er sich nie wieder aus dem Staub machen würde, andernfalls werde er sich ihren Selbstmord aufs Gewissen laden. Angesichts dieser Drohung versprach er es, umarmte sie und schrieb sich fröhlich in der Kunstakademie ein.

Alexander verhielt sich still, rächte sich aber auf subtile Weise. Er erklärte, es sei höchste Zeit, daß sein Sohn die Rockzipfel seiner Mutter loslasse (das heißt, ihre ewigen grauen Flanellhosen), und mietete ihm am anderen Ende von Paris ein Studio.

Der Auszug ihres Letztgeborenen brachte sie aus dem

Lot. Ein ganzes Jahr lang weinte sie jeden Abend. Ein Haus, das plötzlich ohne Kinder ist, ist schlimmer als die Wüste.

Was ihr seltsamerweise am meisten fehlte, war das, was sie ihr ganzes gemeinsames Leben lang immer zur Weißglut gebracht hatte – Balthasars unglaubliche Unordnung.

Seitdem gibt es nichts Traurigeres für sie, als nach Hause zu kommen und in ihrer Wohnung nicht mehr überall am Boden verstreute Windjacken und T-Shirts, hier und da liegengelassene Bücher und auf der Kommode deponierte Basketbälle vorzufinden. (Aha! Balthasar ist zu Hause!) Eine Küche mit offenstehenden Schrank- und Eisschranktüren (aha! Balthasar hat sich ein Sandwich gemacht) . . . Ihr Badezimmer mit einem Wasserstand von zwei Zentimetern auf dem Boden und darin eingeweicht ihre Handtücher . . . den Nebel von kaltem, ekelhaftem Rauch im Zimmer ihres Sohnes . . .

Wie eine jüdische Mama war sie überzeugt davon, daß ihr vielgeliebtes Kind nicht ohne sie zurechtkommen werde, und unternimmt – vor Alexander geheimgehalten – ganze Expeditionen zu ihm. Sie bringt ihm Freßkörbe wie für zehn Kriegsgefangene. Sie schafft Ordnung. Balthasar hat Fortschritte gemacht. Er schichtet inzwischen seine Sachen zu Haufen. Haufen sauberer Wäsche – die in die Schubladen zu räumen sind. Haufen schmutziger Wäsche, die sie in einem alten Rucksack zum Waschen mit nach Hause nimmt. Dadurch ähnelt sie in der Metro einem weiblichen Clochard (eine Dame hat ihr mitleidig fünf Franc geschenkt). Haufen von Zeitungen zum Wegwerfen. Haufen versteckter Kippen oben auf dem Schrank (?).

Haufen von Mädchenklamotten: BHs, Unterhöschen, Jeans usw. Diesen Haufen läßt sie, nachdem sie tüchtig darauf herumgetrampelt hat, an seinem Platz. Ebensowenig ordnet sie die Schönheitsfläschchen, die sich in dem winzigen Bad ihres Sohnes breitmachen, in einer Reihe, und sie kichert schadenfroh, als Balthasar, der ewig Zerstreute, ihr gesteht, daß er sich die Zähne mit Flüssig-Make-up von Rubinstein geputzt hat, weil er die Tube mit der Zahncreme verwechselte. Denn ihr Sohn ist ein großer Verführer, schön wie ein Gott (in ihren Augen), charmant, fröhlich, und die Mädchen sind – genau wie sie selbst – verrückt nach ihm. Manchmal trifft sie in der kleinen Küche auf solche Exemplare, die splitternackt vor ihrer Tasse Kaffee sitzen. Sie grüßt höflich. Die Geschöpfe grüßen kaum zurück. Sie halten sie wohl für die Putzfrau. Sie klärt sie nicht auf.

Innerlich amüsiert sie sich dann über den Gesichtsausdruck der Geschöpfe, wenn Balthasar sie unbefangen mit aufs Land bringt. Dort hat sie einen Test, um sie zu beurteilen: beim Salat fürs Mittagessen. Manche erheben nicht einmal ihr kleines schlängelndes Hinterteil, um ihr beim Waschen des Salats zu helfen. Sie reagiert hinterhältig: «Sag mal, Balthasar, Liebling, deine kleine Freundin ... sie ist doch nicht physisch oder psychisch gestört?» Die Unglücklichen überstehen die Woche nicht. Die anderen (diejenigen, die den Salat waschen oder sogar das Mittagessen kochen), werden von ihr lieb getröstet, wenn sie sie in Tränen aufgelöst anrufen, weil Balthasar ihnen den Laufpaß gegeben hat.

Die Sexualität ihrer Kinder bleibt ein Geheimnis für sie. Die Kinder machen nie eine Anspielung und sie noch weniger. Einmal nur hatte sie einen Ansatz gemacht, als

Pauline zehn Jahre alt war. Sie selbst war von dem Tabu, das in ihrer Kindheit und Jugend sexuelle Fragen umgab, derart traumatisiert, daß sie sich geschworen hatte, diese lebenswichtige Frage bei ihrer Tochter so bald wie möglich anzuschneiden. Bei einem trauten Beisammensein im Badezimmer, als sie gerade dabei war, sich zu schminken, ergriff sie die Gelegenheit beim Schopfe. Pauline beobachtete sie bei ihrer Arbeit im Spiegel.

«Hör mal, mein Liebling, es wäre vielleicht nicht schlecht, wenn wir ... hm ... wir, du und ich, uns einmal ernsthaft über die Sexualität unterhielten.»

Das schien Paulinchen nicht weiter zu berühren:

«Die Sexualität? Ja! Ja! Mach dir keine Sorgen! Ich weiß Bescheid.»

«Ah ja! Und wie das?»

«Na ja, durch die Freundinnen und alle die Zeitschriften, die hier herumliegen!»

«Ach so! Aber ... hm, wenn du etwas genauer wissen möchtest, fragst du mich, nicht?»

«Ja, ja. Du mußt dir wirklich keine Sorgen machen. Weißt du, das interessiert mich nicht besonders.»

Sie hat nie erfahren, wann es angefangen hat, Pauline «besonders» zu interessieren.

Was Balthasar angeht, so hat sie den Auftrag an seinen Vater weitergegeben. Den der Gedanke «eines Gesprächs unter Männern» völlig verblüffte. Kein Zweifel, sie waren alle beide keine modernen Eltern. Er berichtete später mit einer gewissen Verwirrung, daß sein Sohn sich darauf beschränkt habe, herumzuwitzeln und zu antworten:

«Wenn du über die Schweinereien reden willst, die die Schmetterlinge miteinander treiben, hab keine Angst, Papa, ich habe amerikanische Spezial-Aids-Präservative.»

Er weigerte sich, seinem Vater die Marke mitzuteilen («Du wirst doch wohl Mama nicht betrügen!»).

Am Ende lebt sie damit sehr gut, daß sie von den sexuellen Gebräuchen ihrer Kinder keine Ahnung hat und die nichts über die ihrigen wissen. Zumindest nimmt sie das an.

Dagegen fiel es ihr – nachdem die Kinder ausgezogen waren – besonders schwer, sich darauf einzustellen, daß sich ihre Beziehungen zueinander verändern würden. Sie ist von dem wunderbaren Podest einer angebetenen Göttin-Mutter herabgestiegen und eine Erwachsene geworden, die wie jede alte, etwas gebrechliche Freundin in Frage gestellt wird.

Als Pauline das erste Mal auf einen ihrer gescheiten Ratschläge kaltschnäuzig antwortete: «Hör auf, solchen Schwachsinn zu erzählen, Mama!», hat es sie fast umgehauen. Sie hat keinen Pieps von sich gegeben. Sie war am Ende. Seitdem geht Pauline frisch und frei mit ihr um, ohne die geringste Rücksichtnahme, die – der Ansicht ist die Mutter doch – ihren vereinzelten weißen Haaren eigentlich gebührt.

Und Balthasar entwickelt mit zunehmendem Alter (*ihrem* zunehmenden Alter) eine gewisse Neigung, sie wie seine kleine Tochter zu behandeln. Das ärgert sie. «Ich bin doch nicht kindisch!» schreit sie.

«Nein! Nein! Noch nicht!» antwortet er zärtlich und tätschelt ihren Kopf.

Sie hat ihre eigenen Eltern nicht mehr. Beide sind tot. Nie hätte sie geglaubt, daß deren Ableben – bedenkt man ihre früheren schwierigen Beziehungen – einen solch unglaublichen und heftigen Schmerz hervorrufen könnte. Ebenso stellt sie fest, daß beide ihr – seltsamerweise – im Laufe der Jahre immer mehr fehlen. Jetzt sind sie und Alexander die Altvordern der Familie. Vor allem für ihre Enkel.

Sie muß gestehen, daß sie insgeheim entzückt war zu sehen, wie Pauline, die Unerschrockene, den unentwegten Streß entdeckte, dem die Mutter einer Normalfamilie ausgesetzt ist. Ihr Leben lang.

... die quälende Angst vor dem Atemstillstand des Säuglings, die einen nachts unvermittelt hochschrecken läßt, um zu lauschen, ob das Baby noch atmet;

... die Tränen und Fieberanfälle aus unbekanntem Grund (Zähne? Kolik? Mittelohrentzündung? Blinddarmentzündung? Meningitis? Cholera?);

... die chronische Bronchitis von Nana, der kleinen Letztgeborenen, die sich weigert, etwas anzuziehen, und ständig splitternackt nur mit einem winzigen Täschchen in der Hand umherspaziert;

... die Verzweiflung des ersten Tages im Kindergarten und auch noch an den folgenden Tagen. (Ihr zweiter Enkel mit Panik in der Stimme. «Baby muß zur Schule? Baby ... keine Angst vor Schule! Nein!» – und ballt mutig die kleinen Fäuste, der arme Kerl!);

... die Impfungen, die Zahnspangen, die Brillen, die Einlagen für die Plattfüße;

... die Wahnsinnsfahrten Mittwoch und Samstag nachmittags, um die lieben Kleinen von ihrem Töpfer- zum Kung-Fu-Kurs zu bringen, dann zu ihrer Tennisstunde und zum Schluß zum Flötenunterricht;

... das erste Mal, wenn sie sich ganz allein zur Schule

aufmachen (während die Mutter vor ihrem inneren Auge das rasende Auto sieht, das sie beim Überqueren des Boulevards zermalmt);

... die Furcht vor den Straßenbanden, die kleine «Bürgersöhne» mit Messerstichen verunstalten, um ihnen die Kleidungsstücke zu rauben. Ohne daß das Polizei und Innenminister zu kümmern scheint;

... den Schrecken des Rauschgifts, das von den jungen Dealern bis in die Pausenhöfe angeboten wird. Der Innenminister schert sich auch darum keinen Deut;

... die quälende Vorstellung, daß ein Unfall passiert sein muß, bei der geringsten Verspätung von Romain, dem Ältesten, der seinen Eltern in einer schwachen Stunde die Erlaubnis abgeluchst hat, mit dem Moped zu fahren.

Außerdem ... das Gespenst von Aids, von Autozusammenstößen ... und immer noch und wieder: der Kalvarienberg des Bac.

Jetzt hat Pauline dem Schulsystem den Krieg erklärt. Ihre Mutter muß anerkennen, daß sie mehr Kämpfertum entwickelt als sie selbst seinerzeit. Pauline scheut nicht davor zurück, selbst den Direktor des Gymnasiums aufzustören, wenn in ihren Augen ein Lehrer ungerecht in der Notengebung ist. Dem Minister zu schreiben, um sich über die sogenannte Vertrauenslehrerin zu beklagen, die ihr hysterisch gedroht hat, Romain wegen einer unklaren Geschichte mit einem mißverständlich formulierten Entschuldigungsschreiben hinauszuwerfen. Bei den Elternversammlungen das Wort zu ergreifen, um die Stupidität der Lehrpläne zu kritisieren, und vieles mehr.

Mit einem gewissen Schuldgefühl erkennt sie auch an, daß Pauline eine viel bessere Mutter ist, als sie selbst je war. Sie kümmert sich intensiv um die Erziehung der Kinder und um die Schulaufgaben, diskutiert stundenlang mit ihnen, nimmt sie mit auf Reisen und hat gleichzeitig ihre Klamottenboutique eisern im Griff. Das hindert sie keineswegs daran, mit ihrem Polytechniker von Ehemann (der sie nach der unmaßgeblichen Meinung der Mutter gar nicht verdient hat – klar, sie ist parteiisch) abendliche Schäferstündchen zu verbringen.

Und sie – sie ist nicht einmal eine gute Großmutter. Diese traurige Wahrheit muß sie sich eingestehen.

Zwar bringen ihre Enkelkinder ihr eine gewisse Zuneigung entgegen, aber sie schenken ihr – zu ihrer großen Trauer – doch nicht ihr Vertrauen. Gerade da sind aber ihre geliebten Frauenzeitschriften unmißverständlich: Die ideale Omi ist diejenige, der die Enkel ihre Geheimnisse anvertrauen. In ihrem Fall – Fehlanzeige!

Bis auf ein Mal. Romain ließ sich soweit gehen, daß er ihr zumurmelte:

«Mama ist sehr autoritär . . .»

«Ah ja?»

«Du aber auch», fügte er großzügig hinzu.

Gut, sie hat allerlei Entschuldigungen. Ihr eigenes Leben, noch immer mit vielen Aktivitäten ausgefüllt, läßt ihr nur wenig Zeit, um nach einer Fahrt quer durch ganz Paris lange mit den lieben Blondschöpfchen (die sämtlich reizend sind!) zu schwatzen.

Aber vor allem hat sie einen entsetzlichen Grundfehler, einen kaum einzugestehenden Makel: Sie langweilt sich sofort, wenn sie mit Kleinkindern spielen soll. Asche auf ihr Haupt! Sie schafft mit Mühe, zweimal im Kreis zu tanzen «Brüderlein, komm, tanz mit mir» und «Ringel, ringelreihen . . .» Sie kann auch «Hoppe, hoppe Reiter!» mit den Babys veranstalten. Aber nach zwanzig Malen ist sie es leid. Natürlich erinnert sie sich an viele Kinderlieder aus ihrer eigenen Kindheit, aber ihre Engelchen hören lieber Schlagerstars oder sehen die «Sesamstraße» (sie wissen schon bei der Geburt, welches Fernsehprogramm sie einzuschalten haben).

Sobald sie dann größer sind, verliert die Großmutter zu ihrem ungemeinen Ärger beim «Schiffe versenken», «Mah-jongg» und «Trivial Pursuit Junior» (wegen der Sportfragen).

Aber es kommt noch schlimmer. Sie hat keine Lust, sich mit ihnen durchs Planetarium, den Louvre oder andere Museen zu schleppen. Also tut sie es auch nicht.

Ja, sie ist eine unwürdige Omi.

Sie begnügt sich damit, sie zum Mittagessen zu MacDonald's auszuführen (insgeheim mag sie selbst die gummizähen Big Macs sehr). Manchmal auch ins Restaurant, wo sie die Enkel überrascht, wenn sie ihnen verbietet, zu geräuchertem Lachs oder Leberpastete Coca-Cola zu trinken. Dann geht sie mit ihnen ins Kino, um Gruselfilme zu sehen («Die teuflische Invasion der roten Würmer» . . . «Massaker auf dem Kutter» . . . «Der Gegenangriff der verrückten Vampire» usw.), die die Enkel begeistern, ihr aber eine Woche lang Alpträume verschaffen. Schließlich rennt sie mit ihnen in die Geschäfte, um ihnen Klamotten zu kaufen, die ihnen gefallen (seit dem ersten Spielhöschen wissen die Kleinen genau, was sie nicht wollen) – und die es meistens nur in einer einzigen Boutique am anderen Ende der

Stadt zu kaufen gibt. Von wo man dann kein Taxi findet, um nach Hause zu fahren.

Gott sei's gelobt, auf Zirkus sind sie nicht wild. Den ihre Omi verabscheut, seit sie im Alter von fünf Jahren gesehen hat, wie ein Clown einen niedlichen kleinen weißen Foxterrier in eine riesige Maschine steckte, eine Kurbel drehte und kilometerlange Würste herauskommen ließ. Sie stimmte damals ein solches Entsetzensgeschrei an, daß unter der Zeltkuppel eine Panik ausbrach. Man mußte alle die anderen Kinder auch hinausschaffen, da sie in ihr Geschrei mit eingestimmt hatten. Der Clown strich seine Nummer. Der Zirkus ging pleite. Jedenfalls wollte sie nie wieder in einen Zirkus.

Sie macht dann alles in den Sommerferien auf dem Lande wieder gut.

Von Ostern an beginnt ein Grabenkrieg zwischen der anderen Großmutter und ihr. Die besitzt eine sehr schicke Wohnung an der Côte d'Azur. Sie selbst hat einen einfachen Bauernhof in den Wäldern. Das Schwimmbekken, das es dort gibt, hat sie sich vom Munde abgespart. Schließlich wurde ein Großmutter-*Agreement* gefunden. Sie nimmt die kleinen Lieblinge im Juli, die andere im August. Sie beherbergt also eine Kolonie von vier Knaben, denn jeder ihrer Enkel bringt seinen besten Freund mit.

Noch immer von der Hoffnung beseelt, eine pädagogische «Ideal-Omi» zu werden, führt sie manchmal ihre kleine Truppe in die Wälder und Auen, um ihr die Namen der Bäume beizubringen (ihr Steckenpferd). Die Knaben stapfen mit den Basketbällen hinter ihr her und wiederholen gelangweilt. «Pla-ta-ne . . . A-horn . . . Ei-che . . .». Bis zum nächsten Morgen haben sie alles vergessen.

Sie warten nur auf eines, die Nacht.

Wenn Omi friedlich schläft.

Dann steigen sie wieder aus ihren Betten und lassen sich mit unterdrücktem glücklichen Glucksen vor dem Fernseher nieder. Und wenn möglich, gucken sie sich irgendeinen Pornofilm an, knabbern dabei die Chips, die für zwei Tage reichen sollten, und trinken den Coca-Cola-Bestand von einer Woche aus (und sie kann dann wieder eiligst zum Supermarkt fahren; dreißig Kilometer hin und zurück).

Am nächsten Tag muß sie sie gegen Mittag schütteln, um sie wachzukriegen. Trotz des strahlenden Wetters hängen sie dann lustlos draußen herum und fragen sie nörgelnd: «Was machen wir heute, Omi?» Sie schlägt vor, schwimmen zu gehen, Tischtennis zu spielen, Fahrrad zu fahren, Picknicks zu machen, Tennis in der Stadt zu spielen (dreißig Kilometer hin und zurück). Nichts findet Anklang. Was sie wollen, sind Mädchen. Bei einem der Aufenthalte hat sie tatsächlich die Umgebung durchgekämmt. Und es geschafft, eine charmante Blondine für ein Vesperstündchen zu ihren Cherubimen einzuladen. Sie hat nie in Erfahrung bringen können, was passiert ist. Die junge Person hat sich jedenfalls geweigert, wiederzukommen, und ihre Eltern grüßen sie nicht mehr.

Manchmal, immer nachts, prügeln sich ihre Engelchen. So schreckte sie einmal um ein Uhr morgens aus dem Schlaf hoch, als es an ihre Schlafzimmertür donnerte und Romain mit blutverschmiertem Gesicht erschien. Sein Bruder hatte ihm mit dem Tischtennisschläger einen Schlag versetzt, der ihm das Kinn spaltete. Im Nachthemd wischte sie ihm benommen das Blut ab und telefonierte gleichzeitig mit dem Notarzt der Stadt, dann mit der winzigen Klinik, damit der Operationssaal geöffnet wurde, schließlich mit dem Chirurgen, der ebenfalls aus dem Schlaf hochgeschreckt wurde. Um 1 Uhr 45 morgens schafft sie den Verletzten dorthin (dreißig Kilometer hin und zurück), damit ihm vier Nähte verpaßt werden.

Als sie zwei Stunden später nach Hause kommt, trifft sie die drei anderen Knaben in voller Hysterie an, weil eine riesige Hornisse durch das vollbeleuchtete Haus brummt. Sie bringt den Verletzten zu Bett und verfolgt das Biest mit einem Insektenspray. Kaum hat es das Zeitliche gesegnet, als einer der kleinen Gäste über Übelkeit und Bauchschmerzen klagt. Na wunderbar! Jetzt eine Blinddarmentzündung? (Das ist ihr ewiger Alptraum. Die Pest über solche Eltern, die ihr Kinder schicken, die noch einen Blinddarm haben!)

«Nein!» schluchzt der junge Kranke, «es ist ein Vipernbiß.»

Wie das, ein Vipernbiß! Wo? Wann? Wie?

Der junge Joël zeigt ihr daraufhin triumphierend auf der linken Faust zwei kleine rote Punkte.

Sie hat alles, was man zur Behandlung von Vipernbissen braucht, in einem Kästchen im Eisschrank vorrätig, aber sie weckt doch lieber noch mal den Notarzt und fragt ihn um Rat.

Der seufzt. Der Teufel soll sie holen und ihre vier Galgenstricke! Ein Vipernbiß jetzt! Wo? Wann? Wie?

Sie soll trotzdem kommen.

Sie bricht mit ihrem zweiten Verletzten erneut in die Stadt auf (dreißig Kilometer hin und zurück). Der Arzt diagnostiziert einen simplen Spinnenbiß und gibt Joël ein halbes Valium, um ihn zu beruhigen. Das Beruhigungsmittel wirkt blitzartig. Sie fährt mit einem schlafenden

Knaben zurück und muß ihn auf ihren Armen in sein Bett tragen. (Morgen wird sie einen Hexenschuß haben. Und entrüstete Eltern am Telefon, weil es bei ihr Hornissen, Vipern und Spinnen gibt. Es fehlt nicht viel, und sie verlangen Rückführung ihres Sohnes aus Gesundheitsgründen).

Inzwischen dämmert der Morgen. Ihr Haus findet endgültig, wenigstens vorübergehend, seine Ruhe wieder. Sie nicht. Sie kann nicht mehr einschlafen. Sie faßt den Entschluß, in Zukunft einen als Babysitter verkleideten Fremdenlegionär zu engagieren.

Aber leider Gottes verbringen ihre Enkel im nächsten Jahr nur einige Tage bei ihr. Gar keine Zeit, richtige Feste zu organisieren. Der Vater (dieses polytechnische Monstrum mit verdorrtem Herzen) hat beschlossen, die bisher üblichen Osterferien bei einer englischen Familie durch Sport- und Sprachaufenthalte in amerikanischen Sommercamps zu ersetzen.

So allein auf ihrem stillen Felsen überkommt sie eine entsetzliche Trauer. Bis zu dem Tag, als sie aus dem tiefsten Wisconsin eine Postkarte von Romain erhält, die an «meine liebe und so schöne Omi» adressiert ist.

Als «liebe und so schöne Omi» bezeichnet zu werden, versöhnt sie wieder mit dem Leben. Sollten ihre Enkel vielleicht am Ende doch eine gewisse Zuneigung zu ihrer unwürdigen Ahne empfinden? Vielleicht ziehen sie sie eines Tages doch noch ins Vertrauen. Und bringen ihr vielleicht mit ihren eigenen Sprößlingen ein paar Blumen, wenn sie ziemlich alt im Rollstuhl sitzt.

Wenn Großmütter träumen ...

15

Ein Geliebter

Sie trifft ihn jeden Morgen um fünf Uhr. Mit klopfendem Herzen kommt sie zum Rendezvous ... mit ihrer Arbeit.

Sie führt heimlich ein Doppelleben mit ihr. Von solcher Intensität, daß sie manchmal nicht mehr weiß, welches ihre echte Existenz ist und wer darin die echten Personen sind.

Sie ist verliebt in ihre Arbeit.

Leider kommt dann immer nach Monaten verrückter Leidenschaft der gefürchtete Augenblick: Sie muß der Welt ihr Kind vorstellen. Da beginnt der Leidensweg.

Schreibt sie eine Fernsehserie, muß sie diese – immer wieder – den Produzenten, den Regisseuren, den Schauspielern anpassen, die alle felsenfest davon überzeugt sind, sie seien bessere Autoren als die Autorin selbst. Es regnet Hagelschauer der Kritik. Sie fühlt sich ausgeliefert, nackt und zerbrechlich wie eine Languste ohne Panzer.

Meist wird sie von der Tatsache gerettet, daß alle diese lästigen Menschen sich nicht einigen können und schließlich ermattet den Text der Autorin akzeptieren (der inzwischen fünfmal umgeschrieben worden ist). Manchmal dauert das Jahre.

Sie schreibt lieber ein Buch, das sie, wenn es fertig ist, beklommen ihrem Verleger aushändigt. Er ruft sie am nächsten Wochenende an, um ihr zu sagen, daß es ihm sehr gefällt, und überschüttet sie mit Komplimenten. Was sie hinreißend findet. Sie fühlt sich wie ein blühender Rosenstrauch.

Dann kommen die Journalisten. Im allgemeinen junge charmante Frauen. Endlich kann sie voller Leidenschaft über ihren Geliebten und das schöne Kind der Liebe reden, reden, reden.

Die Signierstunden dagegen sind ihr zuwider. Sie hat schreckliche Erinnerungen an ihre schriftstellerischen Anfänge, als sich nicht eine einzige Leserin zeigte. Stundenlang saß sie in der Ecke einer Buchhandlung oder, schlimmer noch, eines Warenhauses verlassen hinter einem Tisch, auf dem sich ihre Bücher stapelten. Damen kamen, um sie zu fragen, wo sich die Toiletten befänden (das wußte sie: sie ging alle fünf Minuten dorthin), oder musterten sie enttäuscht von nahem: «Also! So habe ich Sie mir nicht vorgestellt!»

Inzwischen hat sie etwas mehr Erfolg. Aber doch auch immer Unannehmlichkeiten. Nach langem Anstehen fand eine Lehrerin in Brüssel heraus, daß sie ja gar nicht Françoise Dorin war. Sie warf ihr das Buch an den Kopf und schrie: «Was ist denn das für eine Sauwirtschaft hier! Unmöglich!» Eine andere flehte sie an, mit Jeanne Bourin zu unterzeichnen.

Sie strebt nach solchen Aufregungen der Einsamkeit ihres Arbeitszimmers zu wie ein Einsiedlerkrebs seinem Gehäuse. Und beantwortet dort die tröstlichen Briefe ihrer Leser-Freundinnen. Sie unterhält eine nicht abreißende Korrespondenz mit einem alten Gascogner, der ihr selbstgebrannten Armagnac schickt, und mit einer jungen Kanadierin, die sie über sämtliche Ereignisse in ihrem Leben auf dem laufenden hält. Aber vor allem nimmt sie ihr trautes leidenschaftliches Beisammensein mit ihrem Geliebten wieder auf.

Sie nimmt ein neues Buch in Angriff.

Sie weigert sich vehement, so weit vorauszudenken, daß sie vielleicht eines Tages nicht mehr in der Lage sein könnte zu schreiben. Da will sie lieber über ihrer Reiseschreibmaschine zusammenbrechen und sterben. Das wäre ihr gemäß.

16

Das Schloß der Kindheit und ein Haus auf dem Lande . . .

Eines Tages haben Alexander und sie sich geeinigt. Beide haben die Nase vom Reisen bis obenhin voll. Obwohl sie furchtbar gern mit ihm um die Welt gereist ist. Hand in Hand haben sie die herrlichen Sonnenuntergänge über der Lagune von Bora-Bora bewundert. Sie sind auf einer unbekannten venezolanischen Insel gelandet, wo das gebuchte Hotel noch gar nicht gebaut war und sie mitten zwischen Schildkröten auf dem Strand schlafen mußten. Sie haben sich im Herzen von Japan verlaufen, wo nicht ein menschliches Wesen Französisch oder Englisch sprach. Die Armee mußte sie heimbringen. Auf den Grenadinen haben sie mit den Kindern einen Schoner gemietet. Pauline wurde von einem giftigen Fisch gestochen, und es fand sich nur eine einzige Flasche Synthol in einer leeren Hütten-Apotheke auf Dominica, mit der Paulines schwarz angeschwollener Fuß versorgt werden konnte (hat genützt). Sie hat, von einem Mariachi-Orchester begleitet, das Alexander bei der Flugzeuglandung gemietet hatte, Mexiko durchquert. In den Ruinen eines ägyptischen Tempels, wo der zum Ensemble gehörende Löwe fast die Sängerin aufgefressen hätte, hat sie eine «Aida»-

Aufführung erlebt. Sie hat in Disneyland in Florida den dreijährigen Balthasar verloren und inmitten einer Million Menschen vor Angst zu sterben geglaubt, bis sie ihn zufällig wiederfand, mit einer Riesen-Mickeymaus tanzend. Sie hat am Ufer des Roten Meeres Amöben aufgeschnappt, und aus der Wüste tauchte geisterhaft ein arabischer Arzt auf samt Krankenschwester, die ihr brutal eine Spritze ins Gesäß jagte, was so weh tat, daß sie auf der Stelle geheilt war. Sie hat die russische Taiga mit dem Zug durchquert, dabei Unmengen Tee getrunken, mit dem eine an den Samowar geschweißte Babuschka sie unablässig versorgte.

Und dann konnte sie eines Tages auf einer sogenannten einsamen Insel auf den Malediven keine Siesta halten, weil vor ihrem Bungalow Automechaniker aus Perpignan lärmend Pétanque spielten.

Sie hat nichts gegen Automechaniker aus Perpignan, auch nichts gegen das Kugelspiel. Aber Alexander wies sie darauf hin, daß das Reisen auch nicht mehr das sei, was es früher mal war. Vorbei die heroischen Zeiten, als sie allein in der Oase von Ghardaia (ach ja! auch Simone de Beauvoir war da, um einen Herrn geringelt, der nicht Sartre war, was die Betrachterin sehr schockierte) spazierenging. Seitdem scheint die ganze Welt Hummeln unter dem Hintern zu haben. Selbst Ende Januar quellen die Flugzeuge über, und die Hotels sind das ganze Jahr über voll von Charterreisenden jeder Nationalität. Es ist unmöglich, noch ein unbekanntes Fleckchen zu finden, ohne von einer kreischenden Runde des dritten, wenn nicht sogar des vierten Alters umgeben zu sein.

Für sie war die Stunde gekommen, sich einen weiteren ihrer Jugendträume zu erfüllen: ein eigenes Haus.

Es traf sich, daß ausgerechnet das Schloß ihrer Kindheit zu verkaufen war. Für einen Apfel und ein Ei.

«Bloß kein Schloß!» rief Alexander, «allein die Dächer instand zu halten, kostet ein Vermögen, und ich habe nicht die Visage, um den Schloßherrn zu spielen.»

Dennoch beschließt sie, mit dem Auto hinzufahren und es sich anzuschauen.

Das Anwesen ihrer Vorfahren war einige Jahre zuvor von ihrer lieben Cousine Isabelle – die es geerbt hatte – an eine Wäschereibesitzerin vom Pigalle verkauft worden. Eine «Wäscherin» und dazu noch vom Pigalle! Die Familie protestierte heftig.

«Genau – vom Pigalle!» verteidigte sich Isabelle. «Sie schwimmt im Geld, weil sie die Laken aus den Stundenhotels gewaschen hat.»

Die Wäscherin hatte Isabelle ins Vertrauen gezogen:

«Sehen Sie, Madame la Marquise, mich hat man das letzte Jahr ausgeräumt. Und als man mich im Krankenhaus zur Operation fertigmachte, habe ich mir geschworen: ‹Ginette! Wenn du da heil wieder rauskommst, verscheuerst du die Wäscherei und kaufst dir ein Schloß . . .!›»

Ihrem Schwur getreu, kaufte sie zwölf Monate später das Familienanwesen, wo seit dem Tod der Großmutter niemand mehr hinkam.

Madame Ginette hatte große Pläne. In den Zimmern des ersten Stocks fließendes Wasser installieren lassen (die Zimmermädchen, die die Krüge mit heißem Wasser in die Waschräume schleppten, waren seit dem Krieg verschwunden), Zentralheizung legen lassen (unerhörter Luxus für eine Behausung solchen Ausmaßes). Und vor allem im Untergeschoß anstelle der gigantischen Küche, wo Louise gleich einer Hexe inmitten ihrer Kochtöpfe hantiert hatte, ein Schwimmbad bauen (Großmutter hatte Louise trotz ihrer Trunksucht behalten, weil sie die beste Köchin von Paris war). Die Vorstellung von einem höchst modernen Schwimmbad in den Untergeschossen eines Schlosses aus dem achtzehnten Jahrhundert verblüffte die Familie. Bis Madame Ginette kundtat, daß dieses der Zerstreuung Monsieur Paulos, ihres Gigolos, dienen solle. Der Enkelin kam der Gedanke, daß die entsetzten Geister ihres lieben Großvaters und ihrer lieben, ach so frommen Großmutter Paulo ertränken würden.

Aber gar nichts passierte, und es wurde nicht mehr darüber gesprochen. Bis zu dem Tag, als sie durch einen Brief von Fernande, einer Kindheitsfreundin, der Tochter des Jagdaufsehers, erfuhr, daß Madame Ginette das Schloß wieder verkaufen wollte.

Unterwegs brechen Kindheitserinnerungen über sie herein. Die Sommer in diesem großen Anwesen waren phantastisch frei und wild. Im Gegensatz zu dem nüchternstrengen Leben in Paris. Sobald sie aufgestanden war, nahm sie nach dem Morgengebet – im Nachthemd auf den Knien am Fußende des Bettes – mit Mademoiselle das Frühstück ein. Morgenwäsche in der geblümten Porzellanschüssel. Dann lief sie zu den Großeltern in deren Zimmer und umarmte sie, und schwups! war sie – bei jedem Wetter – draußen mit Fernande und mit Ida, deren Schwester, die vor der Küchentür «Hickelchen», das heißt Steinchenhüpfen, spielten und auf sie warteten.

Sie verbrachte in Fernandes und Idas Gesellschaft wunderbare Stunden. Sie melkte die Kühe, schlug Butter von Hand, fütterte die Schweine (vor denen sie Angst hatte, aber sie wäre lieber gestorben, als daß sie das zugegeben hätte), fing mit der Hand Mäuse auf den Feldern, sammelte weiße Wiesenchampignons, fing Gründlinge und Weißfische mit Flaschen, deren Boden sie vorsichtig mit einem Stein herausgeschlagen hatte, kletterte wie ein Affe auf die Bäume (trotz des eisenharten Fischbeinkorsetts, das sie das ganze Jahr über trug, um eine gerade Haltung und eine schmale Taille zu bekommen). Es war das Glück schlechthin.

Um halb eins hörte sie das erste Läuten zum Mittagessen. Schnell! Schnell! Heimrennen. Etwas anderes anziehen. Sich die Hände waschen. Sich kämmen. Keuchend, aber genau zum zweiten Läuten der Glocke im Salon erscheinen. Unmöglich – selbst für die älteren Cousins –, auch nur eine einzige Minute zu spät zu kommen. Dann zog Großvater seine Uhr aus der Westentasche und durchbohrte den Schuldigen mit einem schrecklichen Blick. Der sich mit gesenktem Kopf entschuldigte. Mittagessen. Für sie schweigend: Kinder hatten nicht das Recht, bei Tisch zu sprechen, auch sonst nicht als erste das Wort an die Erwachsenen zu richten. Fasziniert betrachtete sie das riesige Gemälde an der Eßzimmerwand, wo hinter Großmutters Kopf drei Adler, von denen einer mit ausgebreiteten Flügeln vier mal drei Meter maß und höchst grimmig aussah, gerade dabei waren, eine unglückliche, in ihrem Blut liegende Hirschkuh zu zerhakken. Dieses Schreckensbild, das ihre Mahlzeiten begleitete, stellte «Die Teilung Polens» dar.

Kaffee in der Bibliothek mit einem anderen Riesenbild, auch dieses dramatisch: Ein Vorfahr in Lebensgröße, der Astronom Ludwigs XV., an Gelbfieber erkrankt, ringt im fernen Amerika inmitten bestürzter Indianer mit dem

Tode. Ihre Großmutter weigerte sich, das Loch darin (das Werk eines allzu stürmischen Cousins, der dafür acht Tage Wasser und trocken Brot bekam), reparieren zu lassen, denn ihr war das Bild wegen der nackten Brüste der Indianerinnen, die sie unschicklich fand, zuwider. Aber Großvater hielt große Stücke auf diesen Ahnen, den Stolz der Familie. Die Enkelin reichte den Kaffeetrinkern die Zuckerdose, und nachdem sie die Großeltern höflich um Erlaubnis gebeten hatte, sich zurückziehen zu dürfen, stürmte sie wie eine Verrückte nach draußen, wo Fernande und Ida noch immer geduldig auf sie warteten.

Und das Umhervagabundieren begann von neuem. Manchmal lieh sie sich auch das alte Boot auf dem Fluß aus und ruderte durch die Seerosen hindurch bis zu den Ruinen eines alten Schlosses, wohin einer Legende zufolge Jeanne d'Arc gekommen war (was hat sie nur in dieser Ecke gemacht? Rätselhaft) und ihre goldene Rüstung in einem Keller vergraben hatte. Dieser Schatz ließ sie nicht mehr los. Sie stahl dem Gärtner Alphonse eine Schaufel, worauf dieser ein Wutgeheul anstimmte und sie in Holzpantinen mit einer Forke verfolgte, während sein großer Strohhut vom Wind davongetragen wurde. Wie besessen begann sie an verschiedenen Stellen wahllos zu graben.

Schreie und Rufe von Mademoiselle. Nach ihr. Rückkehr ins Schloß in einem Kleid, das in einem erbärmlichen Zustand war, mit schlammverkrusteten Sandalen und mit Läusen. Die wohl von Fernande und Ida stammten. Aber Großmutter, die keine Pariser Laus in den feinen Haaren ihrer Enkelin geduldet hätte, ließ diese gelten: Das waren die Läuse von «unseren Leuten». Mademoiselle behandelte den Läusekopf mit Cuprex, und man erwähnte sie nicht mehr. Abendwäsche in der Wanne, zu der unermüdliche Zimmermädchen Krüge voller Wasser geschleppt hatten. Den Rosenkranz laut gebetet mit Großmutter und Mademoiselle, auch sie sehr fromm. Abendessen. Immer schweigend und immer den Adlern gegenüber, die Polen zerhackten. Und pünktlich um neun Uhr der in allen Sprachen verhaßte Satz: «Zeit, ins Bett zu gehen!» Wie alle Kinder der Welt versuchte sie es hinauszuzögern, indem sie sich mit langen Umarmungen von jedem anwesenden Familienmitglied verabschiedete.

«Na, komm schon!» ließ Großmutter sanft verlauten, wenn sie meinte, daß die Liebkosungen lange genug gedauert hätten.

Sie stieg zum Schlafen in ihr kleines Zimmer hinauf, wo Mademoiselle sie nach dem Nachtgebet – auch jetzt kniend, im Nachthemd am Fußende des Bettes – und einem letzten Kuß verließ. Sie war allein und lauschte dem Knacken im Hause, dem Flüstern der Geister und auch der Stimme von Jeanne d'Arc, die ihr von dem Schatz erzählte (bei der Rüstung lag sicher auch ihr Helm, vielleicht sogar ihr Schwert ...).

Der Dienstag war anders als die anderen Tage.

Ihre Großmutter empfing Gäste.

Schon am Vortag gingen die Vorbereitungen los. Man putzte und wischte, um den großen Salon auf Hochglanz zu bringen. Jacques, der Butler, rieb das Silber blank. Louise, rotgesichtig, zerzaust und rülpsend, fabrizierte zusammen mit ihren Küchenmädchen am Fließband Petit Fours und Plätzchen. Wenn sie gut gelaunt war, gab sie dem Betteln nach und überließ ihr eine Handvoll Plätzchen für sie und ihre Spielkameraden.

Dienstag nach dem Mittagessen begann der Alptraum.

Mademoiselle steckte sie in ein scheußliches flohbraunes Seidenkleid mit einem Spitzenkragen und einer großen Satinschleife, in schwarze Lackschuhe und lange weiße Strümpfe. Und auf der Freitreppe hinter Großmutter postiert, begrüßte sie mit ihr die Gäste. Verbeugung nach rechts, Verbeugung nach links. Eintreffen riesiger Automobile, deren Chauffeure sich in der Nähe der Pferdeställe versammelten, um miteinander über ihre Herrschaft zu tratschen.

Entsetzlicher Nachmittag – sie mußte sich wie eine vorbildliche kleine Comtesse de Ségur aufführen, beim Servieren des Tees helfen und so tun, als lauschte sie den weltgewandten Unterhaltungen; dabei träumte sie vor dem riesigen Gemälde des großen Salons, auf dem eine gigantische Judith triumphierend das bluttriefende Haupt des Holofernes schwang. (Die Vorliebe ihrer Vorfahren für furchterregende Gemälde wird ihr immer ein Rätsel bleiben.)

Manchmal kam ein gleichaltriges Mädchen von einem benachbarten Schloß mit (niemals ein Junge, das wäre deplaziert gewesen), gewandet in ein gesmoktes Blüschen mit dazu passender gebauschter Hose aus demselben Stoff. Wahnsinniger Schick. Sie war grün vor Neid. Hinterhältig bat sie um Erlaubnis, den kleinen Gast mit nach draußen zum Spielen zu nehmen. Wo sie ihn in den Fluß stieß ... Bei der Rückkehr – durchnäßt, schlammbedeckt und fröhlich – entsetzte Schreie von Müttern. Geschimpfe von Großmutter: «An diesem Kind ist ein Junge verlorengegangen», und vor allem nach dem Abendessen kein Dessert. Was ihr was ausmachte, denn sie gierte besonders nach Louises «Iles flottantes» (in Vanillesauce schwimmenden Eiweißbällchen) und dem «Mohren im Hemd». Das einzige, was sie nicht mochte, war Spinat, der auf einem Silberteller mit kleinen, in Butter gerösteten Weißbrotstückchen und Puderzucker serviert wurde. Sie ekelte sich dermaßen davor, daß sie sich einmal weigerte, ihn zu essen. Ihre Großeltern nahmen diese unerhörte Rebellion gelassen hin: «Sie werden nichts anderes zu essen bekommen, Mademoiselle, bis Sie Ihren Spinat aufgegessen haben», war der einzige Kommentar.

Bockig blieb sie bis zum Schlafengehen vor diesem schrecklichen Gemüse sitzen, das ihr – kalt – am nächsten Morgen zum Frühstück serviert wurde ... dann zum Mittagessen ... dann zum Abendessen ...

Nach zwei Tagen gab sie halbverhungert auf und schluckte das widerwärtige Grünzeug runter. Das sie dann sofort erbrach. Ihre Großeltern verloren kein Wort darüber. Das Prinzip war gewahrt. Kleine Kinder müssen von allem etwas essen.

Sonntags begab sich die Familie in ihrer Gesamtheit – einschließlich ihrer Mutter, wenn sie zu Besuch da war und obwohl sie sonst kaum am kirchlichen Leben teilnahm – zur Messe hinunter ins Dorf. (Großmutter liebte es, in einer alten, mit blauem Satin ausgeschlagenen Kutsche, die von dem Pferd Pompon gezogen wurde, dorthin zu fahren, und nahm die Enkelin in diesem Gefährt mit, wo ihr schwindlig wurde.) In der Kirche quetschte man sich in die mit rotem Samtkissen bedeckten Bänke, die in der Nähe des Chors für die «Leute vom Schloß» reserviert waren. Und bei der Kommunion bewegte sich alles auf den Altar zu wie eine römische Legion beim Angriff auf Alesia, unter dem wachsamen Auge von Großmutter, die im Geiste die Abwesenden zählte. Die natürlich im Zustand der Todsünde waren. Ja, aber welcher?

Nach der Messe kam der Herr Pfarrer zum Mittagessen ins Schloß. Louise servierte an diesem Tag Rindfleischsülze mit Karotten («er liebt das und kriegt das wohl nicht so oft, der Arme»). Ihr Großvater und er plauderten liebenswürdig bei Tisch, und das um so heiterer, als sich Großvater samstagnachmittags zu einem entfernten Marktflecken begab, um bei einem anderen Pfarrer zu beichten, mit dem er nicht am nächsten Tag zu Mittag aß. Seine Enkelin hat sich immer gefragt, was für schreckliche Sünden der gute Mann wohl zu beichten hatte.

Jeden Donnerstagnachmittag besuchte Großmutter das Altenasyl im Dorf, und häufig mußte ihre Enkelin sie begleiten – um Körbe voller Kuchen und anderer Süßigkeiten und voller schwarzer Wollschals zu tragen, die Großmutter unablässig strickte.

Der Anblick all dieser armen zusammengeschrumpften Alten, die abgestumpft vor sich hin vegetierten, sabberten und schlecht rochen, widerte die Enkelin an. Und hinterließ bei ihr für immer einen Alptraum: bloß nicht an einem solchen Ort, bar jeglicher Würde, ihre Tage zu beschließen. Ihre Kinder können ihr noch so sehr versichern, daß an die Stelle solcher Hospize schöne, helle und fröhliche Seniorenheime getreten sind, sie glaubt ihnen einfach nicht.

An jedem ihrer Geburtstage läßt sie sie schwören, daß sie sie nicht im Stich lassen werden, wenn sie ein Unglückshäufchen mit knackendem Gebiß, wirres und dummes Zeug faselnd, sein wird. Die Kinder lachen und versprechen ihr hoch und heilig, daß man sie auf Händen tragen und bis zu ihrem letzten Atemzug bei ihr bleiben wird. Aber die eisige Angst ist ihr bis ins Mark gedrungen. Sie steckt ihr ganzes Geld in Lebensversicherungen, die ihr – im Prinzip – ermöglichen müßten, ihr Leben in ihrer eigenen Wohnung zu beschließen. In ihrem Bett zwischen sauberen weißen Laken, ihren Kindern zulächelnd. Und nicht in einem Schlafsaal inmitten unbekannter menschlicher Trümmer. Oder im Krankenhaus im Koma liegend, an Schläuchen hängend, wo man ihr Leben unter dem Vorwand, sie zu pflegen, sinnlos verlängern wird. Während ihre Nachkommen, weil sie es nicht mehr aushalten, davon träumen – ohne das zuzugeben –, ihr die Schläuche herauszureißen.

Welche Großmutter geht heutzutage mit ihren Enkeln die Armen und die Alten besuchen? Sie auch nicht. Sie beschränkt sich darauf, aus der Ferne karitativen Institutionen Schecks zu schicken. Vielleicht hat man unrecht, sich über die «Wohltätigkeit» unserer Vorfahren zu mokieren.

Natürlich hat sie zu jener Zeit Dummheiten gemacht, wie alle Kinder. Eines Tages befreite sie mit Fernande und Ida den Stier aus seiner Umzäunung, der dann losschoß und allen Kühen der Umgebung seine Aufwartung machte. Drama. Großvater und seine Bauern verbrachten den ganzen Tag damit, ihn wieder einzufangen. Es gab eine tüchtige Tracht Prügel. Nicht so sehr wegen des freigelassenen Stiers, sondern weil sie ungeschickt versucht hatte vorzutäuschen, daß sie es gar nicht gewesen sei. Großvater lief rot an vor Ärger: «Lügen ist feige, Mademoiselle, und Feiglinge gehören nicht in unsere Familie!» Zehn Peitschenhiebe auf den Hintern. Und dann acht Tage bei

Wasser und trockenem Brot in ihrem Zimmer eingesperrt. Von wo sie Ida und Fernande beobachten konnte, wie sie im Hof umhersprangen. Denn die waren natürlich nicht bestraft worden. Großvater hatte es die Enkelin sehr wohl merken lassen: «Sie haben das Privileg der Geburt, Mademoiselle. Sie haben also die Pflicht, den anderen ein gutes Vorbild zu sein. Sie werden gezüchtigt, Sie allein, wenn Sie ein schlechtes abgeben.» Ihr erschien das ganz selbstverständlich!

Am Sankt-Michael-Fest gab es zwei wichtige Ereignisse.

Zunächst einmal wurde das Schwein geschlachtet. Im Morgengrauen wurde sie durch das Gequietsche des armen Tieres geweckt. Weinend verbarg sie den Kopf unter dem Kopfkissen. Schließlich war das eines ihrer Schweine, von ihr gefüttert. Auf dem Hof des Bauernhofes herrschte ein ungemeines Treiben. Lucienne, die Frau des Jagdaufsehers, hatte das Kommando über eine Gruppe von Bäuerinnen aus der Nachbarschaft. In riesigen Schüsseln wurde Blutwurst hergestellt. Man kochte die Vorderschinken. Man hackte das Fleisch für die Würste usw. Die Jagdhunde, von dem Geruch verrückt gemacht, jaulten in ihren Zwingern. Zum Mittagessen servierte Louise ihr Lieblingsgericht: die gegrillten Ohren des Schweins, die herrlich zwischen den Zähnen knackten (sie hat nie wieder so etwas gegessen).

In der Zwischenzeit kassierte Großvater den Pachtzins. Er saß in seinem kleinen Büro und diskutierte mit den Pächtern, die sich in einer langen Schlange mit ihren Beträgen präsentierten und immer klagten: «Es hat dieses Jahr zuviel geregnet, Herr Baron . . .» «Dieses Jahr war zu trocken, Herr Baron . . .» «Meine Kühe waren krank in diesem Jahr, Herr Baron, und meine Frau auch ...»

Großvater schüttelte mitleidig den Kopf und nahm einen Korb mit einer Gans oder zwei Enten oder selbst ein kleines quiekendes Schwein entgegen, womit die Schulden getilgt waren. Der Schloßhof glich einem Festplatz, und beim Abendessen klagte Großvater, ruiniert zu sein, und wiederholte seinen traditionellen Satz: «Die schnellste Art, sich zu ruinieren, ist das Spiel; die angenehmste die Frauen; die sicherste Grund und Boden.» Er ging tatsächlich bankrott, und seine Bank, der er vorstand, ebenfalls.

Dann kam der betrübliche Tag, da sie zu Ende des Sommers nach Paris zurückkehren mußten. Man bedeckte wieder alle Möbel mit den weißen Schonbezügen, man schloß die Fenster und Läden, stieg mit Sack und Pack und dem Familiensilber wieder in den Minerva.

Die wunderbaren großen Ferien waren zu Ende.

Warum soll man sie nicht wiederaufleben lassen, diese glücklichen Augenblicke, und sie den eigenen Kindern und Enkeln nahebringen? denkt sie sich, als sie in den engen Weg einbiegt, der zu dem Anwesen führt.

Überraschung am Eingang des Schlosses! Das große Gitterportal mit den Wappen der Vorfahren ist verschwunden ... (verkauft?) Statt dessen ein schreckliches weißes Holztor mit einer Gegensprechanlage. Sie drückt auf den Knopf. Eine beunruhigte weibliche Stimme antwortet. Sie erklärt, wer sie ist und warum sie gekommen ist.

Das Tor öffnet sich.

Trauriger Anblick. Die Hälfte der alten Linden auf der

Prachtallee, die zum Haus führt, ist umgestürzt und verfault. Der Rosenhain, auf den ihr Großvater so stolz war, ist verschwunden. Der Tennisplatz, auf dem ihre Cousins in eleganten weißen Flanellanzügen spielten, ist von Unkraut überwuchert. Die feinen Kieswege, die Monsieur Alphonse jeden Morgen harkte, gibt es nicht mehr. Das knirschende Geräusch der Harke hatte wohlig ihr Erwachen begleitet. Hier und da begrenzen Stacheldrahteinfriedungen das, was kein Park mehr ist. Die majestätische steinerne Freitreppe ist mit einem merkwürdigen Glasgehäuse überdacht, das die aus dem 18. Jahrhundert stammende rötliche Ziegelfassade verunstaltet.

Madame Ginette erwartet sie auf der letzten Stufe. Feierlich. Die Käuferin betritt die große Eingangshalle. Die völlig leer ist. Nur Spuren der Möbel, die ihre Familie mitgenommen hat, sind noch sichtbar. So von dem riesigen furchterregenden (auch dieses) Gemälde – das sie jedoch besonders geliebt hat: das Massaker der unschuldigen Kindlein mit händeringenden Müttern und römischen Soldaten, die blutige Schwerter schwingen.

Ein scheußlicher Gestank entreißt sie ihrer nostalgischen Trauer. Trotz allem, was noch an guter Erziehung in ihr steckt, kann sie nicht umhin, laut zu fragen:

«Was stinkt denn da so?»

«Meine Katzen. Ich habe um die zwanzig. Das sind meine kleinen Gefährten», antwortet Madame Ginette mit wehleidiger Stimme.

Mit Entsetzen stellt die Besucherin fest, daß unten in die alten Louis XVI.-Türen überall Löcher geschnitten sind, um den Katzen das Kommen und Gehen zu ermöglichen.

Madame Ginette schleift ihren Besuch in den kleinen Salon. Die Sofas, die Sessel, die geblümten Vorhänge ihrer Großmutter sind verschwunden, ebenso die vergitterten Louis XV.-Bücherschränke. Jetzt stehen da ein schmales Eisenbett, ein Resopaltisch und zwei Küchenstühle. Auf die sie sich mit Madame Ginette setzt.

Die Arme hat wirklich Pech. Ihr ist zu spät aufgegangen, wie riesig die Bude ist. Wie teuer die Wasserinstallationen auf den einzelnen Etagen. Wie verheerend die Zentralheizung. Monsieur Paulo hat sie verlassen, bevor sie sein Schwimmbad in der Schloßküche bauen konnte. Die Stille auf dem Land trieb ihn zum Wahnsinn. Die unglückliche Wäscherin vom Pigalle hat Großvaters Büro in eine schmale Küche verwandelt und sich in den kleinen Salon zurückgezogen, der Schlaf- und Wohnzimmer zugleich geworden ist und durch einen winzigen elektrischen Ofen beheizt wird. Dort lebt sie allein mit ihren zwanzig Katzen, denen sie ein Strohlager im großen Speisezimmer, das ebenfalls leer ist, eingerichtet hat. (Gott sei Dank ist Großvater tot: Diesen Anblick hätte er nie und nimmer verwunden.)

Keiner mag sie oder will bei ihr arbeiten, stöhnt Madame Ginette. Dennoch, schwört sie, hat sie versucht, die Tradition der ehemaligen Besitzer fortzuführen (Besuche auf den Bauernhöfen und im Altenhospiz, Einladungen an den Pfarrer zum Sonntagsessen mit Fleisch aus der Dose auf dem Resopaltisch). Und sogar Unterstützung der Privatschule, die ihrer Großmutter so am Herzen lag. Nichts zu machen.

Das Dorf schneidet sie.

Sie hat die Nase voll. Sie will mit ihren zwanzig Katzen zum Pigalle zurück.

Während Madame Ginettes ausgedehntem Wehklagen sieht sie durch die hohen Terrassentüren, die auf den Park hinausgehen, nach draußen.

Sie glaubt ihren Augen nicht zu trauen.

Nicht ein Baum. Verschwunden die jahrhundertealten Zedern, die Kastanienbäume mit weißrosa Blüten, die hohe Fichte, auf der sie sich aus Brettern eine Hütte gezimmert hat, und die Katalpa-Bäume mit ihren samtigen Blättern um das Wasserbassin herum, wo die Frösche quakten, die sie mit einem roten Tuch zu fischen versuchte.

«Wo sind die Katalpa-Bäume?» schreit sie auf.

«Die was?»

«Die großen Bäume da hinten, die das steinerne Bassin mit dem Springbrunnen aus wasserspeienden Engeln umstanden?»

«Ach die», sagt Madame Ginette voller Zufriedenheit. «Ich habe alle abholzen lassen. Um einen schönen Blick auf den Hügel gegenüber zu haben . . .»

Sie entdeckt mit Grausen die ferne Erhebung, von deren Existenz sie nicht einmal etwas ahnte und die mit scheußlichen imitierten Bauernhäuschen bedeckt ist . . .

Mit einem Ruck erhebt sie sich.

«Ich will nicht mehr kaufen.»

«Aber ich mache Ihnen einen guten Preis. Die Hälfte! Da es nun einmal Ihr Familienschloß ist. Bleiben Sie doch zum Essen. Wir werden miteinander reden!»

Sie eilt davon und will nichts mehr hören.

Das Schloß ihrer Kindheit besteht nur noch in ihrer Erinnerung. Stolz, schön, heiter. Dieses leere, übelriechende Gehäuse in einer öden Landschaft wird sie vergessen. Für immer.

Und sich ihr eigenes Haus bauen.

Sie begnügt sich dann aber damit, ein großes, seit Jahren leerstehendes Bauernhaus zu kaufen, das bis zum Horizont von Weinbergen und bewaldeten Hügeln umgeben ist. Die Brombeeren klettern bis zum verfallenen Dach hinauf. Sie braucht zwei Wochen, um sich einen Weg durch das Gestrüpp bis zur Tür zu bahnen. Aber die Mauern sind einen Meter dick und lassen das Anwesen wie eine Festung aussehen, die sich auf einem Felsen erhebt.

Im Verlauf der Jahre und der Renovierungsarbeiten hat sie angefangen, es wie ein menschliches Wesen zu lieben. Halsstarrig, ist es immer bereit, ihr ein Schnippchen zu schlagen, und verlangt unentwegt ihre Aufmerksamkeit. Zum Beispiel muß man einen nie endenden Kampf mit dem Wasser führen. Ganz gleich, um welche Jahreszeit. Es gibt immer ein WC, in dem ohne Unterlaß Wasser läuft, oder einen Hahn, der tropft. Sie ruft den Klempner aus der Stadt (dreißig Kilometer hin und zurück). Er verspricht ihr zu kommen, sobald er gegessen habe. Er erscheint zwei Tage später. Es regnet unter den Türen herein oder durchs Dach in die Zimmer, weil die Ziegel sich heimtückisch verschieben, sogar ohne Wind. Der Maurer, der ebenfalls in der Stadt wohnt (dreißig Kilometer hin und zurück), kann nicht sofort kommen, weil er eine andere Baustelle hat. (Er wird zur gleichen Zeit wie der Klempner auftauchen, und die beiden führen eine lange, zeitraubende politische Diskussion.) Die Zentralheizung hat ihre Mucken. Einige Zimmer sind überheizt, die Treppen dafür eisig. Die Streichholzschachteln verschwinden immer in dem Moment, wenn das Gas fürs Mittagessen angezündet werden muß. Sinnlos, dreißig Kilometer zu fahren, um zum nächsten Tabakgeschäft zu gelangen: Es bleibt unerbittlich zwischen dem mittäglichen 12-Uhr-Glockenschlag und dem von zwei Uhr geschlossen. Im übrigen ist sowieso in der Flasche kein Gas mehr. Keine Pommes frites zum Essen, aber Pâté-Sandwiches für alle.

Ihr Haus ist voller Tiere. Mäuse, die ohne Unterlaß ihre Matratzen und Wäschestapel im Schrank zernagen trotz des vergifteten Getreides, das sie überall hinlegt und das offenbar den Mäusenachtisch bildet. Siebenschläfer, die über die Balken galoppieren und sich besonders gern zu ihren Häupten einrichten und mit fernsehen. Eine Eule hat sogar Zuneigung zur Hausherrin gefaßt. In einer Eiche, dem Schlafzimmer gegenüber nistend, wurde sie so zahm, daß sie auf dem Beifahrersitz im Wagen mit spazierenfuhr und das genoß. Bis zu dem Tag, als die Hausherrin hörte, daß im Dorf schon das Gerücht umginge, sie sei eine Hexe. Sie fürchtete, verbrannt zu werden, und ließ die Eule zu Hause. Die verschwand gekränkt.

Spinnen weben in Ruhe ihre Netze und vertilgen die Fliegen. Dicke Drachen-Mistkäfer mit gewaltigen Unterkiefern krabbeln nachts über die rauhverputzten Wände. Zum Entsetzen ihrer Freundinnen, die beim Anblick dieser armen unschuldigen Tierchen vor Angst aufschreien. Um ihnen noch mehr Angst einzujagen (ihren Freundinnen, nicht den Drachen-Mistkäfern), erzählt sie ihnen – was wahr ist –, daß sie in ihrem Bad schon zweimal kleine Schlangen vorgefunden hat. Sie sieht die Freundinnen nie wieder. Die Schlangen allerdings wohl. Vor allem eine große Natter namens Germaine, die friedlich das Iris-Beet bewohnt.

Ihr Haus ist niemals tadellos in Ordnung. Staub,

Schmutzspuren von Hundepfoten, herumliegende Stiefel. Aber so liebt sie es. Mit seinen riesigen Kaminen, wo sie im Winter große Feuer macht, vor denen sich die Hunde glückselig fallenlassen. Seinen in allen Zimmern überquellenden Bücherschränken. Mit den alten Möbeln und Gemälden ihrer Großeltern, die sie für die Familie zurückergattern konnte. Besonders der inmitten von Indianern qualvoll sterbende Ahnherr und die Adler, die Polen zerhacken (man beachte, daß keins der Bilder ihren durch die Schule der Horrorfilme gegangenen Enkelkindern Angst einjagt). Mit ihrem riesigen Arbeitszimmer (einem Schafstall für dreihundert Schafe), das auf das Tal hinausgeht. Seinen Terrassen, wo sie sich im Sommer zur Siestastunde unter dem Laubendach malvenfarbiger Glyzinien ausstreckt. Sie hat sie selbst gepflanzt. Seinen Wäldern, in denen sie mit den Hunden umherstreift, den Wildschweinspuren folgt und sich mit Walderdbeeren auf einem Weg, den sie nicht verrät, den Magen verdirbt. Mit seinen Weinbergen, um die sie die ganze Zeit zittert. (Es friert zur Blütezeit: keine Ernte. Es regnet viel: Achtung Mehltau. Es regnet nicht: Die Weinernte wird gute Qualität, aber wenig Quantität aufweisen. Es hagelt: totales Desaster). Mit seinen Bäumen, die sie vor jedem Winter zu Hunderten pflanzt.

Ihr Großvater hat ihr die Bäume-Manie vererbt. Sie pflanzt überall Zypressen (ihre Landschaft wird toskanisch), Linden, alle Sorten von Obstbäumen, Katalpa-Bäume natürlich, um das Massaker der Madame Ginette wiedergutzumachen, Pappeln an den Bächen entlang, Zedern – um diejenigen zu ersetzen, die sie im Libanon nicht gesehen hat, die aber so langsam wachsen, daß sie

sie auch hier auf den Hügeln nicht sehen wird, aber vielleicht eines Tages ihre Enkelkinder? –, Ebereschen und sogar Mispeln (wer ißt zu Weihnachten noch Mispeln mit köstlichem Maronenpüree?).

Ihr gutes Haus ist ihr Paradies. Wo der Mann ihres Lebens und ihre ganze Familie sie nun besuchen kommen. Wo sie jedoch auch begeistert in der unendlichen Stille allein lebt, vor allem im Winter, wenn die Enkelkinder nicht auf den Terrassen herumturnen und ihre Bienen nicht fröhlich in den gelben wohlriechenden Rosen summen (einer weiteren Leidenschaft von ihr).

Und heute, da ihr klar wird, daß sie neunundfünfzig Jahre alt ist, betrachtet sie ihr winziges Königreich mit Sorge. Weil es sie sehr viel Geld kostet. Großvater hat ihr ja immer wieder gesagt: Grund und Boden ruinieren einen.

Aber es ist stärker als sie. Ihr ererbter Sinn für Grund und Boden übertönt ihren Sparsamkeitssinn (ebenso bäuerlichen Ursprungs). Sie kann nicht anders, sie muß die alten Rebstöcke ausreißen und neue von besserer Qualität pflanzen, landwirtschaftliche Geräte anschaffen (nie hätte sie vermutet, daß ein guter Traktor fast soviel kostet wie ein Ferrari). Diese Geräte wieder reparieren lassen (ebensowenig hätte sie vermutet, daß sie empfindlicher sind als Glas). Alte zusammengefallene Schuppen wieder aufbauen (diesmal um die landwirtschaftlichen Geräte unterzustellen). Mit dem Bulldozer gegen Brände Schneisen in die Wälder schlagen, die vom Regen niedergedrückten Büsche mit einem teuren Bagger wieder aufrichten, unentwegt die Bäche von Sträuchern freimachen (der Krieg gegen die Brombeeren wird niemals enden). Und so vieles mehr.

Wird ihre Rente es erlauben, daß sie sich weiterhin diesen Luxus leisten kann? Oder muß sie nun ihr geliebtes Haus auch an eine Madame Ginette verkaufen?

17

Freundinnen, der Schatz des Lebens . . .

Im Laufe ihres Lebens hat sie einige Freundinnen verloren.

. . . die Gespielinnen ihrer Kindheit, die sich für das Familienleben entschieden und nie begriffen, daß sie selbst keine Zeit hatte, um fünf Uhr zum Tee zu kommen oder drei Stunden für eine Ausstellung anzustehen, die man unbedingt gesehen haben mußte;

. . . die aus der Provinz, an denen sie besonders hängt, die sich aber ohne Vorankündigung nach Paris aufmachen und es nicht fassen können, daß sie an diesem Tag keine Zeit hat, um mit ihnen zum Mittagessen zu gehen;

. . . die Lügnerin, die hartnäckig und mit Nachdruck vorgibt, daß bei ihr alles wunderbar in Ordnung ist. Ihr Mann verdient einen Haufen Geld. Die Kinder bestehen ihre Examina mit Auszeichnung. Sie hat einen faszinierenden Job. Das bringt unsere Mutter und Ehefrau auf die Palme. Um so mehr, als sie vom «Bund der Amazonen» weiß, daß man dem Mann der Lügnerin den Stuhl vor die Tür gesetzt, daß ihre älteste Tochter einen Filou geheiratet hat und daß besagter Job sterbenslangweilig ist;

. . . die Freundinnen aus dem Filmmilieu, mit denen sie für die Zeit eines Films eine intensive liebevolle Komplizenschaft verbindet und die sie dann niemals wiedersieht. Das sind die Sitten des Show-Geschäfts, an die sie sich nicht gewöhnen kann;

... jene, die für immer von ihr gegangen sind und Wunden hinterlassen, die nicht heilen. Zwei ihrer besten Freundinnen hat sie so bereits verloren: die zauberhafte blonde Elise, so fröhlich, in alle Männer verliebt und so um ihre Schönheit besorgt. Die imstande war, einen nachts um elf in aufgeregtem Ton anzurufen. «Die Haut an der Innenseite meiner Oberschenkel fängt an, schrumplig zu werden. Meinst du, ich kann mich da liften lassen?» – Sie starb elend an Krebs und hinterließ im Herzen der Freundin für immer einen leeren Platz.

... und Marina! Marina, die Waidwunde, die sich an einem schönen Sommertag umgebracht hat, als selbst die Sonne und der blaue Himmel ihr zu schwer zu ertragen schienen. Die Freundin fühlt sich noch immer schuldig, weil sie sie an jenem Tag nicht angerufen hat. Sie hatte nicht im Traum daran gedacht, daß ihre Freundinnen sterben könnten.

So gibt es jetzt nur noch zwei oder drei, die sich aufs Telefon stürzen, um sich gegenseitig anzurufen, wenn es sie plötzlich nach ein paar Augenblicken Geblödels unter Frauen gelüstet. Oder wenn sie sich über ihre Kinder auslassen müssen, die trotz allem (doch! doch!) ihre Fehler haben. Oder über den Mistkerl, der ihr Leben belastet. Wobei Panik ausbricht, wenn dieser Mistkerl verschwindet. Dann wird herumtelefoniert, um herauszufinden, ob nicht eine der Amazonen einen Kerl in Reserve hat, der einspringen könnte. Leider sind alle ihnen bekannten männlichen Geschöpfe in festen Händen. Entweder mit Panzerhandschuhen von einer argwöhnischen Ehefrau bewacht. Oder in ein kleines Ding im Alter ihrer Tochter verliebt. Irgendwo gibt es allerdings noch einen entfernten Cousin, Junggeselle, äußerst langweilig – der höchst überrascht ist über die plötzlichen Einladungen seiner Cousine –, aber den will dann doch niemand.

Anne, die brillante internationale Anwältin, hat eines schönen Tages nach Jahren des Alleinseins einen hübschen Klempner geheiratet, der gekommen war, um ihren Ausguß in Ordnung zu bringen. Seitdem erledigt er nebenbei auch die Hausarbeit. Sie hält in der ganzen Welt ihre Plädoyers und kehrt dann glücklich heim, weil ein menschliches Wesen sie erwartet.

Aber ihrer Familie oder ihren Freundinnen hat sie ihn nie vorgestellt.

Eine gute Freundin ist ein Schatz. Sie sagt einem niemals, man sei dick und angezogen wie eine Vogelscheuche, man sei autoritär oder dem Mann seines Lebens gegenüber feige und kriecherisch. Sie hört einem geduldig zu, wenn man gerade in vertrauensseliger Stimmung oder total daneben ist. Und natürlich ist das umgekehrt genauso.

«Freunde haben heißt reich sein», hat Plautus gesagt.

18

Gott ist nicht mehr mit im Gepäck . . .

Oft bedauert sie das. Aber es ist so: Sie glaubt nicht mehr an ihn. Und doch hat sie ihn leidenschaftlich geliebt. In ihrer Jugend hatte sie sogar geplant, ihm als Missionarin bei den Leprakranken zu dienen.

Langsam hat sie dann begonnen, die Achtung vor seinen Vertretern auf Erden zu verlieren.

Das begann schon, als sie fünf Jahre alt war. Ihre Großmutter hatte eine Schwester, die Nonne in einem Kloster in Paris war. Jeden Donnerstagnachmittag ging die Großmutter sie mit der Enkelin dort besuchen. Diese heilige Frau war von geradezu fanatischer Bosheit. Sie kreischte Verwünschungen gegen die geschiedenen Eltern der armen Kleinen und ließ sie heulend auf den Knien für das Seelenheil ihrer Eltern beten, die den Flammen der Hölle geweiht waren. Voller Angst und Verzweiflung – aber innerlich tobend – gehorchte die Kleine. Diese Nonnentante quälte sie auch so lange, bis sie ihre Lieblingspuppe (in einem Seidenkleid und mit einer kleinen Feder an der Kappe) den «armen kleinen Chinesen» (immer diese Chinesen!) zum Opfer brachte. Dafür bekam sie dann das Recht, mit einer Nadel ein Loch in ein Heiligenbildchen zu stechen, auf dem gedruckt stand: «Jeden Tag bringe ich dem Jesuskind ein Opfer.» Was überhaupt kein Trost für sie war. Noch heute trauert sie voll Bitterkeit ihrer Puppe nach, und sie hat seitdem einen Pik auf diese «armen kleinen Chinesen», mit denen man ihr die ganze Kindheit über auf den Wecker gegangen ist. Zum Glück haben diese keine Ahnung davon.

Während der langen Jahre im Klosterinternat hat sie sich etwas mit den Nonnen ausgesöhnt. Mit der Mutter Saint-Georges, der Oberin, winzig klein und herrschsüchtig, die sie aber gern hatte, das hat sie wohl gespürt. Der Mutter Charles-Marie, so hübsch und sanft, die ihr die «Brigitte»-Bücher zu lesen gab («Brigitte als junges Mädchen», «Brigitte als Mutter» usw.). Warum mußte es auch die Mutter Saint-Charles geben, die schlecht roch und immer abrupt die weißen Vorhänge wegzog, die die Betten der Zöglinge im Schlafsaal umschlossen, um sich zu vergewissern, daß man keine «schlimmen Dinge» mit der Nachbarin trieb? Sie wäre nicht einmal auf den Gedanken gekommen.

Dann hat sie die Sexualität entdeckt; die wahnsinnigen Triebe, den Rausch und anschließend den Fluch des miesen Beichtvaters, der sie durch seine Kirche verfolgte, weil sie das Kind nicht haben wollte, das in ihrem Bauch gezeugt worden war, ohne daß sie recht begriffen hatte, wie.

Und schließlich der nie endende Schock darüber, daß Mutter Kirche die Empfängnisverhütung untersagt (außer durch natürliche Methoden, die einem am schnellsten ein Baby verschaffen).

Mutter Kirche hat sie erneut verstoßen, als sie sich scheiden ließ.

Manchmal fragt sie sich, ob eines Tages die große Angst vor dem Tod sie zitternd in die Arme der Religion ihrer Kindheit zurücktreiben wird.

«Da bin ich!» wird sie sagen, »... mit meinen großen Sünden und meinen kleinen Verdiensten (Bescheidenheit wird im Himmel gern gesehen) ... aber ich habe Gott unterwegs verloren.»

«Oh! Oh!» würde der heilige Petrus antworten, «... das ist nicht gut!»

«Das ist nicht mein Fehler», wird sie um Verständnis werben, «schuld daran sind eure Bischöfe, eure Nonnen und selbst eure Päpste.»

«Das überrascht mich nicht», würde der heilige Petrus zustimmen. «Sie haben die Liebe und die Barmherzigkeit vergessen. Sie sprechen eine merkwürdige Sprache, die nicht einmal der Allmächtige selbst verstehen kann. Gut. Treten Sie ein. Zur Buße gehen Sie jeden Tag mit dem Staubsauger durch das Zimmer Gottes.»

«O nein! Lieber heiliger Petrus, das habe ich nicht verdient!»

«Einverstanden! Dann nur zweimal die Woche.»

Gut, das wird sich machen lassen.

Und nun?

19

Der Koffer ist noch lange nicht leer!

«All das ist ja sehr interessant», sagt die Dame von der CNAVTS zu ihr, die sich mit ziemlich gleichgültiger Miene diesen Lebensbericht mit seinen Kommentaren angehört hat, «aber . . . (sie tippt auf ihrem Computer) . . . Sie haben Ihre Beiträge für die vorgeschriebenen hundertfünfzig Trimester, das heißt siebenunddreißigeinhalb Jahre, noch nicht voll entrichtet. Somit haben Sie kein Anrecht auf die vollständige Rente.»

«Ach! Und wann würde ich die bekommen?»

«Mit einundsiebzig Jahren.»

«Aber das ist noch sehr lange hin!» ruft sie.

«O nein!» antwortet die Dame ungerührt. «In Ihrem Alter vergeht die Zeit immer schneller, wissen Sie.»

Die Dame hat recht.

Die Neunundfünfzigjährige nimmt ihr leichtes Bündel wieder (hopp! auf die rechte Schulter, nicht auf die linke, die Rheumaschulter) und setzt beschwingt ihren Weg auf dem letzten Streckenabschnitt fort. Denn eigentlich ist das Leben doch wunderbar.

Oder?